一部中国**知识分子**爱国奋斗的**精神史**

长篇纪实文学

西迁人

冷梦——著

党的决定就是我们的行动
党叫我们去哪里，我们就背起行囊去哪里
哪里有事业，哪里有爱，哪里就有家

陕西新华出版传媒集团
陕 西 人 民 出 版 社

图书在版编目（CIP）数据

西迁人 / 冷梦著 . —西安: 陕西人民出版社, 2018
ISBN 978-7-224-12983-0

Ⅰ. ①西… Ⅱ. ①冷… Ⅲ. ① 纪实文学 - 中国 - 当代
Ⅳ. ①I25

中国版本图书馆CIP数据核字（2018）第245551号

西迁人

作　　者　冷梦
出版发行　陕西新华出版传媒集团　陕西人民出版社
　　　　　（西安北大街147号　邮编：710003）
印　　刷　陕西隆昌印刷有限公司
开　　本　787 毫米 ×1092毫米　16开
印　　张　17.75
字　　数　190千字
版　　次　2019年6月第1版
印　　次　2019年6月第1次印刷
书　　号　ISBN 978-7-224-12983-0
定　　价　58.00元

目录

引　子

2017年11月30日，西安交通大学15位老教授给习近平总书记写了一封信，汇报学习党的十九大精神的体会和弘扬奉献报国精神的建议。老教授们在给总书记的信中说："'哪里有事业，哪里有爱，哪里就有家'，西安交大为历史而生，为民族而生。学校大力推进中国西部科技创新港建设，打造拉动西部地区发展的创新高地。我们建议，在全国教育和科技战线中开展以'爱国、奋斗'为核心的奉献报国精神的教育……为实现中华民族伟大复兴中国梦发挥更大作用。"11天后的2017年12月11日，习近平总书记对老教授们的来信做出重要指示："向当年响应国家号召、献身大西北建设的交大老同志们致以崇高的敬意，祝大家健康长寿、晚年幸福。也希望西安交大师生传承好西迁精神，为西部发展、国家建设奉献智慧和力量。"

这之后又过了20天。

2018年新年钟声即将响起。

在2018年新年贺词中，习近平总书记再次提到西安交大西迁的老教授们。总书记说：“2017 年，我又收到很多群众来信，其中有西藏隆子县玉麦乡的乡亲们，有内蒙古苏尼特右旗乌兰牧骑的队员们，有西安交大西迁的老教授，也有南开大学新入伍的大学生，他们的故事让我深受感动。广大人民群众坚持爱国奉献，无怨无悔，让我感到千千万万普通人最伟大，同时让我感到幸福都是奋斗出来的。”

总书记的新年贺词和对老教授们来信的指示，一时间让“西迁精神”成为 2018 年新年伊始的热词以及全国媒体聚焦的对象。最典型的事例便是，中央电视台《新闻联播》一周内两次聚焦西迁精神——

其一，1 月 18 日晚，中央电视台《新闻联播》头条以《“西迁精神”：奉献青春为家国》为题，长时段报道西安交大西迁精神，讲述西安交大人为国家奉献青春的时代担当与家国情怀。

其二，1 月 21 日晚，中央电视台《新闻联播》以《“西迁精神”：薪火相传　奋进新时代》为题，再次报道西安交通大学 62 年来扎根西北，为西部建设、国家发展奉献智慧与力量的辉煌成就。

之后，2018 年 1 月 30 日，教育部召开教师工作战线学习“西迁精神”座谈会，深入贯彻习近平总书记对西安交通大学 15 位西迁老教授来信做出的重要指示精神，学习西迁老教授们胸怀大局、无私奉献、弘扬传统、艰苦创业的“西迁精神”，激励全国广大教师传承和弘扬“西迁精神”，激发爱国奋斗情怀，积极投身新时代中国特色社会主义伟大事业建设，为建设教育强国努力奋斗。

……

这一连串大事件的发生，让老教授们的生活突然发生了巨大的变化。

这天，我们去拜访 81 岁高龄的金教授。陪同我们采访的是交大档案馆的两位年轻老师。这天天上飘着雪花，很冷。进到楼里，上到楼上，抖掉身上的雪，敲门，门开了。完全没有想到，金教授问我们的第一句话就是："我要说的都已经说过了，你们还想问什么？"

这几乎就是逐客令了。而这位金教授，我后边要说到，就是好脾气的金志浩教授。

我愣住了。

金教授的当头一问，使我在突然愣住的一瞬间，也突然明白了，这段时间，我究竟是被什么打动和感动了。

我说："这些日子我一直平静不下来，我不知道为什么。现在，我突然明白了。作为一个作家，我想不到，有一天，我要为西迁留一部精神史，为交大留一部精神史，为中国知识分子留一部精神史。是的，金教授，我所想写的，就是一部精神史。"

我脱口而出的这段话，就是我现在写作这部作品的初衷。

当我说出这样一段话以后，金教授也愣了一下。我不知道他心里怎么想，金教授没有说。可是，下面我们聊得非常好。金教授给我们足足讲了几个小时，滔滔不绝，娓娓动听，极为耐心，而且，自始至终都面带笑容。而在采访的过程中，金教授的夫人王永兰教授也加入了进来。两位老教授兴致盎然，我们也认真听了几个小时。关于金教授、王教授讲了些什么，我在后面的故事中会说到。

现在，亲爱的读者朋友们，但愿你们和我一样，非常有兴趣听完西迁老教授以及他们的一传、二传、三传弟子们一个个火热青春的故事吧！

第一章

呼唤

从黄浦江畔到古城西安

1

★ ★ ★

交大西迁最早见于高教部上报中共中央的报告。

1955 年 3 月 30 日，国务院收到高教部上报中央的《关于沿海城市高等学校一九五五年基本建设任务处理方案的报告》，提出加强内地高校的任务，其中涉及交大由上海迁往西安、交大的电讯工程系迁往成都的内容。

这是最早见诸文字的关于交大西迁的文件。

文件上报给了国务院第二办公室主任林枫。

次日，即 3 月 31 日，林枫就将文件呈报给了主管教育的副总理陈毅。

4 月 2 日，陈毅副总理批示："送陈云副总理核示。"

五天后，陈云副总理批示："我认为可以同意林枫和高等教育部党组的意见。"同时批注，"经刘、朱、彭真、小平阅后退国务院总理办公室。"

陈云所说的"刘、朱"，指的是刘少奇、朱德。

紧锣密鼓。

从高教部的报告报送上去到 4 月 7 日，前后不过一周，陈毅、陈云、刘少奇、朱德、彭真、邓小平、周恩来等七位中央领导人就审阅并同意了这个报告。第一代中央领导集体做出了交大西迁的决定。

从交大西迁在国家最高领导层的审批过程，我们能够看到，在交通大学西迁这个问题上，国家极为慎重，从而使这件事成为一项“国家战略”。历史资料表明，不仅仅是这紧锣密鼓的七天，后来国务院召开的全国文教会议，正式提出了交大西迁的任务。全国文教会议文件经毛泽东批示下发全党。于是，交大西迁又成为全党的一项任务。因此，肇始于1955年而历时近五年才得以完成的交大西迁，

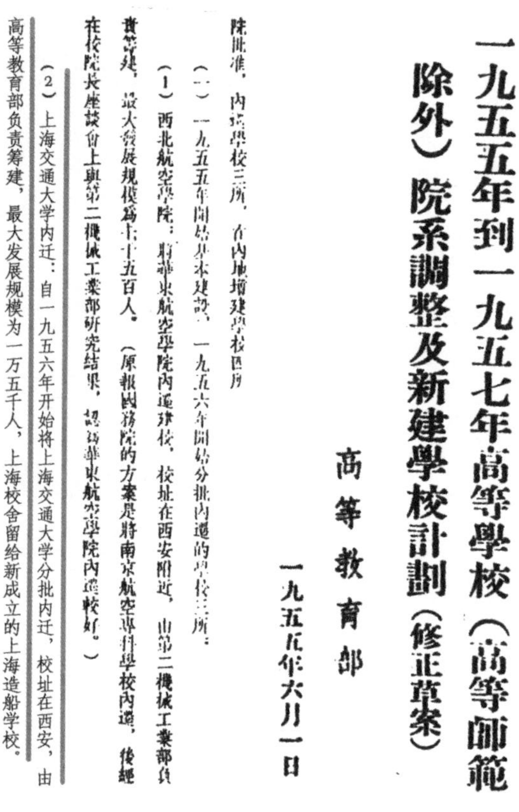
一九五五年到一九五七年高等學校（高等師範除外）院系調整及新建學校計劃（修正草案）

高等教育部

一九五五年六月一日

陸批准，內遷學校三所，在內地增建學校四所

（一）一九五五年開始基本建設，一九五六年開始分批內遷的學校三所：

（1）西北航空學院：將華東航空學院內遷建校，校址在西安附近，由第二機械工業部負責籌建，最大發展規模為一千五百人。（原報國務院的方案是將南京航空專科學校內遷，後經在校院長座談會上與第二機械工業部研究結果，認為華東航空學院內遷較好。）

（2）上海交通大学内迁：自一九五六年开始将上海交通大学分批内迁，校址在西安，由高等教育部负责筹建，最大发展规模为一万五千人，上海校舍留给新成立的上海造船学校。

1955年6月1日，高等教育部下发关于高等学校院系调整及新建学校计划

不仅是新中国高等教育布局调整的一项重大决策，更是新中国知识分子开创未来的一次伟大行军。

从历史环境看，决定交大西迁有两大因素。

第一，国家要加快工业化，但上海形势紧张，高校的作用难以发挥，而上海又是全国高校最集中的一个城市。

第二，“一五”建设已经启动，西安成为机械电力工业基地，进入有史以来规模空前的大建设时期。但是，西安高教力量薄弱，工科尤甚，整个西北地区仅有一所设在咸阳的西北工学院。而当时的情况是：新中国高教重点发展工业和师范教育。从1952年起，一批综合大学如清华大学、浙江大学等改为专办工科，老牌工科大学只有交通大学、天津大学和哈尔滨工业大学。院系调整后，实力最强的三所工科大学是交通大学、清华大学和哈尔滨工业大学，其中，交大教授最多。

迁校当然首选交大。

其实，如果要用一句话来说清楚交大西迁的背景和必要性的话，那就是周恩来总理所概括的当时的国际形势和建设大西北的战略的需要。

先说国际形势。

国际形势就是当时的“台海危机”以及上海所处的战争前沿位置。

给习近平总书记写信的西安交通大学15位老教授之一的女教授胡奈赛的经历，或许能给我们说清楚那个时候上海的“不太平”。胡奈赛出身于中国历史上一个很有名的家族——无锡堰桥胡氏。清末民初，胡氏家族出过不少著名教育家和社会活动家。到了她父亲的那一辈，家族更是英才辈出。胡奈赛的堂伯父胡敦复、胡明复和胡刚复是中国数理学界著名的“胡氏三杰”。老大胡敦复，1907年留学美国康奈尔大学，1912年在上海创办私立大同大学。老二胡明复，1910年庚款留美，先后就读于康奈尔大学和哈佛大学，是中国第一个现代数学博士。老三胡刚复，1909年首届庚款留美，就读于哈佛大学，是哈佛大学第一个获得物理学博士的中国学生、我国最早从事X射线研究的学者和实验物理学的奠基人。这兄弟三人，早年均就读于交通大学的前身——南洋公学，归国后又均投身教育，先后执教于交通大学。从老二胡明复于1921年受聘于交通大学，到老大胡敦复于1945年最后离开交通大学，兄弟三人前后在交通大学执教时间长达二十四五年。胡氏家族的许多子弟也都在此期间上过交通大学。胡奈赛显然出生得晚了一些。到她读大学时，她的这三位伯父，已经没有一个在交大执教鞭了。

胡奈赛的小学是在靠近苏州河上海曹家渡的一个弄堂里的小学读的。这时正是抗日战争时期，日本人占领了上海。到她小学六年级毕业时，已经到了1946年，日本人已经投降了。

按照胡氏家族子弟一直以来的命运轨迹，胡奈赛的中学本来是要在大同大学附中上的。因为大同大学附中是她的伯父们创办的，胡氏子弟在这里上中学享受免去学杂费的待遇。父母当然想让她读大同大学附中，但胡奈赛不愿意，她要上上海最好的女中。当时上海最好的女中，就是上海市立第一女中。上海市立第一女中的前身是英国人办的工部局女中，教室里是打蜡的木地板，有暖气，教室后面有衣帽间，每层楼都供有沙滤水。这所女中，是当时沪上许多达官贵人家庭的女孩子们首选的学校，比如国防部部长何应钦的女儿和上海市市长吴国桢的女儿都曾在该校读书。但这个学校也出奇的难考，不是你有钱就能上。

最难的时候，胡奈赛说，20个品学兼优的女孩子中也才能考上一个。

毫无疑问，胡奈赛笃定是上海市立第一女中的学生。

胡奈赛的中学时代和大学时代正逢中国社会“新旧交替”的时代。从苏州河边一条深深的弄堂里的小学校走出来，到了繁华热闹的大上海，生性活泼的胡奈赛就像一条快乐的小鱼游进了大海。她突然发现，她找到了自己的舞台！什么舞台？学生运动的舞台！她发现，除了读书、拿到最好的成绩，她最喜欢的就是和同学们一道参加各种社会活动。

刚上初中，她就接连参加了罢课和上街游行。当时有两件事让她印象很深：一件是“抗暴运动”。这件事和上海市立第一女中关系密切。北京发生的美军士兵强奸北京大学女学生沈崇事件，引发了北京、上海高校声势浩大的示威游行活动。上海市立第一女中的学生也几乎全体出动，相当愤怒和群情激昂，原因是被强奸的这个女孩子沈崇是她们市立第一女中的校友。第二件事就是“于子三事件”。这件事又一次引发了素有“红色堡垒”和“民主堡垒”之称的交大造反精神特别强烈的学生们激情勃发的抗议活动。那个时候，位于徐家汇的交通大学就是全上海学生运动的一个风向标。一般来说，只要交通大学登高一呼，上海的中学和高校就会热烈响应，积极参加。这次也不例外，比如，胡奈赛读书的市立第一女中也参加了这次示威游行。

再后来，对胡奈赛来说，最神奇的是，她在抗战时期和国共两党打仗的日子里，都懵懵懂懂的不知道什么是战争，这个时候，中华人民共和国成立了，她却真切地感受到和看到了战争。

开国大典，是一个国家庆祝新生的大喜日子。在我们的印象里，中华人民共和国开国大典是在 1949 年 10 月 1 日上午 10 点准时在天安门城楼上举行的。然而，不是。准确的时间是那天下午 3 点钟。为什么选择这样一个时间呢？因为那时候国家并不太平。战争，也似乎一触即发。蒋介石的军队是撤退到台湾去了，可是，在美国的支持下还准备随时打回来。中国，或者说，共产党的军队还没有制空权，也没有制海权。浙江沿海一带的许多岛屿还残余着国民党的军队。国民党的飞机很容易从这些岛屿飞到内地，投掷炸弹，搞大轰炸，所以，开国大典只能选择在下午飞机能见度不太好的时候举行。游行呢？胡奈赛和她的同学们是这天晚上举着火把上街游行的。

这一切，都缘于当时内地没有防空能力。

胡奈赛真正目睹敌人的飞机从她头上飞过、一边飞还一边扔炸弹，真正知道上海没有防空能力、国民党的飞机会随时飞过来进行轰炸，也真正见识了什么叫硝烟弥漫、弹痕累累和满目疮痍，是 1950 年 2 月 6 日，国民党的轰炸机对上海进行的一次大轰炸，即“二六”大轰炸。那天，十五六岁的女中学生胡奈赛在她家的阳台上听见飞机撕裂天空的巨大轰鸣声的时候，一抬头，飞机已经到了她的头顶。飞机很大，飞得很低，低到差不多能看见敌机里的飞行员！她吓傻了，傻愣愣地站在那里，眼睁睁地看着国民党的飞机从她的头顶上，从东面飞过来，往西面飞去，眼睁睁地看着飞机的肚子下面，一枚，两枚，三枚……黑乌鸦似的炸弹从天而降……

飞机过后，一片硝烟。

后来看了报纸胡奈赛才知道，当时来上海轰炸的有 17 架轰炸机，在上海市区投下 67 枚炸弹，炸了杨树浦发电厂、闸北发电厂、上海自来水厂等，造成上海大面积停电、停水。

这次大轰炸，敌人的如意算盘是想炸掉杨树浦发电厂的 6 个发电机组。结果，炸弹投得稍微偏了一点儿，炸坏了辅机，主机却毫发无损。真悬，如果真炸掉了杨树浦发电厂，上海这座中国最大的近代工业城市就会瘫痪。这件事在胡奈赛的心里留下了非常深的印象。

胡奈赛站在她家阳台上看见国民党的飞机从她的头顶上飞过的那一次，是第一次“台海危机”的时候。所谓“台海危机”，即台湾海峡危机，是指 1949 年国民党政权败退台湾后，台湾海峡两岸军队针对对方所采取的军事行动，有可能引发全面战争的危机。第一次“台海危机”，时间是 1949 年 10 月到 1950 年 8 月。那次危机最严重的一个事件就是国民党的飞机炸了上海杨树浦发电厂。浙江沿海岛屿盘踞着的国民党军队以及随时都有可能飞到上海上空的国民党空军力量，成为新生的共和国的一个心腹之患。于是，上海“二六”大轰炸之后不久，为保卫大上海和削弱国民党军队的整体力量，解放军发动对浙江沿海岛屿舟山群岛、海南岛和万山群岛的军事行动，并解放了海南岛、舟山群岛的主要岛屿和万山群岛的全部岛屿。

然而，上海的危机还没有完全解除。

1950 年 10 月 25 日，抗美援朝战争爆发后，解放军来不及对台作战，浙江沿海的大陈岛等岛屿还控制在国民党军队手中。抗美援朝战争结束后不久，1954 年 9 月到 1955 年 5 月又发生了第二次“台海危机”。这次，解放军陆、海、空军协同作战，解放了舟山群岛的大陈岛及其外围列岛。至此，浙江沿海岛屿才全部解放。上海周边的危机是解除了，但随着朝鲜战争落下帷幕，战争对中国的威胁似乎反而更加严重了。最重大的危机来自美蒋的联合。美国第七舰队进驻台湾海峡，美国和台湾当局签订了所谓的《共同防御条约》，第三次世界大战仿佛一触即发。在这年（1955 年）的 3 月，毛泽东向全党发出警告说："帝国主义势力还是在包围着我们，我们必须准备应付可能的突然事变。"此时，我国东南沿海局势十分紧张，上海在压缩人口，动员疏散……

把一个对国家来说非常重要的大学迁移到远离战争威胁的内地去，这当然是当初提出交大西迁这项动议的一个原因。然而，从以后事态的发展来看，第二个原因似乎才更加重要——这就是"西北工业基地建设的要求"。因为这个"要求"，实际上要解决的是国家的一个重大问题：国家工业布局和高等教育布局的问题。从根本上来说，是要解决我国很长一段时间以来东部和西部的不平衡问题。

——工业的不平衡。

——教育的不平衡。

这样，就要说到上海和西安这两个城市在周秦汉唐时期和近代的不同境遇和命运。

2

周秦汉唐时期，古长安无疑是经济发达和文化发达的"首善之区"。西周、先秦、西汉和大唐，在西安乃至陕西这片土地上都曾经创造过中国在当时所能达到的最辉煌的文明。这个“文明”，指的是政治、经济和文化。西安曾经是我国 13 个朝代的首都。在漫长的封建时代，它有过长达1200多年作为首都的历史，是和开罗、雅典、罗马并称的世界四大古都。尤其是盛唐时期，古长安成为中国人永远的骄傲。可以说，那个时候，西安，或者说古长安，占尽了天下风流。

这是北宋以前。

而从宋代以后，中国的经济重心迅速南移。尤其是中世纪以后，陕西以及广袤的西部地区就越来越落后。作为中国西部中心城市的西安，由于地处内陆，完全与海洋经济和国际市场相隔绝，从此便风流不再，沦落成了一个西北边陲的不发达城市。史料记载，在新中国诞生之前，西安乃至整个西北地区都没有像样的工业。

这是数百年持续衰败造成的恶果。

上海则不一样。

在近代中国资本主义萌芽和资本主义工商业的发展与进步中，上海起到了举足轻重的作用。如果说古代的上海差不多是中国的一个小渔村，这个话也许不准确，但也可能不算太过分。但到了近代，则如李鸿章所讲，面临“三千余年一大变局”，中国开始逐渐进入全球化、现代化的浪潮当中。经过 100 多年的历史变迁，中国的经济地理格局发生了巨大改变。而这一切变化的起点，是鸦片战争和鸦片战争后的洋务运动。1842 年鸦片战争中国战败后，英国强迫清政府签订了《中英南京条约》。条约规定：开放广州、厦门、福州、宁波、上海五处为通商口岸。上海由此成为中国近代最早对外开放的城市之一，也是西方文化渗透较早的一座城市。

鸦片战争是中国从古代社会进入近代社会的一个分水岭。

上海，恰恰站在中国社会变革的最前端，全球化浪潮扑面而来。中国从此变为列强的原料产地和资本输出市场。但是同时，也引进了西方先进的技术和管理方法。这些，主要发生在中国的沿海城市，尤其是拥有中国最大港口和出海口的上海。到了洋务运动时期，上海就更不得了了。这个时候，中国的风云人物如李鸿章、盛宣怀、曾国藩、左宗棠等等，已经基本上集中出现在沪上以及江浙湖广一带，而和陕西没有多大关系了。

洋务运动引进了西方先进的科学技术，中国出现了第一批近代企业，客观上为中国民族资本主义的产生和发展起到了促进作用。也就在这个时候，中国东西部的经济开始拉开了巨大的差距。中国的现代工业主要分布在东部沿海，土地面积辽阔的中西部工业发展则普遍薄弱。以 1933 年为例，这一年内地民族工业最发达的 12 个城市中，上海、天津、青岛、广州、福州、汕头等 6 个沿海城市，便占了工厂总数的 67%、工人总数的 72%、资本总额的 86% 以及生产净值的 85%。1949 年的全国工业总产值中，中西部地区只占全国的 29.8%，而东部沿海则占 70.2%。

经济重心南移或东移，这个过程在中国已经发生了 1000 多年，大约从唐中叶开始。而到宋元明清，再到近代鸦片战争以后，其情形则愈演愈烈。

与经济相辅相成的一定是文化教育。

以明清状元分布为例，资料表明，在明清两朝 500 多年间总共 200 多名状元中，出自江苏的约占 1/3，出自浙江的约占 1/5。而陕西在这 500 多年中，仅有 3 个状元——康海、吕柟和王杰，真是少得可怜！

这就是所谓的“江浙才子”。

江苏的优势又集中在苏南。若以地区论，出状元最多的10个地区除福州外，都在吴语区（包括苏南、上海、浙江、安徽南部、江西东北部、福建西北部等地区）。我们要说的就是，吴语区和“江南”的概念有着极高的重合度。吴语区或者说江南，在明清两朝500多年间所出状元占全国的44%。如果以县、市统计，则苏州市最为突出，共22名状元，是全国各县、市中唯一达到两位数的，占全国状元的11%，超过江浙以外所有各省。

这就是江浙地区在文化上的实力。

在这样优质的文化氛围和文化环境中，生源已经足够优秀了，交通大学还要以“门槛高”——它的委婉说法就是“起点高”——为招生条件，这就保证了交通大学在优质资源中的再度择优和它的“优中选优”。

这就是交通大学的不同凡响之处。

到了这个时候，这两座城市已经不可同日而语，其发展程度已有天壤之别。

上海和西安，一个代表近代中国，一个代表古代中国；一个是国际化大都市，一个是已经褪去了昔日辉煌的古城。西安曾经历史辉煌，但此时，却风流不再。上海拥有了百年辉煌，是近代中国经济的引擎与舵手。

后来，就流传了一种说法——“看千年的中国去西安，看百年的中国去上海”。

其实，即使到了今天，这样的说法仍然是一个非常现实的说法。

这实际上就是东西部的差距。

西迁人

新中国的缔造者中国共产党的第一代领导人想要解决的一个重大的和根本性的问题，就是中国的西北、西部实在太落后了。两个落后：教育落后和工业落后。于是在20世纪五六十年代，甚至到70年代，这种“西迁”，即往西北和西部迁移一些大型工矿企业以及科研单位的迁徙一直没有停止过。而在“一五”期间，在西安的西南郊以及东郊将分别崛起一座电子城和一座纺织城，一批军工企业将在此落户。同时，由中央部署，要加强西安的高等教育，西迁了包括交通大学在内的多所高等院校。但所有高等院校的西迁都没有交通大学的西迁如此“惊天动地”，原因当然和它的历史有关，也和它在中国教育史上不同凡响的地位有关。还有一点也不容忽视，就是这所大学——交通大学——和上海这座城市的血肉联系……

从清朝末年的南洋公学到民国和新中国的交通大学，上海乃至江浙一带以及南部的中国人已经习惯了上海有这样一所高水平的工科大学。这所大学会为沿海的工业经济提供优质的人才资源，特别是它是“工程师的摇篮”。它给南方经济、沿海经济源源不断地输送着优质的新鲜血液。它是南方经济、沿海经济不可或缺的组成部分。

交大在上海，上海有交大，这是人们根深蒂固的观念。

这棵大树，毕竟在上海长了60年啊！

60年！

3

★ ★ ★

交通大学西迁要从院系调整说起。

从1949年下半年到1956年，学校前后经历过大大小小八次调整，其中1951年和1952年两次大规模的调整，使其传统办学格局发生了很大变化。

1951年6月12日，华东军政委员会教育部发文对交大院系进行调整：电信管理系调整到电机系；工业管理工程系调整到机械系；轮机系调整到造船系，设轮机组；纺织系与私立上海纺织工学院合并成立华东纺织工学院；运输管理系调整到北方交通大学；财务管理系调整到上海财经学院；复旦大学土木系调整到交大土木系。这样，交大管理学院被撤销，将原有的院系设置调整为2个学院10个系和1个专修科，即：理学院，下设数学、物理、化学3个系；工学院，下设化工、机械、电机、造船、水利、土木、航空7个系；还有1个电信专修科。

1952年，根据中央统一布置，又进行了第二次大规模的院系调整。7月28日，华东军政委员会教育部下达《华东区高等学校院系调整设置方案》，其中从交通大学调整到其他学校的系科有：理学院的数学、物理、化学3系的师资、设备，除留下工学院教学所需之外全部调整到复旦大学，部分师资调整到华东师范大学；土木系全部调整到同济大学；航空系全部调整到新成立的华东航空学院；水利系全部调整到新成立的华东水利学院；化工系全部调整到新成立的华东化工学院。交通大学调整后各类系科的设置为：机械类由交通大学、同济大学、大同大学三校的机械系，中华工商专科学校机械科及上海市工业专科学校动力科合组而成；电机类由交通大学、同济大学、大同大学、震旦大学四校的电机系，沪江大学物理系电讯组，交通大学电讯科及上海市工业专科学校电力科合组而成；造船类由交通大学、同济大学、武汉交通学院三校的造船系及武汉交通学院、上海市工业专科学校两校的造船科合组而成。同年 8 月，华东军政委员会教育部通知将华东交通专科学校二年制机械专修科调整到交大机械系。

至此，开办多年且历史悠久的交通大学理学院被撤销了，同时在校内取消了学院建制，学校调整为机械、电机、造船三大类，下设机械制造系、动力机械制造系、运输起重机械制造系、电力工程系、电信工程系、电机工程系、造船系 7 个系，成为多学科的工业大学。

这两次院系调整，恐怕是交大西迁的一个前奏。

当时的华东军政委员会考虑到交大剩下来的学科还要大大发展，于是开始谋划这所名校的下一步怎么办。

交通大学的问题上报给高教部。

高教部上报国务院。

此时，“台海危机”的问题和国家建设大西北的战略问题也都提了出来。

这样，由高教部起草的一份《关于沿海城市高等学校一九五五年基本建设任务处理方案的报告》送到了周恩来等七位中央领导人的案头。中央领导人七天内高效率地批准了这一方案。方案通过后，中央的第一个电话打给了时任交通大学党委书记兼校长的彭康。

彭康，新中国成立后交通大学第一任校长和西迁后西安交通大学第一任校长。这位自始至终主持交大西迁的统帅，历史不能忘记，我们不能忘记。彭康是 1952 年由党中央任命为交通大学党委书记兼校长的。1955 年 4 月 7 日晚上，位于徐家汇交通大学容闳堂二楼的一间办公室里，彭康办公桌上的一部电话响了。

电话是高教部部长杨秀峰打来的。

两人都是共产党内的大知识分子。

彭康曾留学日本，在京都帝国大学哲学系学习哲学，曾翻译大量马克思主义哲学著作，传播共产主义真理。又曾经是后期创造社成员，并且是协助鲁迅发起左联的核心成员之一，是共产党内著名的翻译家、文学家和教育家。后期创造社是倡导无产阶级文学即普罗文学的主要阵地。杨秀峰毕业于北师大，并公费赴法国留学，入巴黎大学社会学院学习。作为中国现代著名教育家，他从 1954 年至 1965 年先后担任高教部、教育部部长长达 11 年之久，为新中国的教育事业做出过卓越贡献。

交通大学内迁西安，对于别人来说此时也许还是一个秘密，但对于高教部而言却已经是一个酝酿了相当一段时间的事情。之前，杨秀峰曾代表高教部上书中共中央提出："将交通大学机械、电机类专业迁至西北。……准备在两三年内全部迁出。"

接到杨秀峰电话的次日，彭康相继主持召开了学校党委会和校务委员会会议。彭康用寥寥数语就说清楚了中央的意图和决定。彭康说——

决定交大迁校有两大因素：第一，国家要加快工业化，但上海形势紧张，要压缩人口，动员疏散，组织学校和工厂内迁，高校的作用难以发挥，而上海又是全国高校最集中的一个城市。第二，“一五”建设已经启动，西安成为机械电力工业基地，进入有史以来空前绝后的大建设时期。但是西安高教力量薄弱，工科尤甚，整个西北也只有一所设在咸阳的西北工学院。

仅仅一周左右以后，正在徐家汇校区搞棚户区拆迁的基建科长王则茂，突然接到总务长任梦林的电话，要求他把所有的事情都放下，赶快回来。

等到王则茂大汗淋漓地赶回学校，任梦林告诉他的消息对他来说不啻石破天惊。总务长任梦林告诉他，中央已经决定了，交大迁西安，学校党委会和校务委员会已经讨论过了，坚决拥护中央的决定。现在，彭校长派他们两人去北京接受任务。

王则茂有好大一会儿嘴都合不拢。

确实，谁都没有想到交通大学这么快就要“改弦易辙”了。

经过 1952 年的院系调整，可以说交通大学是有得有失。取消了两个学院，失去了一些专业，但剩下来的学科却变得更加精悍强大，尤其是它实际上已经成为全国最完整的一所机电类工业大学，实力相当雄厚。国家考虑让它发挥更大作用，办成全国重点高校，但却遇到了一个瓶颈——发展空间的问题。当时交大地处上海华山路、淮海路、番禺路、虹桥路四条马路中间，总面积虽有 600 亩，但交大只占 312 亩，其余部分被棚户、小工厂、小商贩占着。处在包围之中的交大，如果要就地发展就必须把居民迁走，那是非常困难的。直到 1954 年末，上海方面还在考虑交大是就地发展还是另选合适的地方发展。当时提出两个方案：一是交大迁出，在郊区发展；二是

1956 年，交大西北参观团与陕西省、西安市领导合影

交大就地发展。迁到郊区，市政公用设施却跟不上，于是决定实施第二个方案，即就地发展。1954 年，经过上海市委同意，准备搬迁交大周围的棚户。但实施起来非常困难，原因就是这些棚户大多是做小生意维持生计，迁到上海郊外后，生活来源就有问题。尽管如此，王则茂还是带领基建科的人按照上海原定方案进行拆迁。可突然间，基建要停了，交大要整体内迁西安了！

任梦林和王则茂进京到高教部见了副部长刘凯风。

刘凯风开口便说："党中央已经做了决定，交大要内迁到西安去，按 12000 人的规模建校，并要求在 1956 年秋，学生要在西安的校址上课。”

任梦林和王则茂一听，简直有些目瞪口呆了。

交大在上海当时是近6000人的规模，现在要发展到12000人，规模一下子扩大了一倍。是万人大学，的确是万人大学！对要建一所万人大学他们有思想准备，可这么短时间，任务这么重，又这么急——1955年才刚刚接受任务，1956年秋就要马上上课，而刘凯风副部长的交代又十分严厉，关于中央的意图和安排也交代得很详细，一句话，就是要交大快马加鞭，争取一年后就能搬迁成功并在西安开课。他们顿时感到“压力山大”！

怎么办？

两人连学校都没有回，马上打电话请示彭康校长。

这时，是1955年4月。

4

★ ★ ★

交大西迁后来惊动了中南海。周恩来总理在1957年5月和6月前后两个月拿出很多时间来处理交大迁校问题，并召开国务院专题会议，就交大迁校及未来发展发表长篇讲话。这在《周恩来年谱》中有记载，也是中国任何一所大学所没有的经历。

交大西迁还“惊动”了一个人……

就在交大西迁前，1955年10月，一个交通大学毕业的杰出学子，一个后来影响了中国科技发展、影响了中国国防工业发展，甚至影响了国家科技命运的大科学家回国了。他叫钱学森，几代中国人几乎无人不知、无人不晓的一位大科学家——中国的“火箭之父”和中国“两弹一星”的灵魂人物。

钱学森的回国相当复杂。

钱学森 1934 年毕业于交通大学机械工程学院，不久，作为清华庚子赔款所选拔出的留学生，被选派为留美公费生。钱学森到美国后，进入美国麻省理工学院航空系学习，1936 年获麻省理工学院航空工程硕士学位，后转入加州理工学院航空系学习，成为世界著名的大科学家冯·卡门的学生，并很快成为冯·卡门最重视的学生。当中华人民共和国成立的消息传到美国后，钱学森和夫人蒋英便商量着早日回到祖国，为自己的国家效力。而此时，钱学森因被怀疑为共产党人和拒绝揭发朋友，被美国军事部门突然吊销了参加机密研究的证书。钱学森非常气愤，便以此作为要求回国的理由。

然而，事情却越来越僵。

钱学森在美国时，就已经是美国乃至全世界公认的空气动力学权威和大科学家，前程似锦，成就斐然。甚至在第二次世界大战期间，他不是美国人，却可以参与美国国防部最机密的项目，并被授予美军上校军衔。所以，当钱学森想回国时，可以想象他遭受到的阻力有多大。美国甚至做出了驱逐他出境的决定，不久又说他涉密，不允许他出境。钱学森因此而被软禁了五年之久……

后来，经过周恩来总理的不断努力，钱学森终于收到了美国移民局允许他回国的通知。1955 年 9 月 17 日这一天，钱学森携带妻子蒋英和一双幼小的儿女，登上了“克利夫兰总统号”轮船，踏上了返回祖国的旅途。1955 年 10 月 1 日清晨，钱学森一家终于回到了自己魂牵梦绕的祖国，回到了自己的故乡。

钱学森回国后刚刚回到父亲在上海的家中，就迫不及待地想要完成一个心愿，那就是回母校交通大学看看，重访故地。而这个时候，交通大学即将西迁。1955 年 10 月，远在几千里以外的西安东南郊，一片农田里，几千名建设大军已经在破土动工，修建校舍。这之后的一年多，来自母校的各种声音以及信件，钱学森听到了，也看到了。他没有轻易表态，直到差不多两年以后的 1957 年 6 月。

作为交大老校友，交大西迁对钱学森来说不能说是“惊动”，而是深深地卷入其中。从 1957 年 6 月 26 日钱学森写给母校的一封信中可以看出来，迁校问题曾怎样让这位大科学家纠缠其中——

在过去一年间我接到好几封关于迁校问题的信，在报章上也看到过关于迁校的报道，作为交大的学生，我自然地对这些资料仔细地看了，也想考虑一下这问题应该如何来妥善地解决，但是在这事上我有很多困难：我离开祖国有一大段时间，在这一段时间里祖国起了惊天动地的变化。虽然自归国以来，也自然逐渐学习到一点东西，了解一些情况，也到母校参观过一次，但是我现在的认识水平还很低，决不能对迁校问题有什么值得考虑的意见。所以我对这问题不作正面答复。

我是想提出另外一点，这与迁校问题也是有关系的。

我们知道：迁校问题已经得到党和政府高级领导的注意……所以我相信，他们的决定是明智的，我们应该服从并支持这样的决定。我们不是说党在科学事业的安排布置方面一定能领导吗？既然承认党能够领导科学，那我们又有什么理由不接受党的决定呢？

这是时任中国科学院力学研究所所长钱学森的表态。

表态相当谨慎，没有个人态度，只有对共产党的信任和对党的决定的服从。是什么导致钱学森这样伟大的科学家在交大西迁的问题上都如此谦虚谨慎、小心翼翼呢？

因为事情起了波澜。

事情起了什么波澜？

国内、国际形势的变化和毛泽东的《论十大关系》的发表。

1956 年春毛泽东发表《论十大关系》，其中重要的一点就是正确处理沿海工业和内地工业的关系。毛泽东说："过去朝鲜还在打仗，国际形势还很紧张，不能不影响我们对沿海工业的看法。现在，新的侵华战争和新的世界大战，估计短时期内打不起来，可能有十年或者更长一点的和平时期。这样，如果还不充分利用沿海工业的设备能力和技术力量，那就不对了。不说十年，就算五年，我们也应当在沿海好好地办四年的工业，等第五年打起来再搬家。"

毛泽东的想法很现实。

既然第三次世界大战打不起来了，既然沿海形势不再那么紧张了，战争的威胁短时间内不会发生，中国东南沿海如此雄厚的工业实力我们怎么能放弃不用呢？国家急于建设，内地管长远，沿海有效率，既然打不起来就先建设。

要命的是，上海的任务由此发生了变化。

原先在战争阴影的笼罩下，它得动员工厂、学校内迁，而现在，一百八十度的大转弯，它得开足马力搞建设！想想，作为中国最重要的工业城市，上海的压力有多大！在这样的情况下，一下子把一个与它唇齿相依、相依为命了 60 年的工科大学连根拔走——只留下造船学院和运输起重专业等，上海感到很为难。上海甚至觉得，没有了交通大学为上海持续提供的机械制造、电机、电工方面的智力支持，上海的经济发展会受到不小的影响。

于是上海提出，希望交大迁校后帮他们再建一所机电大学。

原先中央说的是全迁。

现在，全迁显然有困难了……

上海肯定需要这所大学的支持，否则，他们就会遇到困难。

——这就是波澜。

——这就是钱学森也不得不小心翼翼的原因。

5

★ ★ ★

交大西迁一开始进行得极为顺利。

在时任交通大学校长彭康向全校师生公布了中央关于交大西迁的决定后，第一个站出来表态的是教务长陈大燮。陈大燮是我国著名热力工程学家，国家一级教授，我国高校热工教学课程建设的主要奠基人之一。曾任交通大学迁校委员会副主任委员，1958 年被任命为交通大学副校长，1959 年改任西安交通大学副校长，是交大西迁的主要组织者和参与者。他 1903 年出生于浙江海盐。1925 年获交通大学学士学位，1927 年获美国普渡大学硕士学位。回国后相继在浙江大学、中央大学及交通大学任教授。1949 年出任交通大学教务长。

1957年举家随校西迁。50年代，他参与制定了我国科学技术十二年发展规划，是其中热能动力工程方面的主要起草人。他在50年代末大力倡导的工程热力学两大研究方向——工质热物性测定及动力循环热效率的提高，对我国热力工程方面的科学研究产生了深远的影响，至今仍是国内外学者的主要研究内容。他所编著的《高等工程热力学》《传热学》及《工程热力学》等书在我国的热工教育界与工程界产生了重要影响。1961年高等教育部成立高等学校工科基础课程热工教材编审委员会，陈大燮任主任委员。在他的主持下，首次制定了我国“热工学”“传热学”“工程热力学”等课程的教学大纲。陈大燮也是新中国成立后国内最早指导研究生的著名学者之一。他指导的第一名研究生于1959年入学。1962年秋季我国开始招收和培养研究生时，《人民日报》曾发表过专题报道，其中陈大燮教授被列举为六位担任研究生指导教师的著名学者之一。当年陈大燮教授所培养和指导的青年教师与研究生如今都已成为我国热力工程界与教育界的骨干，许多人已成为著名学者。时隔多年，在我们的采访中，许多人都还记得，1957年9月，在交大西安部分的新生开学典礼上，教务长陈大燮说过这样一句话：“我这个教务长既是上海部分的教务长，也是西安部分的教务长，但是我上课首先要上西安部分学生的课。”在当时，这是一个相当鼓舞士气的表态。

陈大燮当时还在校刊上发表文章说：“迁校西安是政府的决定、祖国的号召，对国家工业建设意义重大，我们要坚决响应号召。当然，迁校西安是一项繁重而艰巨的任务，需要我们以信心和勇气克服困难。”

学生们也致信彭康校长说：“离去西安的日子越来越近，我们的心情格外激动起来。是的，要到大西北去了，我们怎能不兴奋、不

交通大学西安新校园基础建设

喜悦？我们怎能不歌唱、不欢乐？西北期待着我们，期待着我们这批未来的工业战士。我们已经做好了充分的思想准备和困难做斗争。祖国的需要就是我们的志愿，祖国每一块土地都是我们安家的地方。我们全班 30 位同学向党宣誓：我们不但要愉快地迁往西安，而且我们将以更大的决心、更坚强的意志向科学堡垒进军！”

这封信充分表达了青年们投身西部，到祖国最需要的地方去的热情和决心。

此时的西安，交通大学新校园的建设工作正如火如荼地进行着。

1956 年 6 月初，交通大学先遣队已在西安新校址安营扎寨。后勤职工被分为两班人马，一部分在上海负责物资和人员的运送，一部分在西安负责物资设备接运，解决到达人员的吃、住、行问题。

6月中旬，学校中心大楼、学生饭厅主体工程告竣，十多幢员工宿舍和十多幢学生宿舍基本完工。实习工厂、操场和福利用房开工兴建。西一楼、东一楼、东二楼等几幢教学大楼以及图书馆大楼的设计接近完成。

西迁的方针是边建边搬，以保证当年顺利开学。1956年六七月份，在校园建设初具规模后，西迁工作迅速启动，全校师生克服一切困难，全力以赴开始西迁。

1956年8月，交大第一批西迁人员，满怀开发大西北的豪情壮志，浩浩荡荡，乘专列由上海徐家汇车站出发，向西安挺进。9月10日，在陕西省党政领导的热情关怀下，在西安当时最“豪华”的礼堂——人民大厦，举行了盛大的交通大学开学典礼。这时学生共3906人，教工815人（其中教师243人），家属1200人，一所新交大，就这样在古城西安诞生了。同年内迁西安的学校还有华东航空学院，在西安新组建的学校有西安动力学院、西安建筑工程学院。三校教师共616人，学生4235人，加上交通大学师生，合计猛增师生近万人。西安高校的面貌，顿时发生了很大的变化。

置身于西安新环境的交大教师和学生们走进崭新的教室。他们认真地学习，一丝不苟地开始实验、实训，一切都如在上海一样，井井有条。

与此同时，从上海发出的一列列火车，在广袤的原野上奔驰着，它载着希望、载着快乐驶向祖国的大西北。到了西安火车站，学校的图书资料和机器设备被有条不紊地搬运到了新校区。为保证教学用品在学生到达新校园时全部就绪，全校几十名后勤职工夜以继日地奔忙在上海、西安两地，不知付出了多少心血和汗水。在上海，

1956 年 9 月 10 日，交通大学在西安人民大厦举行迁校后首次开学典礼

每个家庭的所有物品都有人精心打包，安全运出；在西安，所有运来的物品都已在教师到达新家前摆放到位。在后勤职工的努力下，无论是课桌还是精密的仪器设备，各类物资都完好无损地及时运到西安，甚至连职工托运的筷子都没损坏。

也许，交大西迁就可以这样顺顺当当地进行下去了。

可是，风暴来了。

6

★ ★ ★

关于交大西迁的争论首先发端于上海。

在毛泽东发表了《论十大关系》后，随着国际形势的变化，上海市的建设方针由原来的“不发展”改为“充分利用，合理发展”。适应这个新形势，上海市申请交大西迁后，帮他们再建一所机电大学。1956年秋，上海市召开人民代表大会，某所高校教授作为人大代表发言，第一次对交大西迁提出不同意见，建议上海市设法留下交大，不再西迁。这位代表的发言引起了一些人的共鸣，引发了一场争论。这也代表了上海一部分人的观点和心声——他们不是不愿意把交大这棵大树挪走，而是舍不得。这股风当时还刮得不小。好在当时主政上海的是陈毅。等人大会议一结束，包括上海市市长陈毅在内的上海市委、市政府领导就到了交大，表态上海仍旧支持交大西迁。接着，上海市政协派出代表团到西安进行实地考察，回来后写了份考察报告，认为交大迁西安的决策是正确的。这场争论才暂告平息。

然而，一波未平，一波又起。

时隔不到一年，1957年4月，交大内部也发生了一场更加复杂和激烈的争论。在学习毛泽东《关于正确处理人民内部矛盾的问题》一文时，一些人认为交大的主要矛盾是迁校，个别人认为1955年决定迁校是错误的，根本否认合理部署支援西北建设的重大意义。交大在4月下旬召开工会会议，展开争论。接着召开校务委员会，会上抵制迁校的意见逐渐占了上风，成了一个一面倒的会议，后来甚至形成了交大“不迁”的意见，影响很大，使上海停止了装箱（正在准备西迁）、西安停止了基建。俨然是一个“迁不动”的格局，形势相当紧张。

稍后，风波扩大到了上海和西安两地。

上海的一些新闻媒体甚至报道了交大不西迁的“暗示文章”。

西安方面受到的冲击似乎更加剧烈。这是因为西迁问题不仅牵连交大一家，也波及那个时候响应国家号召支援西北而来的其他高校、科研机构和企业等。这些同样从上海、苏州以及南方一些大城市迁往西北的单位把交通大学当成了“风向标”。大家的心思其实和交通大学不少人一样，故土难离，舍不得南方的青山绿水，舍不得江南水乡的“日出江花红胜火”，舍不得自己的故乡亲人，因此，虽然已经迁到了西安，此时却想要重返故里。大家说，我们看交通大学的！要是交大都回了上海，我们也要回！

此时的情况是，交大西迁已迁了一半。

一、二年级，也就是五五级和五六级以及所有基础课程教师和工厂、仪器、实验室等已经搬迁到了西安，而三、四年级学生和专业课教师以及工厂、仪器、实验室等还留在上海的徐家汇校区。可以说，一半身子到了西安，另一半身子还在上海。这个时候，不仅中央感受到了很大压力，交通大学感受到了很大压力，而同时感受到很大压力的还有上海和西安两地的政府。

上海市副市长刘季平明确表态说：“支援西北是国家一个战略原则，这不但是我们采取什么样的态度问题，而且是全市采取什么样的态度问题、上海的知识分子采取什么样的态度问题。如果最后得出不搬的结论，支援成为空话，我们上海无以对国家！”

“我们上海无以对国家！”好沉重的一句话啊！

而对于陕西省政府和西安市政府来说，已经搬过来了一半的交通大学如果再搬回去，先不说对西安这座企盼交通大学落地生根的古城会带来怎样沉重的打击，就是已经搬到西安的不少交大师生感情上也接受不了。他们，切切实实地感受到了古城人民对交大的欢迎和期盼！

任梦林和王则茂拿着高教部就交大西迁事项致陕西省政府的正式公函直接从北京到了西安后才发现，即使没有介绍信，也丝毫不会影响他们和陕西、西安方面的接洽。陕西各级政府早已经知道了交大要来，热情的陕西人民张开双臂欢迎他们，他们感受到的是西部人如火的热情。总务长和基建科长此行的主要任务是为新校区选址。陕西省政府把他们介绍到省委宣传部，宣传部部长热情洋溢地给他们介绍了西安的情况，又热情洋溢地把他们介绍到西安城市建设规划局。规划局李局长一听，像接待贵宾一样，毫无保留地把西安城市规划图整个摊开在他们面前，给他们介绍西安的城市建设规划。告诉他们说：“只要在西安市的规划范围内，无论哪块土地，你们都可以随便选址。看上的，我们都同意！”

这就是西安。

千年落伍的西安想要崛起，他们多么盼望颇负盛名的交通大学能来西安啊！

对于交大西迁，西安显然已有准备。在任梦林和王则茂的请求下，西安先给他们指定了五块地方，让他们先去考察。两个人便和规划局的李局长、城建局计划科的张科长一个个去查看这些校址。李局长和张科长都非常热情，实际上看的地方远不止原先指定的五个地方。

而最令他们感动的是被征地的农民。

这些淳朴的陕西农民，一听交大这所老牌名校要迁来，虽然他们要迁离祖祖辈辈居住的地方，却像自家办喜事一样，欢天喜地地、一点儿条件都不讲地整村整村地很快搬迁完毕。这种情况让任梦林和王则茂喜出望外。这和他们在上海徐家汇遇到的情况简直是天差地别！后来交大西迁成功，不能不说和陕西农民的无私奉献有着重大关系。当围绕着迁校的风波骤起，在一次校务会议上，亲历过这一切的总务长任梦林几乎是含着眼泪说道：

“陕西省和西安市为交大迁校成功不惜付出最大努力。当地政府有求必应，有难必帮，做了他们所能做的一切！比如，交大师生是南方人，喜欢吃大米，但西安是北方城市，大米供应有限。交大师生到西安最初吃的大米，是西安供应给外宾吃的。交大师生春节吃的新鲜菠菜，是西安市从广东专门运来的。还有，我们的东西搬来后因为没有仓库堆放在露天，被征了地的附近农民不仅没有人动一下，反而主动地组织起来替我们看护，过春节他们居然还来慰问我们！”

任梦林眼睛红了：

“多好的政府，多好的老百姓。这两年接触下来，有时候都感到不好意思再去找他们……如果再搬回去，我感到无脸见西安父老！”

“无脸见西安父老！”

任梦林的这句话说完，校务会议上一片唏嘘。

当时的中共西安市委第一书记是方仲如。

方仲如和西安市市长刘庚亲自出面邀请交大几十位师生在市委举行座谈。

方仲如说："西安赞成和热烈欢迎交大全部搬来西安。国家决定把交大搬到西安这个地方，是经过深谋远虑的，是完全正确的。以我在西安工作的亲身体会，同学们、老师们，我深深感觉到，西北工业建设迫切需要交大这样一所工业学校来给以支援！我相信，交大迁来西安，对于西北的工业建设，也就是对于祖国的社会主义工业建设，一定会发挥更大的作用！"

交大西迁如果半途而废，陕西省和西安市表示完全不可接受。

甚至，对于交大迁校迁一半留一半，陕西省和西安市也表示"后果不可设想"。他们一再坚持交大全迁西安，以全面发挥一所著名

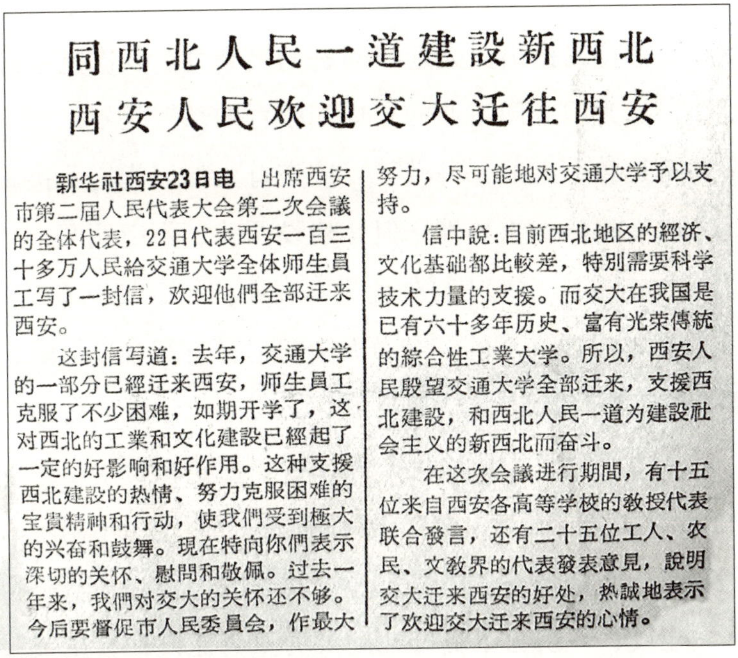

同西北人民一道建設新西北
西安人民欢迎交大迁往西安

新华社西安23日电　出席西安市第二届人民代表大会第二次会議的全体代表，22日代表西安一百三十多万人民給交通大学全体师生員工写了一封信，欢迎他們全部迁来西安。

这封信写道：去年，交通大学的一部分已經迁来西安，师生員工克服了不少困难，如期开学了，这对西北的工業和文化建設已經起了一定的好影响和好作用。这种支援西北建設的热情、努力克服困难的宝貴精神和行动，使我們受到極大的兴奋和鼓舞。現在特向你們表示深切的关怀、慰問和敬佩。过去一年来，我們对交大的关怀还不够。今后要督促市人民委員会，作最大努力，尽可能地对交通大学予以支持。

信中說：目前西北地区的經济、文化基础都比較差，特别需要科学技术力量的支援。而交大在我国是已有六十多年历史、富有光荣傳統的綜合性工業大学。所以，西安人民殷望交通大学全部迁来，支援西北建設，和西北人民一道为建設社会主义的新西北而奋斗。

在这次会議进行期間，有十五位来自西安各高等学校的教授代表联合發言，还有二十五位工人、农民、文教界的代表發表意見，說明交大迁来西安的好处，热誠地表示了欢迎交大迁来西安的心情。

《人民日报》1957 年 6 月 23 日刊登了一篇有关西北人民支持交大西迁的报道

高校在大西北开发和建设中的作用。

问题最后只能上报到了周恩来总理的面前。

7

★ ★ ★

交大“迁不动”，其影响所及不限于交大，而是一个牵一发而动全身的问题，是一个带有全局性的问题。正是由于交大的重要性，周恩来总理 1957 年五六月间拿出很多时间来处理交大迁校问题，并召开国务院专题会议，就交大迁校及未来发展发表了长篇讲话。

周总理在讲话中首先指出交大迁校问题的复杂性。其次重申院系调整的必要性，认为旧中国工业的布局和教育的部署是不平衡不合理的，院系调整是教育上的一种政策，应该首先加以肯定。接着讲了我国西北、西南建设的重要性。但是建设西北、西南地区，必须首先有先进地区的支援。上海支援外地义不容辞。再次，总理认为：1955 年决定交通大学内迁是对的。交通大学搬去虽有困难，但既是国家需要就要设法克服。1956 年情况有变化，交通大学形成可搬可不搬的局面。但从西北建设需要来说，西北校舍已建，学生已扩大了 2000 多，在上海发展有困难，所以仍决定搬。今年产生了困难，形成了“骑虎难下”的局势。解决交大迁校问题的原则必须从一切有利于社会主义建设、一切为了更好地动员力量为建设社会主义服务出发，要努力变消极因素为积极因素……

在现在已经发生了矛盾的情况下怎么办？也就是说，具体处理方案如何确定？这是问题的关键。参加会议的所有人都在静静地聆听。

周恩来总理认为，解决交大迁校问题不外乎三个方案：

一是全部搬西安。

二是搬回上海。

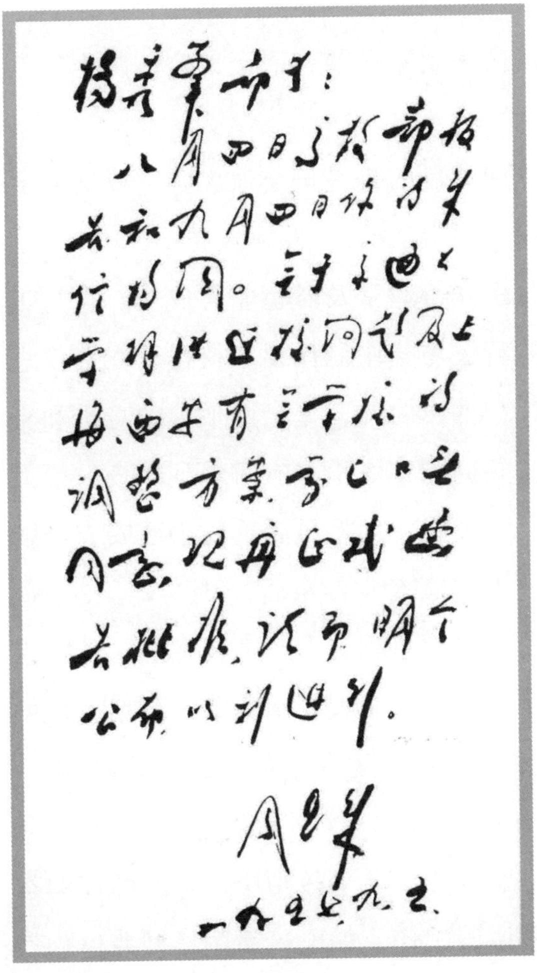

1957 年 9 月，国务院总理周恩来批准交通大学迁校调整方案给高教部杨秀峰部长的信

三是西安和上海两地建校。

全部搬西安，虽有困难，但好处多。大西北，包括山西、河南，七个省区，西安是中心。西北地区是需要交通大学的。东南文化高一些，但有弱点。能到西北去锻炼是很有好处的，尤其是青年人。上海余下来的1000多员工，如果能去西安，并不放弃全搬的可能；年老体弱不能去的可以不去，有时去讲讲学。交大搬回上海，也有好处，也有需要。但即使回上海，也必须尽最大可能支援西北建设，否则无以面对西北人民……

最后，总理讲："问题都摆在大家面前，请交大全体师生自己好好讨论。"

杨秀峰部长补充说："总理的目的是爱护交通大学，要交通大学搞好。处理交大这一问题必须从团结出发，照顾大局。"

以后的历史证明，这次会议开得非常及时也非常成功。它为正确处理人民内部矛盾、贯彻执行民主集中制做出了榜样。在会议进行的过程中，周总理还在百忙中抽出时间，完全以平等的身份和交大派来的群众代表促膝谈心，共商国家大事，有时谈到深夜，感人肺腑。会议之后，杨秀峰部长去上海，刘凯风副部长去西安，帮助学校具体贯彻周总理指示精神。国务院会议结束后，6月7日至20日，长达半个月时间，交大全校传达讨论总理指示。学校党委在党团组织内提出了明确的要求，即争取实现周总理指示的第一方案，最低保证实现第三方案，总之要大力支援西北建设。为了便于深入讨论，杨秀峰部长介绍了周总理的"6·4"指示全文。在群众讨论过程中，仍有少数人情绪十分偏激，不愿西迁。在老教师中，有的西迁的态度更加坚决，并带头做了大量说服工作，如电机系主任钟兆琳、教

彭康闡明"交大"迁校新方案的意义

号召全校团結一致实行新方案办好"交大"

本报上海15日專电　交通大学校長彭康在交大迁校新方案决定后，最近向全校师生員工作了报告，闡明新方案的意义，号召全校团結一致，实行新方案，办好交大。

彭康說，解决交大迁校問題，必須要照顧到支援社会主义建設，最好是实現周总理提出的第一方針，即全迁西安。但是，要实現这个方針，也要照顧到具体情况。目前，交大全部迁到西安去，在教学、科学研究上，还有些困难，虽然这些困难是暫时的，可以克服的。另一方面，要迁校，就要迁人，人的情况就比較复杂，要把許多人一齐搬去，是有困难的，人的某些情况，不照顧就是不合情理。此外，上海也需要交大。因此，我們就要求得到一个合理办法，来照顧到上述各方面。

彭康說，全迁西安既有困难，那末把迁去西安的迁回上海行不行呢？上海校舍容不下这么多的人，教学設备也無法安置；同时全部交大和上海造船学院、南洋工学院同在一个地方，就很难安排。他說，另外，上海工業面貌今后不会有大發展，学校在上海發展必然受到限制；同时最新科学如：电子学、半导体、原子能等均在内地搞，我們不去内地，留在上海，就不会搞这些。今后，学校就沒有在新的科学領域里的專業，这对我們这样一个基础較好的工業大学来說，是不好的；对国家来說，也是不利的。因此，全部搬回上海不足取。

彭校長接着說，所以全迁西安有困难，迁回上海又不足取，那末怎么办呢？問題要解决，既不全迁去，又不全迁回，还要維持一个交大，并且要很好發揮交大作用。最后，校委扩大会議就通过了現在这个新方案。新方案規定，交大分設西安、上海兩地，同时把兩地学校加以合理安排。兩部分为一个系統，一个領导，兩部分根据西北地区及上海地区的要求，各負担不同的任务。因此，各有重点，各有發展方向，这样，兩个地方的学校都可以办好。新方案貫徹了支援西北合理部署的原則，有利于学校本身的發展，也照顧到上海的需要及有利条件的利用。虽然在兩地，实际上还是一个学校。

彭校長接着指出，这次迁校問題的討論，有兩点主要的收获：第

1957年7月15日《光明日报》刊登了《彭康阐明"交大"迁校新方案的意义》

务长陈大燮等；有些则明确表示支持第三方案。但仍有相当部分表现很勉强，其中个别人坚持反对西迁……

这种情况表明，即使是在周总理主持国务院会议以后，交大西迁的争论仍然没有平息。争论仍旧非常激烈。

这个时候，党的坚强领导起到了至关重要的作用。

针对上述情况，由上海和西安两市党政领导带头，各民主党派、群众组织以及科技界、教育界出面，召开各种类型的座谈会，邀请交大正副教授、讲师、助教参加，做深入细致的动员工作，敦促交大西迁。党政部门又动员了社会各界名流出来说话。交大老校友及

科学界的老前辈如黎照寰、伍特公以及中国科学院院长郭沫若都纷纷发表谈话，动员交大西迁。黎照寰主张“办教育应从全国着眼，交大应起带头、骨干、根苗的作用”。伍特公勉励母校青年“不要贪图舒适，不要计较安乐，要培养艰苦奋斗、不怕困难的精神”。

这时候所有人的目光都集中在了一个人的身上：彭康。

彭康校长发表了个人对迁校的意见，他明确表态，主张全部西迁。

彭康表态之后，迁校讨论就由一般性的争论转向迁校方案的讨论。

8

★ ★ ★

周总理“6·4”指示一再强调团结：不勉强，要瞻前顾后，照顾四面八方，要实事求是，走群众路线。一部分人之所以比较勉强、顾虑多，内心的矛盾集中在两个问题上：一是不愿离开交大；二是不愿长期离开上海。既然迁校是为了爱护交大，是要交大发挥更大的作用，不是为迁校而迁校，因此，杨秀峰部长及彭康校长他们吸收一些老教师的合理意见，同时向交大党内外的领导同志征求意见，酝酿出了一个新的迁校方案，即交大分设于上海、西安两地，而且统一领导，师资设备互相调剂。这个方案，对原定的全部西迁的计划做了必要的调整，经请示总理同意，很快为大家所接受。它最大的优点是既解决了部分人内心的矛盾，有利于团结，有利于调动积极性，同时又照顾了上海发展的需要，实际上也解决了交大的发展问题。是年 7 月，交大召开校委会扩大会议——吸收西安校委会人员参加，由彭康校长将上述迁校新方案提交会议讨论，得到绝大多数人的拥护，顺利通过。

发生在 1957 年春夏之交的交大迁校风波，至此平息。

但事情还没有完。

从以后事态的发展来看，交大分设于上海、西安两地只能是权宜之计。事实就是，一套班子，两处学校，交通大学上海部分和西安部分在历史上一共并存了大约两年时间，从 1957 年到 1959 年。这期间发生的一件重大事情就是，1959 年 3 月 22 日，中共中央发出《关于在高等学校中指定一批重点学校的决定》，交通大学的西安

既支援西北建設 又照顧上海需要

交大决定分設西安上海統一領导

新华社上海12日电 交通大学迁校方案經过全校师生一个月广泛討論以后，决定分設西安、上海兩地，統一領导。

这个方案將报請高等教育部批准以后实施。

交通大学迁校問題从 6 月初周总理在国务院召开的討論交大迁校問題的会議上提出方針以后，全校师生員工进行了反复的討論，在西安的师生还参观了西北正在建造的工厂，了解了有关教学工作和建設需要的許多实际情况。因此，兩地絕大多數教师和学生都逐步明确地看清楚了决定这一問題所必須堅持的基本原則，以及1955年决定交通大学内迁的条件之一——国际情势虽然已有变化，但是西北地区的确需要一所規模較大的多科性的工業大学，認識了支援西北建設的任务是交通大学义不容辞的。在討論中，并仔細考慮了大家所提出的若干合理意見。如：上海工業生产需要一所質量較高的机电大学，交通大学的部分專業迁到西安后，在教学和科学研究工作条件上在一个短时期内会遇到一些暫时困难；交大在上海原来联系的工厂还需要它配合协作；少数老年教师的健康和部分教职員工的实际困难应适当加以照顧。校务委員会对于这些具体問題作了多方面的研究，最后提出了这个获得絕大多數人拥护的旣支援西北建設又照顧上海需要的迁校方案。

这个方案根据西北和上海地区的需要，規定了学校的西安部分的任务，是較完整地設置机、电方面的重要專業，并且逐步添設新技术方面的專業，發展成为理工大学。上海部分的任务是办好机、电等各專業。关于教职員工的調配，以大力支援西北、保証兩地教学質量和照顧本人意見为原則。圖書仪器設备，因为近兩三年內西安專業課教学任务較重，并且西安具体条件暂时比上海差，原則上优先照顧西安需要。

来上海参加交大迁校会議的高等教育部部長楊秀峰認为这个方案的內容是符合周总理指示的精神的，而且比較切实可行。他說，交通大学設西安、上海兩部分，不仅照顧了兩地建設的需要，从学校教学說，兩地师資、設备等方面也可以相互配合支援，能够保証提高教学質量，同时又保存了交大老底子的完整，維护了师生員工的团結。他对交大教职員工在討論中充分發揚民主，并且有許多人不滿足于現狀，从支援西北建設發揮交大在建設事業中作用方面考慮，表示滿意。

1957 年 7 月 12 日，《光明日报》刊文《交大决定分设西安上海统一领导》

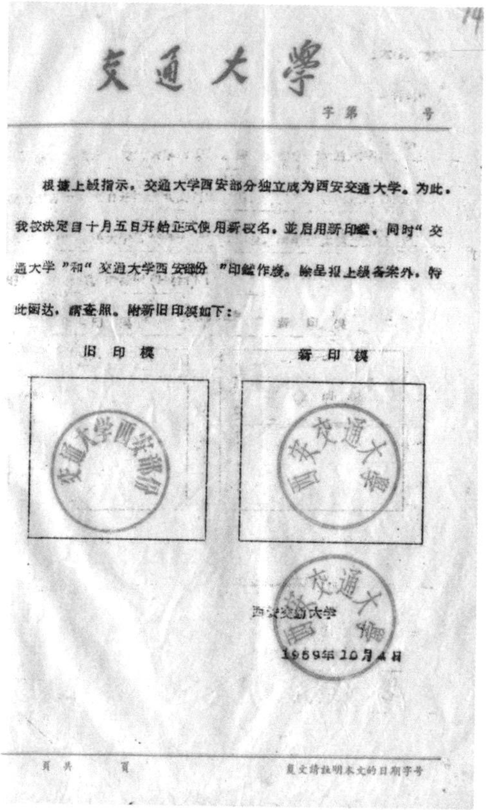

交通大學

字第　　号

根据上级指示，交通大学西安部分独立成为西安交通大学。为此，我校决定自十月五日开始正式使用新校名，並启用新印鑑，同时"交通大学"和"交通大学西安部分"印鑑作废。除呈报上级备案外，特此函达，请查照。附新旧印模如下：

旧印模　　新印模

西安交通大学

1959年10月4日

頁共　　頁　　复文请注明本文的日期字号

1959 年 10 月 5 日，西安交通大学启用新校印

和上海两个部分均被列为全国 16 所重点大学之一。这个时候，一所大学分设在南北两地的弊端却越来越明显。到了 1959 年 6 月，教育部给国务院专门报告说，1957 年的时候，根据上海、西安两地的需要，决定交通大学的大部分专业及师生迁往西安，新兴专业设在西安，交大的西安部分朝理工类大学的方向发展；小部分留在上海，其中有老的机电班底，也有内地无法发展的造船、运输起重等专业学科，作为交通大学的上海部分。到 1959 年，两部分的规模都有了很大发展，而且管理上有诸多不便。因此，拟将两个部分分别独立，建成两所

学校。上海部分改称“上海交通大学”，西安部分改称“西安交通大学”。

国务院批准了这个方案。

这就是前后历时近五年，从1955年到1959年，交通大学西迁这一历史事件的大体脉络，也是后来由于这一事件而诞生了一东一西两所交通大学——上海交通大学和西安交通大学——的原因和历史渊源。

第二章

激情

共和国初年的学子们

1

★ ★ ★

前面说过，1957 年发生那场关于交大迁校风波的时候，杨秀峰部长和彭康校长有过一个对形势的客观分析。他们认为，年轻讲师和助教绝大部分是主张和支持交大西迁的。如今活着的这些老教授，也是我这个冬天采访的主要对象——西迁老教授们，在 60 多年前西迁的时候，正是彭康校长所说的“年轻讲师和助教”们。他们当年都还是风华正茂的年轻人，其中包括给习近平总书记写信的史维祥、潘季、卢烈英等 15 位老教授。不用说，当年能够考上交通大学而又能够被选拔留在母校工作的，没有一个不是才子或才女。他们本可以留在上海有更好的生活，可是他们为什么会响应党的号召积极西迁呢？在我的采访中，我发现，他们当中没有一个人认为他们当年选择西迁是一种勇敢或伟大的行为。他们说，他们很普通。比起他们的老师——那些当年西迁时的教授，比如钟兆琳教授、周惠久教授、陈学俊教授、黄席椿教授等等，他们很普通。在当时，他们不可能做出其他选择。因为，他们是共产党和新中国培养的青年一代！像他们的老师一样，他们热爱这个国家，热爱中国共产党，热爱他们的母校。当党和国家号召他们西迁时，他们不可能有其他选择。

胡奈赛教授说："国家培养了你，叫你去哪儿，你就应该去哪儿。"这是一句非常朴实的话。但这朴实无华的语言中却表达出了所有当年交大西迁时年轻讲师和助教们一个共同的心愿：

党和国家培养了你，叫你去哪儿，你就应该去哪儿。

党和国家培养了你，让干啥就干啥。

党和人民培养了你，所以，在党和人民需要你的时候，你就应该能够做到打起背包就出发，到祖国和人民最需要的地方去……

这就是一种感恩和报恩。

感恩和报恩的背后其实就是爱国和报国。

我发现，在交通大学的文化和基因里，有两种文化和基因异常强大：感恩文化和感恩基因，还有就是他们的红色文化和红色基因。如果要深究交大西迁成功背后的原因的话，或许正是这两种文化和基因成就了当年交通大学成功西迁的壮举。也正是这两种强大的文化和基因，让交大这棵大树在经历了别人看来伤筋动骨的大迁徙之后的60多年，不仅没有"死掉"，而且，枝繁叶茂，郁郁葱葱，硕果累累。

这非常不容易。

可以设想一下，假如当初西迁的不是交通大学而是另外一所名牌大学呢？会不会在西迁之后伤了元气，再也创造不了它从前的辉煌？——正像周恩来总理当初也曾经担心过的那样："大树死掉，就是个损失。"其实，如果死掉，又何止是个"损失"呢？像交通大学这样一棵当年西迁之前在黄浦江边、在当时和如今都属于中国最现代化城市之一的上海已经长了一个甲子的"大树"，西迁如果失败，西迁如果让这棵"大树"死掉，那就不只是上海的椎心之痛，也将会是一个国家的椎心之痛。

2

★ ★ ★

作为给习近平总书记写信的15位老教授之一和西安交通大学曾经的校长，史维祥的经历或许能够让我们品读出一些特殊的感悟。

史维祥是江苏溧阳人。溧阳的地理位置非常特殊。抗战时，溧阳市区是日军和国民党中央军“拉锯”的地区，而溧阳山区却是新四军的地盘。那个时候，陈毅和粟裕的新四军指挥部就设在溧阳市前马乡西北的水西村。到了1939年11月，新四军江南指挥部在此成立，陈毅任指挥，粟裕为副指挥，统一领导江南全区的革命武装。史维祥抗战期间读完了小学和中学。他读中学的地方叫新昌村，这个地方属于平原和山区的过渡区。它距离日本人占领的溧阳市区20多里，而距离新四军指挥部所在地水西村则更近。中学时代的史维祥几乎就在新四军的眼皮子底下读书。

史维祥读书的学校叫光华中学。

这个中学的名字和办学的地址都颇有些来历。新四军指挥部移驻溧阳山区水西村以后，很重要的一件事情就是要在当地站稳脚跟，为新四军营造一种适合生存的环境。经过一番紧锣密鼓的努力，他们于次年春天在溧阳创办了一个公开的抗日群众组织光华社。没办几个月，国民党江南行署就下令取缔和解散了光华社。这个时候，有人提出干脆在国统区创办一所学校，作为抗日活动的基地。陈毅为此进行了一系列的努力和规划。有人想把学校办在溧阳城郊或城里，这样便于招收学生。陈毅说："学校不一定办在城里，可以放在靠指挥部近，便于联系和便于我们工作的地方。"于是就选到了距离溧阳市区 20 多里的新昌村，借用村中的一个宗祠作为校舍，而名字就用"光华"。

陈毅说，既然光华社取消了，那我们就以办学来抗日，而且，"光华中学这个名字很好。光华，光复中华，很有政治意义"。

史维祥上的就是这样一所中学。

它几乎可以说是在国民党统治区的一所"红色中学"。

史维祥当年只有十一二岁。在他的记忆中，音乐老师经常给他们教唱一些抗日歌曲，还组织他们演戏，例如著名的抗日话剧《放下你的鞭子》。唱着抗战歌曲长大的史维祥很喜欢他的这些老师。以后，除了日本人对学校的破坏以外，光华中学还受到国民党顽固派的打击和破坏。

那个时候，江苏最好的一些中学，如苏州中学、扬州中学、常州中学等，因为战乱也纷纷迁到江苏农村去办学。苏州被日本人占领后，日本人在苏州城里办了所"苏州中学"，而真正的苏州中学抗日战争期间却搬到了宜兴农村。这个搬到宜兴的苏州中学的高中部起名叫"宏毅中学"。因为它的师资力量非常雄厚，名师如云，所以，周边城市和农村的学生们纷纷投考它。那一年，整个溧阳县只有一名学生考取了宏毅中学：16 岁少年史维祥。这年，是 1944 年。宏毅中学分甲乙丙丁几个班，他被分到了重点班乙班。在重点班里，所有的同学都瞄准了全国几所重点大学。

史维祥说，他瞄准的就是有着“东方麻省理工学院”之称的交通大学。

交通大学的前身是由盛宣怀奏请创办于1896年（清光绪二十二年）12月的南洋公学。

史维祥考交通大学颇费了一番周折。不是他学习不好，是他家庭太穷。1947年，当踌躇满志的19岁青年史维祥背着他最简单不过的铺盖卷——一张席子和一顶打满补丁的蚊帐，从溧阳农村来到繁华大都市上海报考交通大学的时候，才考了一门课，就病倒了。他住不起旅馆。他能够“下榻”的唯一地方，就是交通大学走廊的地板。晚上，把席子往地上一铺，躲进蚊帐中睡上一夜，第二天再去考试。夏天，一个大小伙子，倒也没有什么。问题是他还没有钱在正儿八经的地方吃上顿正儿八经的饭。他一定是吃了地摊上不干净的饭菜，结果，一门课刚考完，就拉肚子了，上吐下泻。拉得实在太厉害，于是被送到了医院。等病好了，交大的入学考试也结束了。史维祥只好先考了一个专科学校，然而，这所专科学校却没有学生宿舍。史维祥唯一的办法就是在交大学生宿舍里“借宿”。史维祥就这样在这个宿舍里过了一年不花住宿费的“准交大学生”生活。

这一年，他大有收获。

他发现，交大的氛围很不一般。

为他提供免费住宿的中学同学叫宗慎元。宗慎元刚一进交大就被学生中的共产党组织“拉”上了，实际上就是地下共产党组织发展的积极分子。史维祥这个“寄宿生”也就跟着好朋友参加了许多活动，例如，参加了青年会——交大青年会的很多活动。这个交大青年会极其活跃，是解放战争时期交大地下党领导下的一个公开社团组织。

史维祥惊奇地发现，这个青年会几乎遍布全校各个角落，每一年级都有组织，每一个班也都有组织，像神经网络一样，接触到了几乎所有的同学。这个青年会还搞了许多报告会和公益活动，比如，请复旦大学的教授，请著名演员赵丹、黄宗英、王丹凤等来校做报告；召开各种各样的座谈会；为逃难到上海的学生捐衣捐物；等等。除了这些，他们还上街游行，罢课、讲演，宣传共产党的思想和主张，学生运动搞得轰轰烈烈。史维祥早在上光华中学时已经受到的革命启蒙，这个时候，如同种子一样发芽了。

他喜欢这样的交通大学，喜欢这样的革命氛围。

当他对这所大学了解得越深，越是发现，这所名牌大学不愧为上海的“民主堡垒”。它的血管中似乎一直流淌着追求民主自由与光明的红色血液。在它刚刚诞生不久就发生了一场震惊沪上乃至全国的退学风潮。当时，《苏报》《新民丛刊》等均以《学界风潮》等栏目报道了这次事件。事情的起因就是一个墨水瓶。一个顽固的守旧派老师认为学生把一个洗干净的空墨水瓶放到他的座椅上是为了羞辱他，于是呈请校方开除了几名学生，由此引发了这次学潮。事情发生在清光绪二十八年，公元 1902 年。这恐怕是清政府办新学以来，全中国最早的一次学潮了。中国后来的一些著名人物也参加了南洋公学的这次学潮，比如蔡元培、吴稚晖，以及当时的特班学生黄炎培等等。

如果说南洋公学的早期历史对史维祥这样的年轻人来说多少还有些遥远的话，那么，“五四”运动前后交通大学所发生的一些红色事件却让他感到热血沸腾。他发现，每当中国有大事件发生，这所大学无一例外都会冲锋在前：

——“五四”运动爆发，上海学联诞生，上海高校中第一个学生组织南洋公学学生会率先成立。高涨的爱国热情，使得南洋公学的学生队伍成了一支活跃在上海的骨干力量。那个时候，他们除了三五成群地上街演讲以外，还出版发行了《南洋日刊》和《南洋周刊》。《南洋周刊》在“五四”运动时期成为上海的一个重要舆论阵地，孙中山还专门为它题写了刊名。

——“五卅”运动。上海学联通知要为被捕的学生和被杀害的工人请愿。当日下午 3 点接到通知，一小时后，交通大学的游行队伍已经集结完毕，雄赳赳地走上了上海街头，成为当日游行队伍的第一总队和第一方阵。那个时候，1925 年，交大已经有了共产党员。到了这年年底，成立了中共交大支部，有八位党员。与此同时，也成立了共青团支部。共和国诞生后曾任中共中央宣传部部长的陆定一，此时正在交大读书，是交大党支部的第一任支部书记，“五卅”运动时，陆定一就走在交通大学学生的队伍中。据史料记载，当交通大学的游行队伍在行进中的时候，复旦大学、上海大学、同济大学等高校的许多学生也陆续加入。汇入的学生和市民越来越多，渐渐形成一个巨大的洪流。当数万学生和市民来到租界时，等待他们的是荷枪实弹的英国、印度巡捕。枪响了，年仅 17 岁的学生陈虞钦当场饮弹身亡，鲜血浸透了上海的泥土。

——“四一二”事变。交大的学生们很早就懂得，要救国就非得依靠工农不可，所以他们在第一次国内革命战争时期就先后创办过几所义务学校，为工农进行义务教育。其中就有一个叫侯绍裘的学生。“五四”运动以后，学校当局曾经以侯绍裘“志不在学”为由开除了他的学籍。1923 年夏，侯绍裘加入了中国共产党，并且和著名共产党人恽代英等结下了深厚的友谊。1927 年，在“四一二”反革命事变中，他不幸被捕，最后英勇牺牲。

寄宿在交大学生宿舍里的史维祥在听了前辈们这些故事后，暗自下定决心，他要考的大学一定是这所既是工程师的摇篮，又是享誉上海有着“民主堡垒”之称的大学——交通大学。

他心向往之。

3

新中国成立前夕，交大最著名的一次学生运动是“护校运动”。

这次学生运动不仅惊动了国民党教育部部长朱家骅、上海市市长吴国桢及蒋经国等国民党要人，最令人称奇的是，它或许是迄今为止中国乃至世界上唯一一次学生自己开火车请愿的学生运动。事情的起因是，教育部部长朱家骅要“肢解”交通大学——下令停办航海、轮机两科，同时取消一个学院。消息刚一传开，整个校园就燃烧了起来。从早期“墨水瓶事件”开始就从不受辱的交大学生们第一时间行动了起来。他们在校园中心的大草坪上放了张长长的桌子，桌子上放了张长长的白纸，上书几个大字——护校请愿签名书。

钟兆琳教授签了名字。

陈大燮教授签了名字。

朱物华教授、张钟俊教授、陈季丹教授和沈尚贤教授……很多教授都签了名字。

校方上层人士很多也都签了名。

此事关系到交大两个系和一个学院许多师生的命运，几乎所有的交大人都不会袖手旁观。群众运动起来了。护校委员会成立了。教授会做出决议，表示了誓与学校共存亡的决心，教授们说："敬由校长率领教务长、总务长及各院院长、各系系主任联袂晋京请愿。如不达目的，全体教授决定辞职以示决心。"

教授们都已经背水一战了！

1947年5月13日清晨，65辆大卡车满载着交大2800多名学生（占全校学生的95%）和食宿用具向火车站出发。车前挂的横幅上写着"国立交通大学晋京请愿团"几个大字。国民党当局动员一些社会名流对学生进行"劝阻"。上海市市长吴国桢也亲临现场，企图"说服"学生。

好了，这时发生了这样一幕——

几十辆大卡车的长龙和挡在最前边一辆车前的上海市市长吴国桢对峙。

吴国桢怒目圆睁，高声喊道："你们敢撞我吗？"

够勇敢。

但让吴国桢万万没有想到的是，最前边一辆车的卡车司机还真的踩了油门，开动车子往前碰了吴国桢一下。吴国桢被吓了一跳，顿时脸色大变：学生们真想要开车轧死他呀！其实，这只是吓唬他。这个时候，学生纠察队员跑过去，冲到市长身边，大声喊着："不能伤了我们的市长！要保护市长的生命安全！"说着，把吴国桢架到了一边。就在同一时间，卡车呼啸而过，一辆紧接着一辆，风驰电掣。吴国桢眼睁睁地看着学生的车队如同滚滚洪流，倾泻出了校门。车队出了校门，浩浩荡荡，开上了徐家汇的街道，一直开到了火车站。

吴国桢肯定不敢让学生们真的上了火车跑到南京去请愿。他们提前做了准备，下令这一天火车北站全部客车停开。学生们到了车站才发现，火车站戒备森严，整个车站空荡荡的。怎么办？几千名学生拥进了火车站却坐不上火车！

这个时候，虽然所有的客车都调走了，但闯进车站的学生们发现，站台上居然还停着一列货车，但没有火车头。学生们跳上货车车厢，兴高采烈地打扫卫生，在车厢外面刷上醒目的标语“国立交通大学晋京请愿团专列”。这时的任务就是分头去找火车头。找来找去，一直找到下午，终于在附近一个分站的火车库里找到了一个火车头，却怎么也开不动。原来，实习是一回事，没有师傅在旁边，真正自己要开火车还是有些困难，主要是不知道锅炉如何进水，炉膛如何排渣。真想不到，这些平时看上去并不起眼的小事竟然难倒了一帮英雄好汉！

正当大家一筹莫展的时候，又一个没有想到的事情发生了。

旁边一个满脸乌黑的小男孩儿说话了。

这是个捡煤渣的小男孩儿。他天天看司炉工如何排渣，看会了。这时，他给这些大哥哥连比带画地说了一通。经过一番讨论、研究、试验，几个系的人一齐攻关，他们居然把火车头开动了！

这下不得了了。

大批军警赶了过来。情况出乎他们的意料，本来想着没有火车学生们闹闹也就回去了，现在，学生们居然要自己开火车进京！这回，赶到火车站的市长吴国桢传达了教育部部长朱家骅的意见。他说，学生们必须复课，否则要集体开除！军警和学生们对峙着。这个时候，上海各大学如暨南大学、上海医学院等学校的学生已经成群结队地赶到火车北站，声援交大同学。数万大学生手挽手组成一道道人墙包围了军警。

火车汽笛一声长鸣。

20 多节货车车厢组成的一列长长的火车如长龙般向着南京方向风驰电掣。

在车站没有拦截住，上海当局立即组织人马沿途拦截。怎么拦截？拆枕木、拆铁轨，总之就是让你开不成火车。火车驶到快要接近下一个车站时，观测的同学发现前边的路况不对头了，大声喊叫："停车！"火车一个急刹车停了下来。大家下车一看，这才发现前面不到 100 米的地方有一段铁轨已经被拆除了，光秃秃的路基裸露在他们眼前。

当局想用这种办法阻拦他们。

他们笑了。

这事难不住他们。

土木工程系的二三百名同学都是抢修铁轨的高手。他们立即组成了突击队，把拆掉的铁轨又重新搬了回去。不大工夫，这段被破坏了的铁轨又恢复了从前的模样，火车又能开动了。同学们一片欢呼，再次起程，往南京开！往南京开！

可是又开了才 20 来分钟，前面的铁轨又被拆掉了！

这次当局拆得更加彻底了。你不是会修吗？那好，我把铁轨和枕木一股脑儿都拆下来搬走，让你巧妇难为无米之炊！看谁斗得过谁！学生们又笑了。你道高一尺，我就不能魔高一丈吗？你可以拆铁轨，我就不可以拆了东墙补西墙吗？你总不能把一条线路的铁轨全拆完吧！那好，你拆了前边的铁轨，我就拆了后边的铁轨来补前边的铁轨……

这一路上双方就这样斗法。

事态的发展终于惊动了教育部部长朱家骅。

朱家骅飞到了上海，对吴国桢说，他要在现场对学生训话。这就有了深更半夜上海市市长吴国桢派人到交通大学去借美军的扩音器这件事。朱物华教授从蒋大宗那儿取来设备给了来人，两人顺便问起了他们那些了不起的学生这会儿的情况。来人于是就把火车怎么被学生们开走，当局怎么破坏铁路，铁路怎么被学生们屡毁屡建，现在已经到了真如等情况告诉了他们。两位老师听得心花怒放。真想笑，太想笑了。他们的学生真是太有才了！真不愧是我们交大的学生，简直是合格的铁路工程师嘛！

出了真如火车站，就到了一条河边。

河上有桥，桥上有铁轨，而铁轨又被当局拆毁了。

正当几百名学生借着火车打出的两道雪亮的强光，拉开一条战线，热火朝天地边吼边叫边唱地又一次开始他们已经相当熟练的铺设铁轨的行动时，河的对岸，倏然被 20 多辆小汽车的雪亮光柱照得如同白昼。

朱家骅和吴国桢都来了。

吴国桢先用刚取来的扩音器隔河喊话："你们的教育部朱部长来了，要给你们训话！请你们大家安静！先停止一切行动！"

朱家骅喊话说："我不是来和你们谈判的，是答应你们的条件。教育部同意，允许你们航海和轮机两科继续办，同意员工经费和员工名额按实际需要增加，教育部担保不开除任何一位学生的学籍。

你们还有什么要求，明天，可回学校派代表谈判。”

朱家骅的喊话隔河听得清清楚楚。

有一会儿时间，河岸这边一片沉默。

胜利降临得似乎有些突然。过了好一会儿，学生们才反应过来。接着，所有的学生都跳下火车，大声地叫啊跳啊笑啊，欢呼雀跃，欢声雷动：

“我们胜利了！”

“我们胜利了！”

4

★　★　★

是胜利了。

护校运动以交大学生的完胜而被载入史册。

当这天黎明降临的时候，已经游行了一天一夜的学生们大脑还十分兴奋。学生会主席团带回来的消息是：朱家骅溜走了。朱家骅自始至终坐在一辆铁甲车里不敢出来。这是其一。第二个消息是，吴国桢、蒋经国和上海警备司令宣铁吾以及交大校长均已赶到现场。他们把朱家骅亲自签名的书面答复交给了学生代表，全部答应了学生们的要求。

火车是不能再开回去了，因为沿途的铁轨都已经被双方屡拆屡毁了。上海市市长吴国桢立即安排市公用局调来公交汽车载着学生们回到学校。

学生们凯旋。

大家得到的消息是，学生会又选出了15位代表，与教授会的代表一起赴南京谈判，不仅达成了一份正式协议，还为这时候经费极为困难的交通大学争取到了一大笔拨款。校园里一片欢呼声。对于25岁的青年史维祥来说，在交通大学所经历的这一切，成为他次年再次冲刺交大的动力。这回，他没有生病，他成功了。史维祥1948年正式考入交大机械系。这个红色青年自然成了中共地下组织培养的对象。入学后不到一年，1949年3月，他秘密加入了共产党。以后，又发展了后来成为国家计委副主任的同班同学张寿为中共地下党员。对于交大的“赤化”问题，国民党当局心知肚明，却也无可奈何。由于上海有许多租界地，国民党就形象地称交大是“俄国租界”或“红色租界”。

1949年5月，上海解放前夕，交大党员人数已发展到198人，还成立了党的外围组织新民主主义青年联合会，简称“新青联”。1950年1月17日，经上级决定，中共交大党组织公开了党员名单，一时引起全校震动。

这就是交通大学的“红色基因”。

史维祥说，那时候党在群众中有着崇高的威望。公布名单时，绝大多数同学都已经猜到了谁是共产党员。因为这些人不但是各班级学生运动的领导者和组织者，而且，他们平时关心同学，为同学服务，各方面都起了模范带头作用。后来西迁成功，和党的坚强领导、党员的模范带头作用密不可分！

史维祥特别提到了一个人：彭康。

5

★ ★ ★

对于彭康——新中国诞生后交通大学第一任校长和西迁后西安交通大学第一任校长，交大人有着太多的回忆。60多年过去了，我发现，似乎没有人能够真正忘记彭康。在我的采访中，所有的人都提到他。彭康的确活成了一座丰碑。他似乎还住在交大他的那幢二层小楼里，他也还走在上海徐家汇校园里的梧桐树下，走在今天西安交大的“彭康路”上。

84岁的胡奈赛教授有时候会感到历史和现实的某些影像有些相互洇濡，相互交叠，让你分辨不清这是在过去，还是在现在；是在上海，还是在西安。她常常有些搞不清楚，常常有些恍惚，仿佛昨天就是今天，也仿佛今天就是昨天。是啊，她那时候多年轻啊，才刚刚20岁。她是交通大学机械系二年级的女大学生、系团总支书记。她需要去找彭康校长。同学们都认为，不找彭康校长问题解决不了。什么问题呢？是他们对即将要去实习的工厂有些不满意。同学们要她这个团总支书记一定要面见彭康校长。

你说，这么大的一个大学校长你能轻易见到吗？

那么，彭康这个校长的级别有多高？高干六级！20岁的姑娘胡奈赛也可能根本不知道这级别有多重要，反正同学们要她去找校长，她就一定得去！那天是个周末，上午八九点钟，胡奈赛敲门进去，简简单单几句话就把事情的原委和需要校长出面解决的问题说清楚了。

彭康说："我明白了，很快就会解决。"

果真，他们再去工厂实习的时候，那个让他们头疼的问题已经解决了。

另外一次，胡奈赛在学校的澡堂里洗完澡，披散着头发，光脚穿着个木板拖鞋——这拖鞋有点儿像日本女人穿的木屐，啪嗒啪嗒，走路很响。她就这么端着个脸盆，一路拖鞋敲着地面很响地走着。

这时，有人把她叫住了。

她当然认识，是彭康。

彭康校长说："同学，你怎么穿个木拖鞋？"

这么小的事情校长也要管吗？她心里有些不乐意，说了句："男生能穿……"

彭康说："不对，不管是男生还是女生，大学生都要有大学生的风度。"

彭康自己就非常重视风纪问题。他当过新四军的大学校长，他自己就是注意风纪的模范，穿衣戴帽，一丝不苟，领口的风纪扣也一直扣得紧紧的。据说，他的死，虽然是文革时造反派游斗殴打所致，却也和这个风纪扣有关——造反派拉他去批斗，拖着已经奄奄一息的老校长，风纪扣卡在了他的喉咙处，他喘不过气来，等造反派发现，彭康已经没有了呼吸。胡奈赛当然不知道"风纪问题"将来会影响到他们敬爱的彭校长的生死。不过，木拖鞋这件事以后她想过，绝不是彭校长小题大做，他们当中的许多人毕业以后可能会当老师，那么，老师的仪表举止当然会影响学生。不光是光脚穿木拖鞋彭校长要管，后来胡奈赛越来越多地发现，他们的校长要管的"小事"还真的不少。他什么时候都在校园里。在吃饭的饭厅里，学生们一

彭康校长与青年教师在一起

抬头，看见他笑盈盈地站在你的面前，问你饭菜可不可口，凉不凉，热不热，学习晚了肚子饿了还能不能吃上饭。他也经常悄悄地走进教室里，坐下来，听老师讲课。他不听别人汇报哪个老师讲得如何、教学中有什么问题，他自己就是大教育家，又听了那么多老师的课，他心里有数。每天下午5点钟，学校规定的体育锻炼时间，只要他在学校，他就会准时出现在操场上。他喜欢学生们生龙活虎的样子。学校每个周末有舞会，彭校长也经常会出现在舞会上，和师生们“蹦擦擦、蹦擦擦”。他说大学里就应该“三活跃”——学习活跃，思想活跃，生活活跃。

西安交通大学女子体操队在训练（摄于 1959 年）

这是彭康的办学思想。

彭康之所以管了那么多“小事”，是因为他总是在学生们中间，在老师们中间，在员工们中间。胡奈赛说，有许许多多的人都说，彭康在交通大学的崇高威望，几乎就是共产党在交通大学的崇高威望。那个时候的交大师生们，包括当时的西迁老教授和后来的西迁老教授——那个时候的青年教师们，没有人去想“共产党”是什么样子，他们只看彭校长是什么样子——彭康，几乎就是那个时代共产党在他们心目中的化身……

他们信任彭康。

他们也就信任共产党。

彭康说党让他们西迁，他们肯定就会西迁。

胡奈赛在 60 多年后还这么说。

6

★ ★ ★

胡奈赛热爱教学，喜欢当老师。还在中学的时候她就发现了自己这方面的才能和兴趣。上海市团委组织青年教师给青年们上团课，还是小姑娘的胡奈赛第一次站在讲台上，发现三尺讲台和手中握着的教鞭对她有一种魔力。从那一刻起她就明白了，自己此生注定是要在三尺讲台上度过了……

后来，果然如此！

胡奈赛当助教时是 22 岁，时间是 1956 年。

从 22 岁到 84 岁，胡奈赛的一生，有 62 年在三尺讲台上度过。当年，她是交大机械系铸造专业毕业留校任教的。从前面讲的胡奈赛教授的经历我们知道，她一定是那种党让她西迁，她就会打起背包就出发的热血青年。没错，胡奈赛正是这样。今天一些为物质而活着的人恐怕很难理解当年的钟兆琳教授、周惠久教授、陈学俊教授，也很难理解胡奈赛、朱继洲和马知恩这些当年年轻的一代。那个时候，他们个人的人生选择、个人的前途命运都是和国家的选择、国家的前途命运紧紧联系在一起的。那是共和国的初年啊，他们的祖辈、父辈和他们自己都刚刚从中国长期的战乱中，从中国 100 多年的衰败和颓废中走出来，看到了一个崭新的国家，他们就一心想要和这个国家共命运了！

这从他们最初的职业选择就可以看出来。

胡奈赛，一个女孩子，一个名门望族的江南女子，怎么会去学机械系的铸造专业？她学习那么好，那么出类拔萃，如果她像她的堂伯父们那样，去当一个数学家或物理学家，似乎才更合理一些。

胡奈赛说："那是什么年份啊，1952 年！"

1952 年，胡奈赛 18 岁，要报考大学了。对她来说，除了一腔热血想要报效祖国以外，她的人生目标没有其他选择。1952 年，在基本解决了第一次"台海危机"以后，新生的共和国决心要治愈长期以来的战争创伤了，也就是战后重建。整个国家都朝气蓬勃，国民经济处于全面恢复和发展时期。国家制定了第一个五年计划，开始了大规模的经济建设。这个时候，对于国家来说，一个突出的问题就是工业建设方面的专门人才极度匮乏。国家太需要工科大学生了！有些数字我们今天的许多人也许不知道，但在当时，对准备报考大学的胡奈赛他们来说，这些数字让人刻骨铭心——

国家估算，第一个五年计划期间需要 30 万左右工程技术人员。

而当时见习技术员以上的技术人员只有 14.8 万人。

足足差了一半以上。

特别是苏联援建的 156 项重点项目基本上都属于重工业。

国家要优先发展重工业，而且，重工业是第一个五年计划的重中之重。

中学毕业生胡奈赛在明白了这些以后，毫不犹豫地报考了交通大学机械系铸造专业。

胡奈赛那时候正谈恋爱。她毕业分配留了校，恋人在国家重点建设项目北京第一机床厂做助理工程师。不用说，交大毕业生一去就是厂里的业务骨干。工厂把他派到了古巴，打算援外任务一完成，马上把他放到厂里更重要的岗位上。胡奈赛到了西安，恋人怎么办？这个工厂是死活都不愿意放他，说为什么不能让姑娘到北京来呢？我们工厂也正需要这样的人才啊！这倒也是。胡奈赛如果调到北京，北京第一机床厂一定会非常欢迎的。胡奈赛如果到了北京，不更好吗？为什么非得让恋人跟着她去西安呢？

这倒的确是个问题。为什么？

胡奈赛说："为什么？这个问题好像我们两个人从来就没有商量过。我们的概念就是，哪里艰苦去哪里。西安艰苦还是北京艰苦？肯定是西安艰苦，那他就跟我到西安。"

胡奈赛到西安三年后，1960 年，分隔两地的一对恋人终于在北京举行了婚礼。婚礼之后两人又分隔两地两年。到胡奈赛西迁后第六个年头，夫妻终于团聚了。

如果我们用今天的观点去看当年的胡奈赛夫妇，我们会说什么呢？北京、上海都是一线城市，条件都比西安好得多。而他们先后放弃了两个一线城市——北京和上海，义无反顾地选择了西安这个二线城市。

这，就是家国情怀。

7

★ ★ ★

朱继洲这一生都没有忘记那天的经历。这和记忆中的母亲有关，和这个新生的国家有关。他后来无数次地想过，也许就是这天的经历改变了他一生的命运轨迹。1949 年 5 月 28 日早上，起床后他像往常一样要去上学，母亲劝他不要去了。母亲说："听说西郊那边昨晚在打仗，解放军进上海了，你还是不要去了。"

朱继洲祖籍宁波，出生在上海。朱继洲的家在靠近外滩的宁波路上。他读书的学校是圣约翰青年中学，当时他正上初三。圣约翰青年中学位于中山公园的后门附近。他的家在上海东面，而学校却在上海西郊，相距很远，差不多要穿越整个上海市区。5 月 27 日晚上，在外滩只听到西边有隆隆的枪炮声，并且已经响了一夜，到第二天天快亮的时候，一切才静了下来。

朱继洲因为学期快结束了，功课多，说服妈妈，还是想去学校。妈妈拗不过儿子，转身去拿了两块银圆和一枚金戒指塞给朱继洲。朱继洲问："拿这……干什么？"

母亲说："你拿着，儿子，万一解放军打进上海了，你今天回不来，金圆券不能用，你可以拿这些活命啊……"

听了妈妈的话，朱继洲把这两块银圆和一枚金戒指藏进了裤子的小表袋里，在母亲的目送下离开了家。像往常一样，他走到公共汽车站，坐到中山公园，下了车，背着书包慢慢走出中山公园后门。

这时，时间还很早，只有 7 点多，街上行人稀少，也没有枪炮声，四处静悄悄的，和往常没有什么两样。可是，突然，14 岁少年的眼睛睁大了，他看见了他这一生再也没有忘记过的一幕：寂静的上海西郊街头，马路两边睡满了身穿灰色军装、帽子上有颗五角星的解放军。他心里有些激动：这就是传说中的共产党的军队——解放军？

他虽然只有 14 岁，但从小生活在上海的闹市区。他看见过美国大兵，看到过国民党的军队，但从来没见过这样一支军队。他们静悄悄地开进上海市区，静悄悄地全体睡在大街上，完全不扰民！从这一天开始，他发现，生活变了，像是什么都变了。一个明显的变化是，他只上完初三上学期，上海一解放，下半学期没上完，9 月一开学，他就直接升高中了，上了圣约翰大学附中。所以，他是新中国培养的第一届高中生。他也由此知道，这个新生的国家多么迫切地希望他们早些成才！

朱继洲考大学的 1952 年，也就是共和国诞生后的第三年，新中国进入了一个非常特殊的时期：全面学习苏联。那时候教室里贴的大标语是“苏联的今天就是我们的明天”“苏维埃政权 + 电气化 = 社会主义”。但很显然，战争结束不久，满目疮痍的中国离这个目标还很远。第一个五年计划开始时，中国还是一个落后的农业国。对此毛泽东有过一段形象的描述：“现在我们能造什么？能造桌子椅子，能造茶碗茶壶，能种粮食，还能磨成面粉，还能造纸，但是一辆汽车、一架飞机、一辆坦克、一辆拖拉机都不能造。”

毛泽东这话说得忧心忡忡。

但这却是当时中国的现实。

要造汽车、飞机、坦克、拖拉机，就要有中国的重工业。没有重工业，国家无法进入社会主义。因此，第一个五年计划的重点是优先发展重工业。1952 年，朱继洲考上了交通大学机械制造系。

那一刻，朱继洲兴奋极了。他考上大学了，他成为新中国的大学生了。这个新生的国家太需要人才了。朱继洲怀抱着美好的憧憬进了交大后，才清楚这个国家对人才的需要比他知道和想象的还要强烈许多。他们这一届，是交通大学有史以来第一次一届招了 1200 多名新生。朱继洲感到很奇怪，他的同学并不全是应届高中毕业生，还有已经工作了又来上学的调干生。原来，由于第一个五年计划苏联援建的 156 个工程即将开工，国家急需大量技术人才，而这年全国高等院校计划招生 5 万人，应届高中毕业生仅有 3.7 万人，于是国家决定从部队、机关抽调大批优秀青年干部，进行文化课补习后招考入学。这批同学被称为调干生，人数在各小班占 1/3 左右。

除此之外，他们这届大学生还有一点特殊，就是从 1952 年起，新中国的大学生一律享受全额人民助学金和公费医疗，等于由国家供养他们上大学。当朱继洲把这个好消息回家告诉母亲时，母亲高兴地说："既然有了公费医疗，你的病也该治治了。"什么病？——痔疮。这病很难受，很不舒服，也很折磨人，犯起来又疼又痒，连正常的学习都受到影响。他上高中的时候发现得了此病，到医院一问，医生说，治好这病至少需要一根金条。以他们家的情况去哪儿找一根金条？现在，他当然可以用公费医疗去治这个病了。

刚上一年级的时候，他们吃饭还要排队。到了大学二年级，学校新建的食堂落成，就改成了分桌进餐制，八人一桌，四菜一汤，还经常有全鸡全鸭。到了期末，学生们需要温习功课迎接考试，学习就更加辛苦，学校食堂还会给学生增加营养，伙食比平时更加丰盛，还增加主食花样。朱继洲印象非常深刻的是，有一次食堂供应葱花蛋炒饭，一个个大木桶装满黄澄澄、亮晶晶的蛋炒饭，香气四溢。可是，来得迟的同学拿了碗站在木桶边却不敢盛饭——不是没有饭，而是桶里剩下的全是油，大米浸泡在油里，要吃米饭就得从油里捞。

1953 年暑假，朱继洲经学校卫生科开了转诊单，住进了上海市第六人民医院，解除了多年来的难言之隐。术后的一天，妈妈来探望他，看到那么好的医疗条件，洁白的病房，丰富的伙食，上午、下午各有一杯牛奶，还不要家里花钱，妈妈十分感动。她说："新中国待你们大学生真好！ 1948 年，你二哥去看痔疮，家里可是花了一根金条的啊！"

对新中国的这些大学生，国家曾出台过好几项政策，其中一项便是，本应该在 1954 年毕业的大学生，提前到了 1953 年毕业。朱继洲的哥哥就属于这批大学生，提前一年从复旦大学毕业分配到了北京新华社。

1956 年 7 月，按照高教部的规定，交通大学对学生的毕业设计组织了国家考试，考试合格的由国家考试委员会授予"工程师"称号。朱继洲的毕业设计题目是：年产 100 万套滚针轴承制造车间的设计。这个设计的要点是，他必须像一名真正的工程师，为假想中的一座大型工厂设计出能够年产 100 万套滚针轴承的车间来。什么叫"滚针轴承"？它是汽车万向接头上用的一个重要部件。而当时，中国甚至还不能生产汽车，可见这个选题的前瞻性和先进性。朱继洲在国家考试委员会的考试答辩中得了个"优"，和另外六名同学被授予"工程师"称号。国家考试委员会授予学生"工程师"称号的做法，只在 1956 年和 1957 年实行过，以后就取消了。

毕业时，他的第一志愿是去工厂。

但他却留校了。

留校的时候朱继洲就已经知道，学校，要西迁了……

朱继洲连想都没想，他肯定是那个举双手拥护西迁的年轻助教。

8

★ ★ ★

交大西迁时，陈瀚已经是位年轻讲师了。

陈瀚是才子，是我们所说的“江南才子”。他出生于1930年年底，江苏南通人。1950年，作为共和国诞生后的第一批大学生，他考进了素有“门槛高”而令江南诸多考生望而生畏的交通大学。这一年，陈瀚19岁。19岁的陈瀚能踏进交通大学的校门，成为一名被上海人称作“头出角”的交大学生，除了幸福感以外，他内心深处满满的全是感恩。这份感恩之情伴随了他一生，从青春年少一直到耄耋老人，从满口整齐洁白的牙齿到满口没有一颗自己的牙，从身板挺直、英气勃勃的年轻小伙儿到身体佝偻着再也直不起来的老人。

陈瀚的家在南通市一条小巷里。南通是长江边上的一座历史文化名城，和著名的“上有天堂，下有苏杭”的苏州古城隔江相望。苏州在长江之南，南通在长江之北。陈瀚天资聪颖，中学就读于江苏省立南通中学。这是江苏省的一所重点中学，当然也是南通市最好的学校。陈瀚读到高中三年级下半学期的时候，即1949年2月，南通解放了。南通一解放，陈瀚班主任顾老师的中共地下党员的身份也公开了。顾老师是他的国文老师，非常喜爱这个学生。应当说，陈瀚是顾老师的得意门生。为什么这样说呢？陈瀚写得一笔好字。陈瀚的每篇作文几乎都是范文。陈瀚的小楷，字迹端正、秀丽，堪比印刷体。陈瀚的每篇作文，顾老师批改的时候都很兴奋，不由得要加圈加点加评语。陈瀚的作文本经常在全班同学中传阅。陈瀚美妙的词句还会由顾老师大声念给全班同学听……

这么优秀的学生，顾老师很关心他的前程。

一天放学后，顾老师把他叫进了自己的办公室。

老师问他："陈瀚，马上就要毕业了，你有什么打算？"

陈瀚低头，不语。

老师再问，陈瀚眼睛里含上了泪水。等他抬起头来的时候，这位中共地下党员顾老师发现，自己心爱的学生满眼是泪！一对明眸闪动着清亮的泪光。

老师非常惊讶："你这是怎么了，陈瀚？"

聪明、好学、勤奋的好学生陈瀚没有出生在一个富贵之家。他的家，是南通市一个普通市民家庭。母亲多病，长年卧床不起，父亲读过几年私塾，却一直无业。陈家从前也许阔过，但到了陈瀚父亲这一辈，家里的生活，主要靠出租祖上留下的几间旧房勉强度日。

"我想读书。"

陈瀚哽咽着说出了这几个字。

老师说："好啊，这很好啊！"

"我想上大学。"

"好啊，非常好！"

老师用目光鼓励他继续说下去。

“我想……想上大学毕业后，当……当老师！”

“完全没问题，陈瀚！”老师这才明白陈瀚的字为什么写得那么好。这孩子，心里一直想的是当老师。当老师，那就要有一笔好字啊！“好，非常好。可你想学什么？”陈瀚愣住了，当然是当国文老师啊，他字写得漂亮，作文又好，他将来就要当顾老师这样的好老师。顾老师摇摇头：“我不主张你学文科。新中国急需大批科技人才，尤其需要学工科的人。所以，你一定要上大学，一定要多学科技本领，当一名优秀的工程师，为国家服务！好吗，陈瀚？”

陈瀚不吭声，许久才开口说：“顾先生，我的家……不允许我读书。”

“这是真的？”

陈瀚点点头。

父亲不会让他再读书的。陈瀚读初中二年级时，父亲就曾多次对他说，他的书已经读够了，不需要再读了。父亲的目的，是要他跟布商学经商，早点儿养家糊口。南通盛产优质棉花，棉花纤维长，而且色白，全国闻名。南通农民在农闲时几乎家家经营织布的副业，产品有蓝印花布和青蓝布等品种，就像瓷都景德镇出产的蓝花瓷器和青花瓷器一样高雅美观，知名度很高，深受人们喜爱。布商呢？南通布商每天清晨都会在南通市的大街小巷摆摊按质收购，然后销售全国。一般来说，由于南通布的知名度，布商虽然辛苦，但生意兴隆，养活一家人还是绰绰有余。陈瀚的父亲给他规划的就是这样一条路：当一名南通布商。为此，读到初二，父亲已经不让他读书了。父亲说，你不如早点儿跟人学个手艺，学会鉴定棉布质量的优劣、等级，学会算账、打打算盘就可以了。

陈瀚却顽固地抵抗着父亲要他做个布商的人生安排。

他对父亲说："我想当老师。"

陈瀚家乡的市民上过大学的很少。陈家所有亲戚当中没有一个大学生，因此，那些去外地读完大学然后返回家乡当中学教师的人，特别受到人们的敬重。陈瀚从小就非常景仰他们，希望自己将来也能当上这样一个受人尊敬的中学教师。儿子不想经商，想当个中学老师，这场陈瀚初中二年级时发生在父子两人之间的激烈争吵，最后以父亲的让步而结束。不过，父亲一再表示，他只能供陈瀚到高中毕业，这之后，陈瀚就必须找份工作养家糊口了。

顾老师说，他要去家访。

这天，顾老师按照陈瀚给他的家庭地址在周围邻居的指引下找到了陈瀚家。几间旧平房，泥巴糊的砖墙已经斑驳，差不多快要成危房了。这样的房子，陈瀚家自己挤住了其中两间，其余两三间出租给了和他家一样贫穷的几户人家。可以想象，这样的房子所能收取的房租极其微薄。陈瀚的母亲患有严重的风湿性关节炎，没钱医治，只能长年卧床。顾老师到他家去的这天，正是立夏以后，也是最为潮湿闷热的中午时分，一般人穿短袖还会觉得太热，可顾老师看到的陈瀚母亲，却穿着棉裤在门前晒太阳。见儿子的先生来了，母亲想站起来，却怎么努力也站不起来。顾老师急忙上前扶住了陈瀚的母亲。他暗暗叹息了一声。这位母亲显然已经无力行动，也显然失去了任何劳动能力。

陈瀚家里还有两个妹妹。

他的大妹妹脸上浮肿。一问才知道，这个女孩子患有甲状腺功能低下症，需要就医治病，可家里没有钱，所以，病情就耽误下来了。陈瀚的小妹妹这时年纪还小，正在读小学。

陈瀚的父亲嗫嚅着对上门家访的老师说："不是不想让他读书。你看，一家五口，就这么一点儿房租收入，确实无能为力了……他得去工作。我打听过了，高中毕业生去工作，一个月可以有 30 多元，这……可以解决家里的困难。"陈瀚的父亲完全是一副被生活的不幸击倒的消沉和颓废的样子。他边说，边一声接一声地叹息。

顾老师说："这孩子，不上大学实在可惜！你应当让他继续读书！"

陈瀚父亲愁肠百结。"我想让他读书，可是，读大学的许多钱呢？——没有钱，哪儿有书读啊？"

"让他读书去！"顾老师很坚决地说，"他会考上重点大学的。我们南通中学可以为他开具一个'贫寒学生'证明。上大学后申请助学金，伙食费可以全免。所以，这个你放心，国家不会让陈瀚这样的学生读不起大学，他会成为国家的栋梁之材！"

陈瀚的父亲听了很感动，没有人不望子成龙啊！

1950 年秋天，陈瀚提了个破烂包袱出了家门。包袱里只装了几本书和几件旧衣服。他要去上大学了。他读的是江南人都知道的著名大学——交通大学。他没有钱，甚至没有吃饭的钱。他的怀里只揣着两张证明：南通中学的"贫寒学生"证明和南通市政府的"贫寒家庭"证明。

这些都没有什么。

让他感觉到最幸福的是，凭着这两个"贫寒"证明，他可以申请到助学金。所以，报名的老师当时就给了他饭卡。这饭卡，实在是太重要、太美好了。吃一顿饭，只需要伙食管理员在上面画一个钩，就可以让干瘪的肚子填满油水。当陈瀚把他破烂的小包袱放到宿舍里，拿着这张饭卡第一次到学校食堂去吃饭时，他觉得，他此时就是世界上最幸福的人。开学以后，老师告诉他，凭着他的那两个证明，可以申请到助学金，但还需要全班同学进行评议。陈瀚当时是全班家庭最贫困的两名学生之一，于是全体通过了他的申请。

不需要交伙食费以及其他学杂费，作为甲级贫困生的陈瀚还享受着学校不定期的生活补贴，还有就是政府每年冬天配给他的寒衣。但陈瀚还必须勤工俭学。每年的寒暑假，他都利用假期给学校实习工厂绘制机械零件图，每张零件图不论复杂或简单一律按人民币五角钱付给报酬。这样一个假期下来，新学期购买教科书和文具的零用钱就可以得到保证。那时候，负责实习工厂的一位教授，在知道了陈瀚家庭情况后，特别照顾他，遇上复杂的零件图时，特意给他记上双份报酬，也就是一张图给了他一块钱。在交通大学里，陈瀚经常能够遇到这样一些师长和同学，这在他艰难求学的岁月里给了他无限的温暖。这种温暖一直像烛光一样照亮着他的心，以至于很多年以后，陈瀚教授写下了这样一段温暖的文字——

交大对我各方面的关怀、照顾，不仅使我在以后的岁月里顺利读完了大学本科，而且从那个年月起，感恩之心便根深蒂固地滋生在我的心底。我由衷地感谢党、感谢就读的交通大学，是党和交大给予了我无限恩泽，让我完成了学业，还让我走上了能够用知识报效祖国、回馈社会，实现自己当一名教师的人生梦想。

……

1953 年秋天，陈瀚提前一年毕业了。陈瀚填报志愿的时候，抗

1959 年交通大学西安部分校景

美援朝战争还没有结束，他填写的第一志愿是到朝鲜去，到抗美援朝的前线去。

“你不是想当工程师、当老师吗？这不是你一直以来的愿望吗？怎么会想着去当兵？”

我们问道。

陈瀚教授笑了：“刚解放，我们那代人和现在许多人想的不一样，国家需要到哪里去就到哪里去，这是第一条。第二条，就是个人的命运与党和国家的命运紧紧捆绑在一起。人，总该有追求；追求的真谛是精神上的攀登。个人应该为国家、为人民做事情，而不能总想着自己。”

陈瀚到底没有被批准到抗美援朝前线。学校决定让他留校任教。当学校通知他被分配到力学教研室当一名助教时，陈瀚内心的激动让他难以自抑。这可真是阴差阳错。他终于实现了做一名教师的梦想。只不过，他当初只想成为一个受人尊敬的中学老师，结果却比当初梦想的还要好——他成为一个名牌大学的老师了！陈瀚说：“由于内心承载着对党的感恩，我兢兢业业，做好每项教学工作，1956 年就被破格提升为讲师了。”

还是感恩。

第三章

如歌

我的岁月无怨无悔

1

★ ★ ★

1956 年。

历史记录下了这样的镜头——

1956 年 7 月 20 日，上海徐家汇火车站，首批迁往西安的教职员工及家属乘专列前往西安。这一次，没有学生，主要是教职员工和一部分家属。他们的任务是打前站，为即将到来的新学年提前去做些准备。欢送的人群中，有校领导，还有一部分教职员工。

1956 年 8 月 10 日，上海徐家汇火车站，1000 多名交通大学教职员工、家属和学生，在上海人民热烈而不舍的欢送声中，登上了车厢上贴着大红横幅的“交大支援大西北专列”。这次欢送的场面非常热烈。一是人多，要走的有 1000 多人，送行的就有几千人。他们是要到新校区去安家落户和迎接新学年。二是有大批学生。这批学生是 1955 年进校的新生，已经在上海读了一年，迁到西安去读第二学年。还有 1956 年全国招收的大一新生。他们也在上海集中待发。这些学生绝大多数仍旧是江南子弟，他们同老师们一样，要到大西北去继续他们的学业了。学生们大多很兴奋。他们年轻，很少有离情别绪。因为这次是大部队出征，所以提前做了严密的组织工作。

乘车证

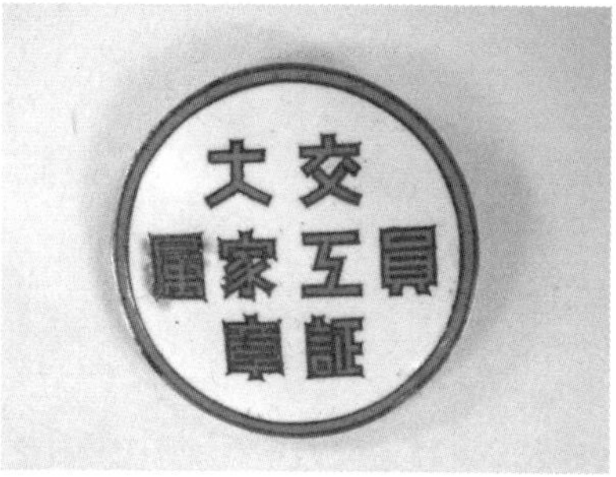

交大员工家属证章

为了不发生混乱和便于管理，每个人都持有一张学校特制的乘车证。这张粉红色乘车证的正面，是一列疾驰的火车图案，上面醒目地印着“向科学进军，建设大西北！”的口号。这个口号，表达了这些创业者火热的激情与肩负的神圣使命。

这天，徐家汇火车站，锣鼓喧天，气氛热烈。

两天后，由苏庄副校长率领的这支浩浩荡荡的西迁大军抵达西安，受到先期到达西安的教职员工热情的欢迎。汽车直接开到宿舍区。每家的房子都已分配好，行李家具也都安放在房间里了。

交通大学的大规模西迁由此开始。

历史记载——

1956年9月10日，交通大学在西安人民大厦礼堂举行开学典礼，参加典礼的有2000余人。一、二年级学生在西安新校区正式开学上课。至此，交通大学在西安已有师生员工及家属近6000人。

此后，迁校工作仍在进行。

1959年，交通大学西安、上海两部分分别独立设校。

交通大学至此完成了她生命中的一次凤凰涅槃。

2

★ ★ ★

那天，陈瀚也在欢送的人群中。

他向同事们挥了挥手，告诉他们说："你们先去，我很快就会来！"

是的，他是交大的青年教师。交大西迁了，他肯定也要西迁。这在陈瀚看来，连个问题都算不上。他对党、对国家、对交通大学有那么多感恩的地方。他这一辈子，就算是杜鹃啼血一般好好教书，这恩情他都报不完。西迁，对于他来说，就像孩子总要追随母亲一样。陈瀚是1956年秋天随校西迁的。那个时候，从徐家汇火车站开出的列车，源源不断。两年时间里，一共有1000多节车皮，除了运送几千名师生外，还运送了上万吨迁校需要的物资，特别是这所著名工科大学大量的实验设备。

这是一次真正意义上的大迁徙。

西安张开双臂欢迎他们。

交通大学新校址在西安城东南隅，是原唐代道政坊、长乐坊的遗址，北面正对唐代兴庆宫遗址。这里的确是一块风水宝地。兴庆宫原是唐玄宗李隆基做皇子时的府邸。唐玄宗登基后大规模扩建，与太极宫、大明宫并称为长安城三大宫殿群，是开元、天宝年间中国的政治中心，也是唐玄宗与爱妃杨玉环长期居住的地方。唐朝许多兴衰故事都发生在这里。之所以选择这里，交通大学总务长任梦林的回忆文章中曾经写过，彭康明确交代，迁校选址要注意几个问题：

第一，不能选在文化区。因为文化区里大专院校集中，各校的学习、工作、生活时间基本相同，要求也相近，所需物资不易解决，甚至看场电影也会发生拥挤。第二，不要靠近工业区。因为工业区噪音大、污染源多，不利于师生员工的学习与生活。第三，尽量靠近市区，便于同地方领导机关联系，生活问题也容易解决。第四，要求学校周围环境比较安静，同时还要有发展余地。

这四条选址原则，体现了彭康的远见卓识和高度智慧。

校址确定后，彭康校长专门到西安查看。当时学校周边大多是农田，北面是规划中的兴庆宫公园。彭康认为校址可以，但师生员工的生活问题不好解决，比如理发、做衣服等，单靠进城恐怕不行——那个时候，西安还相当落后，生活水平和生活条件与上海相比，差距过大，短期内根本无法弥合。是彭康的高瞻远瞩和实事求是、深入实际的工作作风，让交通大学从西迁开始，在现有条件下，创造了一个能让师生们安下心来学习、工作的环境。交大后勤部门在彭康的指示下，回到上海，由上海市动员理发、缝纫、洗染、修绱鞋、煤球厂等行业的技工随校迁至西安，解决了师生们的后顾之忧。

如果说得恰当一点儿，他们这是在西安的东南郊新建了一座“小上海”，一座占地 1200 亩左右的“交大城”。

这里，就是陈瀚他们要去的“新家”。

3

★ ★ ★

1956年秋，新学年开学前一周左右，陈瀚和妻子从上海乘火车来到西安。到达交大一村后，很快就找到了总务部门，领取了预先分配给他们的住房的钥匙。开门一看，天哪！房间打扫得干干净净，托运的几件行李整齐地摆放在墙边，必备的家具一应俱全，厨房里还放了一些煤球和引火的木柴。刚坐下不久，就有一位后勤干部送来一个热水瓶，并通知他们去洗澡。坐了40多个小时的火车，陈瀚感到这简直就是雪中送炭，太及时、太贴心了！他们确实需要冲洗一下。于是，他们就跟着这位干部来到临时的“洗浴房”。随即两名男女工人师傅各挑两桶热水往卫生间浴缸里倒。嗣后，那位男师傅又挑来两桶热水放在浴缸旁边备用。洗完澡，让陈瀚没有想到的是，这么“奢侈”的洗澡，居然才五分钱！

陈瀚这样的感受和体会在刚刚西迁的交大校园里，一点儿都不算特殊。无数的交大西迁人都有过类似的经历。最夸张的是，西迁中，交通大学的后勤部门给家家户户搬迁了包括钢琴、煤球炉在内的许多家用物品，居然连一根筷子都没有损坏。煤球炉里的煤球还在，从上海到了西安，打开炉子就能做饭！还有，缝纫机台板上的一个螺丝钉丢了，你到西安可能买不到，他们的后勤部门连螺丝钉都给你备好了！

西迁时的交大后勤部门简直天下无双。

交大后勤人员将托运物品装箱

我们得在这里简单地说一下这些无名英雄。

他们大都是些南下干部，是一些主要操着山东口音的南下干部。这些人，大都有当八路军和新四军的经历，扛过枪，打过仗，后来，随部队打过长江，一部分转业到了华东人民革命大学，然后，又到了交通大学。这批人来到交大以后，就是彭康指挥下的一支特别能吃苦、特别能打硬仗的队伍。可以这样说，他们在交大校园里，代表了共产党干部的形象，赢得了所有知识分子，包括钟兆琳、周惠久等在内的那些大教授们的高度信任和尊敬。西迁任务下达后，他们把无数个不可能变成了可能。他们是交大西迁劳模中的劳模、功臣中的功臣、英雄中的英雄。简直不可想象，如果没有这样一批人无与伦比的杰出努力，把整个后勤工作搞得简直无可挑剔，交大西迁还会不会这么成功？

然而，非常遗憾，我们很难知道他们是谁。

在浩如烟海的西迁史料里，虽然记载了无数西迁人对他们的感激和赞美——都是由衷的！然而，我们还是不知道他们是谁。他们只留下了一连串名字，包括当时的总务长任梦林。但他们的生平如何？履历如何？都无法知晓。

关于任梦林，我只找到这样一段简介：

任梦林（1905—1991），山东广饶人。1939 年参加革命，1952 年调入交通大学工作，历任总务长、校务委员会委员等职。迁校时系最早赴西安选定校址的人员之一……

从这段简短的文字中，我们还是不清楚任梦林的履历情况。比如，他的革命经历？他有过什么样的故事？

彭康的警卫员、司机陈林曾说到他 1954 年从部队转业到交大的经历。他说，他开始不想转业，彭康也不劝他，只是告诉他说，先别急着回部队，先在这里待上一两个星期，真不想待了，再回去也不晚。25 岁的解放军战士陈林于是就在交大闲转了一个星期，到处跑，到处看，结果他发现，交大有很多做后勤工作的，有的时间长，有的时间短，但这批人都很朴素、能吃苦！他们的工资也都不高，当时就 20 来块钱。这一批人中有工人，有干部。他们怎么到的交大呢？陈

任梦林（右）

林后来知道，“我们是 1949 年打过长江来的。他们是 5 月份以后渡江来的，是从山东调来的一批干部。当时在苏州和上海成立华东人民革命大学，这些人就在这里学习，目的是为了培养新中国自己的干部，去接收旧政府。后来疏散，有一大批来了交大，像任梦林就是“革大”来的。后来我还了解到，彭康校长原来在山东当过宣传部部长、山东大学校长，后调到交大。他是个好同志。这个人非常聪明，在群众中威信很高。慢慢地了解了这些情况后，我就下定决心留在交大了。”

陈林自己也是山东人，参加过渡江战役。他发现交大有这样一批人，感到“志同道合”，也就不再闹着要部队了。这个小故事发生在西迁前的交大徐家汇校区。这段文字给我们留下了宝贵的资料。但是，很遗憾，我们还是不知道他们是谁。

但愿我们能够记住他们。

4

关于西迁早期的生活，陈瀚虽然感到艰苦但却非常满意。

陈瀚他们刚来的时候，教工食堂正在建造。没有地方就餐，学校就搭了一个大棚子作为临时食堂，大家称之为“草棚食堂”。建筑虽然简陋，但供应的伙食却很丰富。早餐，豆浆、油条、米粥等应有尽有。中午，除大众饭菜供应外，还有水煎包、锅贴、泡馍、粉汤羊血等陕西特色小吃。另外还开了一个小灶，专供讲师以上人员用餐。在这个小灶，你可以按照个人的口味，点菜现炒，且价格特别低廉。

西迁最初的日子里，他们享受到的是最好的后勤服务。

不用说，这对稳定军心有极大的好处。交大的后勤部门真的是太棒了！棒到让人无话可说，棒到让人无可挑剔。只是，出了校区就很难说了。尤其非常困难的是——孩子要上学，老人要看病，爱人要上班。一个个家都搬来了，有家，就有了许许多多的生活需求。可是，西安当时根本无法满足。唐代兴庆宫遗址和交大之间只隔了一条路——那条路，现在是条大马路，可60多年前，它是条土路，而且是条荒郊野外的土路。不夸张地说，在那里能听到狼嚎，有许多乱坟岗。为什么？因为唐末——公元9世纪初，西安历史上发生过一场大灾难。唐朝灭亡了，灭亡唐朝的那个人叫朱温。他拆了唐朝的宫殿楼阁，把木料投到渭河里，顺流而下运到洛阳去盖新的宫殿。朱温还把众多长安人口也强迫迁移到了洛阳。唐长安城遭到了彻底破坏。从此，唐长安城就湮没在了历史的记忆深处。多少个朝代的更迭战乱以后，朱元璋来了。他让他的儿子秦王重建长安城。然而再建的明长安城，只是唐长安城的皇城部分。所谓“皇城”，就是唐朝的“百官衙署”。它只有十几平方千米，也就是今天西安的城墙范围以内。它是缩小版的唐长安城。缩小了多少？唐长安城84平方千米，是当时世界上最大的都城。缩小以后，一道明朝修筑的城墙就把西安分隔成了城里城外。交通大学所在的城墙外东南角，不在西安市区内，是在西安市区以外的农村。严格说起来，它和城市的概念已经相去了1000多年——从朱温毁掉唐长安城开始。当交通大学在不到一年的时间里奇迹般地矗立在了唐兴庆宫遗址对面时，这条泥土路，就是1000多年历史的距离。

西安市政府也很努力。

他们为交大专门开了一趟公共汽车。

这就是西迁教授们回忆中的7路汽车。

1956年9月，交通大学的一、二年级在西安校区如期上课。三、四年级还留在上海徐家汇校区。陈瀚来了，屠善洁来了。历史上在和平时期（抗战时交大也曾一分为二）交通大学"一分为二"的局面维持了两年左右。

校园内还在基建，到处都挖了沟槽。在陈瀚的记忆里，这年西安雨水特别多，沟沟坎坎加上泥浆，行人极易摔倒。陈瀚在去上课的路上也摔过两次。年轻讲师一个大马趴摔倒在泥浆里，够狼狈了。没有办法，他只好在进教室前先去卫生间洗洗手抹把脸，匆忙间肯定洗不干净。老师这样走进教室，一身泥污，脸上还留有一些泥巴，学生们笑了，老师也笑了，教室里一片笑声。大家心照不宣，彼此彼此。学生中也有不少人摔成了泥猴儿。然而大家都非常愉快，没有人抱怨，没有人怨天尤人，也没有人情绪低落或消沉。大家都非常愉快、乐观和积极向上。这种氛围，以前陈瀚只听他的老师们讲过。不错，那是在抗战时期的重庆九龙坡校区的时候……

重庆九龙坡时期，大家发奋学习，一心救国。

现在，交通大学雄魂依旧。他们就是要建设好这个国家！

陈瀚说："说实在的，当时大家并不感到苦，唯一的共同信念就是把学校迁好，早日安顿下来，走上正轨，让交大这块牌子永远光辉绚丽！多出人才，多做贡献。"

然而，让他始料不及的灾难降临了。

1958 年，陈瀚被划成“右派分子”。

不再是讲师，又做回到他当初刚留校时的助教了。这时，他已经无力为自己辩解。他最担心的是被剥夺站在三尺讲台上为学生上课的权利。还好，没有人把他的名字从课表上去掉——可能是当时西迁的交通大学太缺教师了。

“在以后的岁月中，我只有用沉默的方式，无声地穿梭在岁月的磨砺中，却从未改变对党感恩的初衷，暗自庆幸自己依然能留在教师队伍中，无怨无悔地勤奋工作……”陈瀚曾经这样写道。

——感恩，还是感恩。

5

★ ★ ★

在当年的西迁教授中，钟兆琳是一个光辉的名字。

有人说，钟兆琳是大师级的老师，这话不假。从钟兆琳的门下走出了钱学森这样的伟大科学家，就是一个明证。此外，还有前国家主席江泽民。钱学森多次谈及钟先生对自己的教诲。他在传略中这样写道：“在交大，非常感激两位把严密的科学理论与工程实际结合起来的老师，一位是工程热力系教授陈石英，一位是电机工程系教授钟兆琳。”这位科学界的泰斗说过多次：“我若能为国家、为人民做点事，皆与老师教育不可分！”为感念恩师，钟先生百年诞辰时，年届九旬的钱学森还亲笔致函母校，表达对钟先生的师生情谊：“我是一个交通大学学生，毕业于1934年，在那年夏日出校。钟兆琳是我的老师，我是钟老师的一个学生！……我要向钟兆琳老师100周年诞辰表示十分敬意！”1945年，江泽民入读交通大学电机系，系主任钟兆琳先生的学养和人格令这位学生肃然起敬。岁月流转，世事变迁，江泽民依然不忘恩师。钟兆琳晚年在上海治病期间，时任上海市市长的江泽民经常关照老师的生活，多次前去探望。在第一个教师节时还特地致函钟先生——“兆琳老师：今天是首届教师节，首先向您致以节日的祝贺，祝您早日康复。我即将去京开会，回来再来看您，尚望善自珍重。专此敬请教安！”

钟兆琳的学生不仅有钱学森、江泽民，旅居美国的自动控制专家朱兰成，王安电脑公司创办人王安，光通信系统专家田炳耕，中国科技界的泰斗张钟俊、季文美、曹鹤荪、方文均、张思侯、张煦等著名学者，也都出自他的门下。而所有这些学生无不衷心热爱自己的这位老师，也无不为这位“天才老师”的魅力和风采所倾倒。有一件事可以证明学生对他的无限热爱。中国实行改革开放以后，旅居海外的交大学子们纷纷回国，钟兆琳先生就是他们最想探望的老师之一。许多学生已经成为相当大的人物，还要登门将礼品亲自送到钟先生的手中。

钟兆琳是中国的“电机之父”。

他早年毕业于交通大学的前身南洋大学电机系。后来留学美国康奈尔大学，获硕士学位，是著名教授卡拉比托夫的得意门生，毕业后在美国西屋电气制造公司当工程师。大约在1934年，钟兆琳带领的十几位交大师生和上海华生电动机厂的工程技术人员一起，研制出了中国第一台交流发电机和电动机。这就是中国“电机之父”钟兆琳的来历。此后，随着钟兆琳的学生一批又一批从校门走出来，被他不断输送到民族电机工业的各个厂矿企业和机关单位，中国的民族电机工业才从无到有、从小到大、从弱小到稍稍强大，逐步地发展起来。

可以说，钟兆琳与上海这座城市有着血肉相连的关系。13岁那年，当他离别德清县新市镇以后，他就把自己的一切融入上海。到1956年西迁的时候，他55岁，已经在这座城市生活了40多个年头。而且，钟先生留学时曾有过在美国西屋电气制造公司这样的王牌公司当工程师的经历，加上回国后参与创办了上海不少电机方面的工厂以及他杰出的技术才能，因此，他长期担任上海多家电机厂的工程师和制造厂及公司的顾问与董事。对于钟兆琳这样在上海有着繁密的人

钟兆琳教授指导学生

际关系和事业关系，已经在上海把根扎得极深极深的大牌教授来说，西迁，不是一个简单的事情。

那么，钟兆琳将何去何从？

钟兆琳被学生们尊敬、爱戴乃至喜爱的程度，恐怕很少有人能够企及。原因除了他是位“天才教授”外，除了他身上所具有的爱国报国情怀外，就是他性格中的纯真乃至于天真了。在交通大学流传着这样一个段子，说的是 1929 年 3 月，28 岁的钟兆琳喜得贵子，学生刊物《交大日刊》上立即登出一则消息，说：“钟兆琳本月 19 日诞生一麟，啼声雄壮、肥硕异常儿。电四同学侦得，每当上课之时，辄闻讨索红蛋之声不绝于耳。据钟先生云，师母尚需休养数日，家内乏人主持，一星期后即备大批红蛋，广赠诸同学。且拟于弥月之期大张汤饼之筵。”这则半文言文的消息，诙谐而风趣。敢用这样的文字在校刊上公然和老师调侃，可见钟兆琳与学生之间的情谊真的是非同寻常。

在交大校园里，钟兆琳这样的名教授就是旗帜性的人物。

上海解放前夕，美国名牌大学给钟兆琳寄来聘书，希望他能全家定居美国。国民党政府也想请钟先生去台湾，给予极为优厚的待遇。钟兆琳均丝毫不为所动。他说，是交通大学的乳汁养育了他，他此生只想留在交通大学，尽一已之力教书育人。物质生活或物质享受从来都不是钟先生首先考虑的。

他只爱交通大学。

只爱这个国家。

“苟利国家生死以”和“苟利交大生死以”，对钟兆琳是誓言也是誓约。只要他认定有利于国家和交通大学的，都会不惜一切去做。

1958 年，教育部部长杨秀峰来西安交大视察

彭康非常尊重钟兆琳。彭康校长一上任，第一件事就是登门拜访陈石英、程孝刚、钟兆琳、周志宏、沈三多等多位老教授，向他们请教如何办好交大。彭康的亲切和蔼和虚怀若谷，让他成为这些老教授终生的朋友——当然，教授们也就成为共产党的朋友。这点至关重要，对西迁成功起到了重要作用。中央决定交大西迁后，彭康在容闳堂二楼会议室里，多次主持召开会议，包括九三学社会议，也多次和这些老教授彻夜长谈……钟兆琳听得非常兴奋。他知道，交通大学的西迁不是从南到北或从东到西搬个家，交大西迁是负有国家使命的。

迁校准备工作的第一步，是到西安选校址。

在北京开会的彭康打电话回上海，邀请五位德高望重的教授朱物华、钟兆琳、周志宏、朱麟五、程孝刚和他一起到西安选址。钟

1955 年 5 月，交通大学校领导彭康、朱物华、钟兆琳等在西安选址

兆琳非常高兴。他第一次踏上即将建校的那片土地，是 1955 年 5 月。在一片麦田中，麦子已经快要成熟，灌饱了浆。一行人走在麦浪翻滚的田野间，边走边看。当时在场的基建科长王则茂在一篇回忆文章中记述了当日的情景：“大家都很满意，特别是钟兆琳、朱麟五两位教授看了这块地方后高兴得都跳了起来。”

钟兆琳这年 54 岁。

他由衷地拥护和支持西迁。

但岁月不饶人。又过一年，到了 1956 年正式西迁的时候，钟兆琳已经 55 岁了。今天 55 岁也许年龄还不算太大，但在 20 世纪 50 年代，这个年龄已经算是“老人”了。周恩来总理非常关心老教授，曾专门交代说，钟兆琳先生年龄较大，身体不好，夫人又卧病在床，他可以留在上海，不去西安。特别是到了1957年下半年，情况已经有所变化，交大已经决定分设西安和上海两个部分，不全部搬迁了。根据周总理的指示以及钟兆琳本人的情况，钟先生不西迁，继续留在上海，所有的人都感到合情合理。钟先生当时的情况也确实困难。夫人长年卧病在床，他自己又患有多种慢性病。两个儿子一个在沈阳，一个被下放到了河北农村。虽说上海还有两个女儿，但女儿要留在母亲身边轮流照顾母亲，不可能跟他到西安。这样，钟先生如果坚持要来西安的话，他就只能是“孤家寡人”——谁又来照顾年老多病的老教授呢？

可是当大家都在劝他留在上海的时候，钟兆琳却说出了一番肺腑之言。

他说：“上海经过许多年发展，西安无法和上海相比。我去看了，我知道学校迁去后会困难很多。可正因为这样，我们要到西安办校扎根，献身于开发共和国的西部。中国的西部像当年美国的西部一样需要开发。美国当年就是开发了西部，整个国家才一天天强大起来。中国一样。中国如果没有西部的发展，国家是很难强大起来的！”

他又说：“如果从交大本身讲，从个人生活条件讲，或许留在上海有某种好处。但从国家考虑，应当迁到西安。当初校务委员会开会表决时我是举手赞成了的。大学教师是高层次的知识分子，怎么能失信于人、失信于西北人民？”

钟兆琳是校务委员会委员。同时，他还是电机系主任。就在容闳堂，彭康校长主持校务委员会多次开会研究迁校问题、确定迁校方案时，钟兆琳说他一直是举双手赞成的。钟兆琳是君子。君子说话从来都不食言。君子不会失信于人。君子更不会失信于人民——

尤其是生活水平还远远低于东南沿海和上海的陕西人民、西部人民。这就是钟兆琳。按照最初确定下来的迁校方案，电机系不在 1956 年首批西迁的范围。1957 年争论骤起时，钟兆琳还在上海。他态度非常明确，公开在大会上表态说：“天下兴亡，匹夫有责。支援西北，是我们的责任。大家要克服困难，负起我们的责任来！”

电机系迁来了。

除了为上海留下的“机电班底”以外，电机系的绝大多数教师都跟随着老系主任到了西安。他们说：“人非草木，孰能无情啊。许多上海教师都对上海有感情，不愿离开上海，这是人之常情。可我们看到新中国成立前夕曾拒绝了美国和台湾而坚持留在上海的钟先生，都积极响应党的号召到西安，钟先生都别妻离子地离开上海了，我们也没的说了！”

1957 年秋，按照新确定的迁校方案，钟兆琳带领电机系的绝大部分师生，来到了西安。

这年，钟兆琳已经 56 岁了。

6

刚到西安的时候，西安的条件不可能有大的改变，学校也还在建设中，钟兆琳的作用很快显现了出来。在西安建校的困难时期，钟兆琳不辞辛劳，事必躬亲，在一片荒凉的黄土地上将西安交大电机系带上了迅猛发展的轨道，并逐渐成为国内基础雄厚、规模较大、设备日臻完善的高校电机系。但有一样，钟兆琳是无法克服的，就是一日三餐。没有家庭的照顾，他只能天天吃食堂、顿顿吃食堂。这倒也没什么。钟兆琳这一生，无论是在美国康奈尔大学求学，还是在美国西屋电气制造公司当工程师，还是回国以后在上海当教授当总工程师当总经理，他都长于智力劳动而短于日常生活自理。说他生活简朴或说他不修边幅，都对。因为他从来都不讲究衣着穿戴。他几乎总是穿着他那一身“标配”服装：一身藏青色的人民装，头戴蓝灰色的干部帽，足蹬黑平布小圆口布鞋。这身装扮，加上妻子儿女都不在身边，衣服脏了破了旧了都得自己洗自己缝补，工作太忙，往往就有些无暇顾及了，有时候就有些邋遢和衣冠不整。别说大牌教授，连个一般的小职员都不像，乍看上去倒更像是一位老农！

这副模样的钟兆琳在交大校园里没有问题。

这副模样的钟兆琳在讲台上对学生侃侃而谈和经常出入教工食堂买菜打饭，都没有问题。交大校园，以有钟兆琳而倍感骄傲，交大师生，也以有钟兆琳而倍感骄傲。交大的林荫道上、交大的教学楼里、交大的草坪和花园里，似乎就因为这副模样的钟兆琳的出现而熠熠生辉！这里，不“以貌取人”。再说，钟兆琳教授多么有风采啊！那一对闪亮的大眼睛，一脸的智慧和慈祥，没有人能比得上他啊！钟兆琳走过的地方你能看到一道风景线，他的那些已经自己也当了教授的学生，只要看到钟先生走过来，都会主动停下来，站在路边，恭恭敬敬地说一声：“钟先生好！”

交大校园里还一直保持着这样一种纯朴的风气，直到今天。

可是，钟兆琳总得走出交大校园啊！那会发生什么事情呢？

你别说，还真“出事”了！

出的事情还真不小——钟兆琳让人家民警一直跟踪到了交大。

事情的原委是这样的：早年在美国求学和在上海长期生活期间，钟兆琳就养成了吃西餐的习惯。到西安后，总吃食堂当然有些“口寡”，口中淡而无味，也就是我们所说的“嘴馋”，于是周末去吃顿西餐改善改善生活，就成了钟先生到西安后艰苦而过于繁重劳累的教学生活中极少有的乐趣之一。好在当时的西安已经能够满足他的这点爱好。西安早在抗战时期就已经有了西餐馆。但钟兆琳要求的条件更高一些，他要吃上海正宗的西餐和正宗江浙风味的饭菜。那个时候，西迁来的不仅有工厂、学校，还有诸多服务行业以及文化单位，其中让钟兆琳先生最为高兴的是上海东亚饭店也来了。这样，每当周末偶尔进城，钟兆琳就会光临这家高档饭店，一饱口福。

钟兆琳的穿戴和他的消费水平让东亚饭店的工作人员很是感到疑惑，因为这样穿戴的人不可能有这么高的消费能力。所以，民警就跟踪到了交大。

这个故事流传很广，不知道是不是也传到了彭康的耳朵里。别人听了也许只是当作笑话，笑笑而已，但对于彭康，一定会觉得苦涩。1952 年被任命为交大校长后不久，彭康曾在学校党代会上郑重提出，学生要尊敬教师，青年教师要尊敬老教师，虚心向老教师学习。经他提议，学校为 26 名教授配备了助手。其中，一级教授钟兆琳配备了三名助手。西迁后，钟兆琳的生活不能不让彭康校长操心。此时，钟兆琳的长子被打成了右派，处境险恶。彭康想尽一切办法将其调进交大，作为钟先生的助手之一来照顾他的父亲。

由此，钟先生的生活才渐渐有些好转。

这件事相当感人。

我们今天说起这件事似乎很简单，但在反右和极左的氛围与环境下，彭康这样做——把一个右派分子调进交大“保护”起来，该冒多大的政治风险啊！如果不是对钟先生有着一种特殊的情谊和感情，换成任何人，都不可能这么做。彭康为钟兆琳不畏风险，而钟兆琳则为西迁后的交大呕心沥血。无论是“文革”中，还是“文革”后期他身患重病，大部分胃被切除，他都兢兢业业于教育事业，为交大电机及相关专业奠定了基业。钟兆琳去世后，学校将他耕耘了一生的电机实验室命名为钟兆琳电机实验室。钟兆琳字琅书，学校将电机大楼前的花园草地命名为琅书园。在这片草坪上，竖起了一尊汉白玉的钟兆琳塑像。塑像周围有美丽的花卉和茂盛的灌木。学生们的欢声笑语和琅琅的读书声，或许就是对这位中国的“电机之父”最大的安慰吧！

他的身后留下了一长串光辉的名字。

7

吴百诗和陈瀚同年，都生于1930年。但吴百诗比陈瀚早一年考上大学，算是新中国成立前最后一批大学生。他1952年毕业于交通大学物理系，而陈瀚1953年毕业于交通大学机械系，两人也都先后留校。年龄相仿的两个人，似乎就因为早毕业一年和晚毕业一年而命运有了很大不同。吴百诗生逢其时。他毕业时正是国家制定了第一个五年计划，开始全面向苏联学习的时候，其中包括教育向苏联的全面转向，按照苏联的教育体系来打造中国的高等教育体系，以后，历史上称之为“院系调整”。在这大规模的“转向”，或者说“全盘苏化”之际，当然需要大批按照苏联的教育模式培养的“新人”。吴百诗有幸被选中。被挑选上的10个人很快被送到遥远的哈尔滨工业大学，简称“哈工大”。在那里，集中了一批苏联专家来培养中国的这批精英。他们开始了为期三年的研究生生活。应当说，这是新中国诞生后的第一批研究生。吴百诗的研究方向是“理论力学”。这是苏联的叫法，而在英美国家，它叫“应用力学”。它注重的是物理学的基础理论。这10个被选送去哈尔滨读研的人中，包括后来成为院士的汪应洛、屈梁生等人。他们当中，有几个本来就是交大的学生地下党员，如屈梁生、陶钟等。吴百诗和另外几个同学学成返校后，也很快加入了中国共产党。因此，交大西迁时，这批青年教师、年轻共产党员成为骨干力量。

这一点非常重要。

吴百诗对此有着深切体会。

吴百诗他们从冰天雪地的哈尔滨返回温暖如春的上海，刚刚当上讲师，也才刚刚当上任课老师不久，学校就宣布要迁校了。迁校，对他们不成问题。他们是共产党员或即将成为共产党员，没有理由不听党的话，不跟共产党走。吴百诗当即向领导表态说：“我，不成问题，可是……”

可是什么？

“可是”的背后，是吴百诗的心理负担太重。

在迁校之前，学校让这个才二十五六岁的年轻人担任了理论力学教研室的代主任。“代主任”也是主任，也要负起一个正式主任的责任来。领导给他交代说：“你的任务，第一，要把全室人马安全地带到西安去。第二，不是说只带过去就行了，还要保证到了西安后能顺利开课。第三，只顺利开课还不行，还要保证教学质量不能下降。否则，我们的迁校就是失败！”

年轻的吴百诗听了领导的交代，瞬间“头大”。

他们教研室老中青三代人都有。那时候，上海人对西北不了解，对西安也不了解。吴百诗本人是安徽人，但他在上海求学期间已经深切地了解到了上海人几乎根深蒂固的“大上海优越感”。

吴百诗本人没有到过西安，但至少他知道，西安和上海相比，算是“落后地区”，生活落差太大。他们教研室这几十号人，很少不是上海本地人或江浙一带富庶的鱼米之乡的人，他们已经在上海生根。老教师们都在上海生活了几十年，你让他们连根拔起举家西迁，这对真正的上海人，对无比依恋上海的上海人，对有着极强优越感的上海人，跟要了他们的命一样！

吴百诗对此很没信心。

用他自己的话说就是：“一开始信心很低。”

尽管信心不足，可困难总是要面对。吴百诗做的第一件事情，就是先进行摸底和调查研究，看看整个教研室究竟有多少人愿意去，有多少人不愿意去。

“没有想到，这一摸底，我乐观多了！”

怎么回事？

吴百诗说：“实际工作当中，感到并不那么困难。具体地说，我认为，是新中国成立初期共产党的威望和党的政策的感召力。一般说来，年轻教师都没有多少思想顾虑。一个是都还没有成家，另外一个是年轻教师都刚刚经历了新旧社会两重天。他们普遍热爱共产党，也普遍听党的话，跟共产党走。”

“和您一样？”我们问道。

吴百诗教授笑了：“是的。”

解放前夕，上海物价飞涨、民不聊生的苦难生活吴百诗他们都亲身经历过。印象最深刻的一点是当时物价飞涨。涨到什么程度？涨到让你快要活不下去、快要饿死的节奏！比方说，家里寄给他们的伙食费，本来可以用一个月的，可是不马上拿到河南路上找“黄牛”去换“袁大头”——银圆的话，转眼间就只能买两根油条，一个月的伙食费就泡汤了。这个问题对学生来说很严重，教授们也一样。今天拿到手可以买一斤米的钱，明天可能就只能买半斤米了，一家人就只有挨饿的份儿了。有一天上课，一位教授匆匆走进教室，一上讲台就对学生们说：“我请同学们原谅，我这会儿，刚刚领到这个月的薪水，得马上去排队买米，不然，一家人就得饿死！”

学生们都通情达理，让老师赶紧走。

前文说过交通大学当年的“护校运动”石破天惊，很有名。其实，他们还有一次学生运动也很有名，那就是“反饥饿、反内战、反迫害”运动。这次，由交通大学打前锋，包括同济大学、复旦大学在内的上海多所高校组成了一支万人规模的游行队伍。交大的“标配”仍然是他们在第一辆大卡车的车头上摆放着的威风凛凛的“九头鸟”大喇叭。此外，还挂着特制的大模型——一只很大的破碗和两根半油条，象征国民党统治区物价飞涨。他们还别出心裁地让五个学生走在游行队伍的前面，每人各举一只大破碗，碗上各写一个字，连到一起就是“我们要饭吃”。游行的结果，就是学生和军警们的冲突。

新中国成立前那几年的大学生活充满了动荡和饥饿。

新中国成立了，物价完全稳定。大家不但都吃饱了肚子，而且，还过上了“富得流油”的近乎奢侈的大学生活。新旧社会一对比，大家的真实感受就是“解放区的天是晴朗的天，解放区的人民好喜欢”。理论力学教研室一共有 20 多位教师，其中有四位年龄比较大。七八位年轻教师，没问题，全部表态要积极参加迁校。有一个年轻教师身患癫痫症，还有一个青年教师长年神经衰弱，但都表态坚决要到西安去。这两个人，最后硬是被劝说留在了上海。吴百诗给他们做工作说：“你们最好不要去，你们最好留在上海，因为就医疗条件来说，西安和上海不能比。”

两位年轻教师为此还闷闷不乐了好多天。

老教师的情况就比较复杂了。四位年龄比较大的，留在了上海造船学院，其余的老教师基本上都来了。

最后，理论力学教研室一共来了十六七位。也就是说，这个教研室 2/3 的教学力量都迁到了西安。有不愿来的，很少，这是因为有家庭拖累，经过做工作，也来了。在吴百诗看来，他们教研室只有一位老师坚决不来西安。可是，就是这位老师却也坚决拥护党和政府所号召的交大西迁。这里有实际事例。吴百诗那时候还有一项光荣任务，就是要为迁校准备教学实验模型。上海条件比较好，教学上有些模型上海能做，西安做不了，因此得抓紧在学校搬迁前做好带到西安去。吴百诗在哈工大见过一套展览的图片，按照这套图片制作的模型将来对教学很有帮助，可是，这套图片画起来非常麻烦，得花费大量业余时间。这位老师知道了这件事后，立刻找到吴百诗，自告奋勇承担了这项任务。因为他长于画画。他说，尽管他不愿意离开上海，但他还是想为党号召的西迁做出贡献。

党和政府在所有人的心目中有着崇高的威信，由此可见一斑。

8

理论力学教研室的老教师中有人彻底感动了吴百诗。

这就是交大西迁中的一个著名故事：沈尚贤和沈德贤兄妹两家高级知识分子的举家西迁。兄妹两个人中，妹妹沈德贤时年 37 岁，是理论力学教研室的骨干教师。按说，沈德贤年富力强，正是一个教师在教学方面的黄金时间，不说她想不想来西安，就是学校也应该动员她来。但是，学校这时却做出了一个决定，通知吴百诗说，可以请沈德贤老师留在上海造船学院，不用西迁。

不用西迁？为什么？

因为沈德贤的丈夫陈国光和他们家的特殊情况。如果西迁，学校不好安排。陈国光毕业于浙江大学电机系，后来留美深造，回国后在上海经过十来年的打拼，这个时候在一家企业任高级工程师。如果沈德贤要随校西迁的话，学校势必要为她“调爱”——这是西迁中，交大特有的一个名词，即，不管男女教师的爱人，学校都要想办法调动到西安进行适当安排。爱人原先是医生的，就要想办法让人家

沈尚贤教授讲课

到西安后还当医生。爱人原先是工厂的技术人员或高级管理人员的，要想办法让人家到西安后做相应的工作。但在实际中，要做到这点有相当大的难度。西安的大医院能和上海的大医院相比？西安的工厂以及西安学校的水平能和上海相比？那些爱人在上海大医院当名医的，到了西安就很难安排——尽管陕西省政府和西安市政府做了很大努力，但仍有不少交大西迁教授的爱人却因此而失去了心爱的事业，牺牲了本来似锦的前程。

这是许多西迁教授及亲人的心头之痛。

当我们今天来看这段历史的时候，千万不要忘记交大西迁的背后有多少家庭的巨大牺牲。不要忘记，他们的配偶、子女连同他们所有的亲人为此付出的代价和牺牲。

陈国光当时的情况就属于基本上没办法安排的类型。

可是，沈德贤老师当时就找到吴百诗，问他："我们家怎么会不让西迁呢？"

吴百诗讲解了其中的原因。

没想到，沈德贤老师坚决地说："我们全家人开过会了，国光也同意。请转告学校，谢谢领导的好意，我们全家一定要随校西迁！"

沈德贤的态度和她的哥哥沈尚贤有关。

这兄妹两个的年龄相差了整整 10 岁。

妹妹沈德贤出生于 1919 年，哥哥沈尚贤出生于 1909 年，浙江嘉兴人。沈家是杭州的簪缨之家。他们的父亲在浙江省政府为官。沈家兄妹中还有一个小妹叫沈慧贤。沈慧贤的丈夫是钱钟韩。因此可以说，钱钟韩是沈家的女婿。这钱钟韩又是谁呢？钱钟韩和钱钟书是堂兄弟。钱钟书不用说，谁都知道是大文豪，而钱钟韩也很了不起，早年毕业于交通大学，以后到英国留学，是中国著名热工自动化学家、中国科学院院士和九三学社中央委员。和妹夫比起来，沈尚贤也很优秀。沈尚贤 1931 年毕业于浙江大学电机系，毕业后即赴德国西门子等公司研究实习，同时就读于德国柏林高等工业学校。当时，适逢"九一八"事变爆发，日军占领我国东北，血气方刚的沈尚贤异常痛恨日本人的行径，决心进行抵制。可一介书生能用什么来抵制呢？

船票。

是的，船票。

说来让人有些心酸，22 岁的沈家公子唯一能够想出的爱国方式就是拒乘日本轮船出国。那个时候，从上海到德国最便宜的是日本轮船。较贵的则是德国轮船，而且，还要绕道到意大利的热那亚港转赴柏林。可以说，乘坐德国轮船，又贵，又累，时间还长，但沈尚贤一腔报国之心无处宣泄，也就只有如此了！在德国进修期间，他先后辗转了德国几家大公司，而以在西门子公司的经历给他的印象尤为深刻，也尤为刺激。他深切体会到了德国工业的强大。沈尚贤在德国西门子的经历和钟兆琳在美国西屋电气制造公司的经历有些相似。钟兆琳辞去西屋电气制造公司工程师的职务回国是因为母校在召唤他，沈尚贤辞去西门子公司的优厚待遇毅然回国是因为祖国在召唤他。

沈尚贤后来在交通大学有一个莫逆之交，也算是忘年之交——蒋大宗。蒋大宗小了沈尚贤足足 13 岁，但两人意气相投，都是工程师出身，又都有一腔爱国热血。蒋大宗在为自己的忘年交写的一篇文章中说："沈先生在柏林西北郊工厂林立的西门子城实习时，渴望振兴中华，发展民族工业，曾说：'德国有西门子，我们将来也要办中国的东门子。'这成为他的抱负。"

沈尚贤 1934 年回国后先在一家中德合办企业任工程师，后来很快投身祖国的高等教育。他年仅 30 岁当教授，先后在清华大学、西南联大、浙江大学等任教。抗日战争期间，沈尚贤作为清华教师一直跟随着西南联大辗转于大后方。蒋大宗呢？1946 年年初，曾经作为中国远征军的抗日老兵、西南联大八百从军学子的蒋大宗，被电机系主任钟兆琳"破格"聘为交通大学电机系助教时，沈尚贤大约也在这个时候进入交通大学电机系。年轻助教蒋大宗和这个时候也才三十六七岁的沈尚贤一见如故。而且，两人的友谊随着新中国成立前后那些动荡岁月的考验愈加深厚……

他们的友谊一直持续了近50年，直到1993年沈尚贤离开这个世界。也正是这种友谊，让他们总是在命运的关口，能够相互支撑，共同把握好命运的航向。

就在蒋大宗和沈尚贤先后到了交通大学电机系不久，交大的几位教授朱物华、张钟俊、陈季丹和沈尚贤去找他们交大从前毕业的一个学生——此时的上海电信局孙副局长，想讨要一些电信通信设备。结果，由于有中国远征军的军旅经历，“识货”的蒋大宗从美军交给联合国的堆积如山的剩余物资仓库里淘出了不少宝贝，其中就包括后来在交大学生运动中大出风头的“九头鸟”扩音器。这批宝贝一淘回来，就让举荐蒋大宗有功的严晙教授和慧眼识珠的系主任钟兆琳教授眼前一亮，说：“这下好了，我们可以建一个了不起的实验室了！”

这个实验室叫电讯实验室。

它原本就是交通大学实力非常强的一个实验室。而当它1947年前后充实了这一大批美军的“军用物资”以后，它的实力就变得更加强大了，可以说，达到了当时国内一流或最先进水平。

这个实验室的领导者不是别人，正是沈尚贤和蒋大宗。

两人是交大电讯实验室的正副主任。不用说，蒋大宗对这个实验室成为国内一流和最先进水平的实验室居功至伟。而也就是这件事情，让蒋大宗在交大电机系这个名流荟萃的地方脱颖而出，再次“破格”成了实验室的副主任。同时，也让留德回来的沈尚贤教授开始对这个年轻人刮目相看，对他的才华无比欣赏。

也是在交大电机系最辉煌的岁月里，它又出了一个了不起的学生——中华人民共和国前主席江泽民。交大培养出的学生里，杰出人才灿若星河，但他们最为骄傲的是这两个主席：1934 年毕业的中国科协前主席钱学森和 1947 年毕业的前国家主席江泽民。钟兆琳是这两个主席共同的老师，而沈尚贤和蒋大宗则是江泽民的老师。江泽民当年在电讯实验室做实验的时候，这两位老师曾手把手地教过他。这一点，江泽民从来都没有忘记过。江泽民对沈尚贤教授极为尊敬，与沈教授也多年保持着联系，一直到他当了国家主席，还是这样。他先后两次到西安交通大学来看望老师。一次，是 1989 年；一次，是 1993 年。这两次都是作为国家主席在西安考察工作。国务繁忙过后，他回母校，看望严晙、沈尚贤、蒋大宗。第一次，三位老师都在，师生相谈甚欢。第二次，严晙和沈尚贤老师都不在了。严晙老师两年前去世，而沈尚贤，两天前才刚刚去世。听到这个消息，

蒋大宗教授指导青年教师备课（摄于 1959 年）

江泽民很难过。他说："我今天起个大早，到学校来看望大家，问候我的师长。很不幸的是，我的老师沈尚贤教授逝世了。今天，他的妹妹沈德贤教授在，请您转达我对老师亲属的亲切慰问。"对于沈教授当年的西迁和为西迁做出的贡献，江泽民也从来没有忘记过。沈尚贤去世16年后，2009年，为纪念沈尚贤教授100周年诞辰，江泽民特地为恩师题词：

举家西迁高风尚，

电子领域乃前贤。

题词里特别嵌进了老师的名讳"尚贤"。

江泽民后来于2002年及离任后的2009年又两度来西安交通大学，是前三代中央领导集体中来西安交通大学最多的党和国家领导人。他为沈尚贤教授题的词，实际上是对母校西迁的高度赞扬，是沈教授的荣耀，也是西安交大的一份精神财富。

9

★ ★ ★

西迁开始的时候，沈尚贤和蒋大宗几个人正在清华大学办全国工业自动化培训班，筹备中科院自动化研究所、中国自动化学会。中科院自动化研究所和中国自动化学会筹备组组长是清华大学的钱伟长，副组长是沈尚贤和他的妹夫钱钟韩及后来的中国科技大学党委书记武汝扬。沈尚贤代表交通大学，妹夫钱钟韩代表南京工学院。

几个人在北京忙得不可开交。沈尚贤和蒋大宗当时所在的工业自动化系不在首批西迁的名单里。也就是说，西迁第一年，即1956年，他们可以安心地在北京干他们的事业。然而，虽然不在首批西迁的名单里，但沈尚贤和蒋大宗却早早就表了态，他们是交大西迁的积极拥护者。是啊，只要国家强大，对于蒋大宗和沈尚贤这样的爱国者来说，有什么个人东西不能抛弃的呢？

所以，两个人在北京安安心心地忙一个新学科——工业自动化的事情。

可是，沈德贤坐不住了。

这个时候，他们一家人将何去何从，沈德贤必须很快做出决定。

正在举棋不定时，一天，沈德贤回来对丈夫说，她哥哥邀请他们两个到家里坐坐，和他们谈一件重要的事情。

陈国光1942年毕业于浙江大学电机系。沈尚贤1931年毕业于浙江大学电机系。抗战爆发后，沈尚贤开始随清华大学辗转汉口、重庆、昆明等地。1939年，浙江大学也因日寇进犯内迁到了广西，沈尚贤应母校之邀，从清华又转到浙江大学任教。因此，陈国光和沈尚贤不仅有妻哥和妹夫的关系，还有师生之谊。陈国光对沈尚贤这位老师兼兄长自然尊敬有加。

“我们家里今天开个家庭会议。只有一个议题：迁校。我们该怎么办？”

大家落座后，沈尚贤开门见山地说。

沈尚贤说了很多很多。

除了国家，他说得最多的是交通大学。

沈尚贤越说越激动，而妹妹和妹夫也越听越心潮澎湃。

数年后，沈德贤和陈国光夫妻俩曾这样深情地写道：

“哥哥沈尚贤传达时间之长，精神之专注，内容之重要，都使我们十分激动，人生的命运要在此刻做出抉择……”

不错，的确是人生的十字路口。

如果不是哥哥沈尚贤的“善意规劝”，他们两个人很难下定决心。

现在，哥哥告诉他们说：“留在上海，当然，你们的生活可以很安定舒适。可是，我告诉你们个消息，确定要新开办的专业里有无线电技术。国光，这可是你最心爱的专业啊！假如你能到交大任教，假如你能随校西迁，真的机会对你很好啊！我希望你不要放过这个千载难逢的机遇，为国家，也为你自己！”

其实，最后打动陈国光的，就是这段话，是这段话里的“无线电技术”。这才是真正让他动心、真正拨动他心弦的地方。陈国光早年也怀抱学成为国效力的报国之志，和陈学俊，和蒋大宗，也和屠善洁的爱人程乃晋，和那一代在战火纷飞中求学、在国破家亡的流亡中求学的知识分子一样，他在流亡到广西的浙江大学上学期间，也曾发誓，要振兴中华，让国家强大起来！

可是，现实和他的想象相去甚远。

陈国光生于1918年。1942年从浙江大学毕业后，被分配到国民党中央航空委员会下属的一个无线电厂工作，又很快进入航空工业局，考取了留美名额，在美国学习航空无线电机设计。无论是在国内还是在美国学习期间，他都异常刻苦，一心想以工程或工业报国。学成回国后，他到了一个外企型的染料化工厂工作。以陈国光的知识和聪颖，他很快为企业赢得了巨大商机和利润，因而很快做到总工的位置。这个时候，刚刚经过社会主义改造的工厂，变为公私合营，可无论是公方还是私方经理都很依赖和仰仗他。要说，陈国光留在上海，前途一片光明。只是，十多年寒窗苦读的无线电专业知识，却与他的人生渐行渐远。

这是陈国光的苦恼。

而对于交通大学，如果能够得到陈国光则无异于得一宝贝。今天无线电已经不算是新学科，但在半个多世纪前，这个学科却非常“前沿”，有陈国光这样学历和经历的无线电方面的专家更是凤毛麟角。沈尚贤对此太了解了。他也知道，西迁后学校新建的无线电系多么求贤若渴！沈尚贤在开过这次家庭会议后很快把情况汇报给了学校。这个时候，交大新成立的无线电系系主任黄席椿来了。黄席椿登门求贤，表示欢迎陈国光到交大无线电系任教。

黄席椿教授也是西迁教授中一个重量级人物。他是辛亥烈士遗孤，在其父生前挚友陈叔通等的督勉下先是毕业于清华大学电机系，以后到德国留学。黄席椿回国后曾在交通部技术人员训练所和李庄的同济大学任教，新中国成立初由同济大学调到交通大学，后来又短暂地被调到成都电讯工程学院。交大准备西迁时，彭康校长考虑到西迁后新成立的无线电系没有学科带头人不行，又从成都把黄席椿要了回来。

黄席椿负有领导和建设交大无线电系的使命。他这个时候正想破脑袋地在网罗人才，想为西迁后的交大建设一个强大的无线电系，所以他无比积极主动地接触和“拉拢”陈国光，从这时开始就经常邀请陈国光参加交通大学有关西迁的活动。

陈国光下决心了，他要“归队”。他要用自己的知识服务于社会。但此时最困难的一件事情出现在他和夫人沈德贤面前：“家”怎么办？

实际是房子怎么办。

这可是位于上海繁华地区的一套豪宅。

如果能够出手卖掉倒也可以。可是，这套房子当时还没有履行完全部买卖手续。如果他们要走，前面出过的钱就全部打水漂了，因为他们违约，房子要退还给原先的主人。这可是一大笔血汗钱啊！当初，夫妻两个可是倾尽囊中所有，花光了陈国光所有的工资积蓄和年终红利，又借了别人一大笔钱，才“顶”下了这套房子。现在，他们也只能忍痛割爱，无偿地把房子又原模原样地退还给了原房东。

这真的如同割肉一般。

沈德贤和丈夫陈国光带着三个女儿及沈德贤的母亲，一家六口于 1956 年 7 月 20 日登上了西去的列车——他们是所有西迁的数批人中最早的一批。要告别上海了，一家人回了趟杭州西湖边上竹竿巷陈国光父母的家。对于白发苍苍的父母来说，恐怕什么都没有儿孙绕膝享受天伦之乐更为重要。面对年迈需要照顾的父母，陈国光

黄席椿教授在指导学生

此时感到了沉重的负罪感。从此，他就很难在父母面前尽孝了！

10

★ ★ ★

沈德贤离开上海的时候把她的母亲也一起带到了西安。

因为这个时候，哥哥沈尚贤正在北京忙于筹建中科院自动化研究所和中国自动化学会，还和蒋大宗等几个人正在清华大学举办全国工业自动化培训班。这样，原本该由儿子一家照顾的老母亲，只能交给迁到西安的妹妹一家人照顾了。在北京的沈尚贤、蒋大宗他们一心扑在工作上，忙得昏天黑地。一开始，从妹妹沈德贤和妹夫陈国光那儿得到的西安方面的消息以及从上海方面得到的消息都还正常。西安方面，迁校后第一年，面向全国招生不但顺利而且还多招了几百名学生。并且，总体生源质量还相当不错。这消息很鼓舞人。迁过去的二年级学生和新招的一年级学生均已到校。9 月 10 日，交大西安部分举行了隆重的开学典礼。妹妹沈德贤在信中告诉哥哥说，“陕西省和西安市政府太欢迎我们交大啦，尽一切可能照顾我们。陕西缺大米，可他们把给高干供应的大米都先给我们吃，太感动人了！”还有，“哥哥，我们现在有 3000 多学生，还有 2000 多教职员工家属，加下来有近 6000 人了！一所近 6000 人的交通大学在古城西安就这样出现了！”

上海方面一开始消息也不错。大家一方面忙于教学，一方面做迁校准备。

但是，风云突变。

毛泽东1956年春发表《论十大关系》、1957年春发表《关于正确处理人民内部矛盾的问题》后，国际形势有所缓和，党中央对原来的部署也有所调整，由此在交大内部引起了交大是否要西迁的争论。这个时候，黄席椿他们给在北京的沈尚贤、蒋大宗他们报告了一个“突发事件”——

这天，学校临时通知在文治堂召开工会会员代表大会。

文治堂是徐家汇校区一个可以容纳几百人的小礼堂，1900年落成。之所以被命名为“文治堂”，是为纪念交通大学历史上一位功臣校长——唐文治。因为是工会会员代表大会，来的人很多。发言很快集中到了迁校问题上，大家纷纷上台发言。

黄席椿告诉沈尚贤、蒋大宗他们：“这次工会会员代表大会最

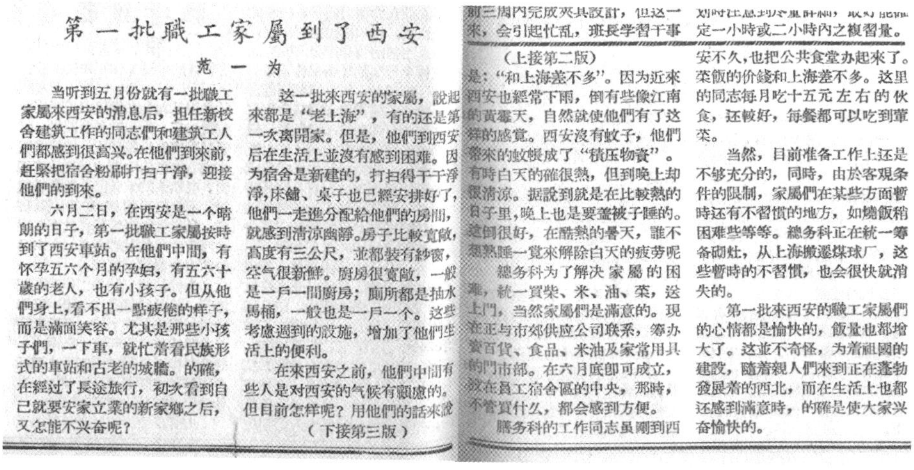

前三周内完成夹具設計，但这一來，会引起忙乱，班長学習干事

定一小時或二小時內之複習量。

第一批職工家屬到了西安

范一为

当听到五月份就有一批職工家屬來西安的消息后，担任新校舍建筑工作的同志們和建筑工人們都感到很高兴。在他們到來前，赶緊把宿舍粉刷打扫干净，迎接他們的到來。

六月二日，在西安是一个晴朗的日子，第一批職工家屬按時到了西安車站。在他們中間，有怀孕五六个月的孕妇，有五六十歲的老人，也有小孩子。但从他們身上，看不出一點疲倦的样子，而是滿面笑容。尤其是那些小孩子們，一下車，就忙着看民族形式的車站和古老的城牆。的確，在經过了長途旅行，初次看到自己就要安家立業的新家鄉之后，又怎能不兴奋呢？

这一批來西安的家屬，說起來都是“老上海”，有的还是第一次离開家。但是，他們到西安后在生活上並沒有感到困难。因为宿舍是新建的，打扫得干干净净，床鋪、桌子也已經安排好了，他們一走進分配給他們的房間，就感到清凉幽靜。房子比較寬敞，高度有三公尺，並都裝有紗窗，空气很新鮮。廚房很寬敞，一般是一戶一間廚房；廁所都是抽水馬桶，一般也是一戶一个。这些考慮週到的設施，增加了他們生活上的便利。

在來西安之前，他們中間有些人是对西安的气候有顧慮的。但目前怎样呢？用他們的話來說

（下接第三版）

（上接第二版）

是：“和上海差不多”。因为近來西安也經常下雨，倒有些像江南的黃霉天，自然就使他們有了这样的感覺。西安沒有蚊子，他們帶來的蚊帳成了“積压物資”。有時白天的確很熱，但到晚上却很清凉。据說到就是在比較熱的日子里，晚上也是要蓋被子睡的。这倒很好，在酷熱的暑天，誰不想熟睡一覺來解除白天的疲劳呢

總务科为了解决家屬的困难，統一買柴、米、油、菜，送上門，当然家屬們是滿意的。現在正与市郊供应公司联系，籌办賣百貨、食品、米油及家常用具的門市部。在六月底卽可成立，設在員工宿舍區的中央，那時，不管買什么，都会感到方便。

膳务科的工作同志虽剛到西安不久，也把公共食堂办起來了。菜飯的价錢和上海差不多。这里的同志每月吃十五元左右的伙食，还較好，每餐都可以吃到葷菜。

当然，目前准备工作上还是不够充分的，同時，由於客观条件的限制，家屬們在某些方面暫時还有不習慣的地方，如燒飯稍困难些等等。總务科正在統一籌备砌灶，从上海搬遷煤球厂，这些暫時的不習慣，也会很快就消失的。

第一批來西安的職工家屬們的心情都是愉快的，飯量也都增大了。这並不奇怪，为着祖國的建設，隨着親人們來到正在蓬勃發展着的西北，而在生活上也都还感到滿意時，的確是使大家兴奋愉快的。

新闻报道《第一批职工家属到了西安》

后几乎形成了一边倒的趋势，反对迁校。接着，学校又召开了校务委员会，抵制迁校的意见仍占上风，成了一个一面倒的会议，形成了交大‘不迁’的意见，影响很大！”

“怎么很大？”

沈尚贤、蒋大宗他们紧张地问。

黄席椿他们几个是出差到北京来的，大家都集中到了沈尚贤在北京的宿舍里。

“是的，”上海方面的人说，“影响的确很大。西安那边听说闹得也很厉害。上海停止了正在准备西迁的装箱，西安也停止了基建……”

“这么严重？”

“是这么严重，俨然就是‘迁不动’的格局！”

形势的确有点儿急转直下，突兀得让人接受不了。就在黄席椿他们走后没几天，学校发来了一份电报。电报是发给沈尚贤的，要他组织在京参加不同新专业培训的交大教师开展讨论，把讨论结果报告给学校党委。于是，在北京清华校园里，在京学习进修的交大教师这天赶往一个大教室。主持会议的沈尚贤在这次会上力陈迁校的意义和得失。他大声疾呼：“迁不动？交大迁不动的话，这影响所及就不限于一个交大，是带有全局性的！”

沈尚贤话音刚落，蒋大宗接着说：

“问题不是交大要不要迁，而是国家需要交大迁到内地去。不错，现在仗是一时半会儿打不起来，但从长远来说，沿海并不太平。国家不会把国宝放在大门口，投资不会投在危险地带，这也是国家一个长期的方针。只要帝国主义一天不消灭就可能有战争。因此，交大在上海的发展空间会始终受到很大的限制。许多新专业，尤其是国防专业在上海不能设，而到西北去都能建设起来。总之，我赞成西迁，往西去，往西北去，在支援西北工业建设和文化建设的同时，也能创造我们交大自身大发展的条件，这是一举两得！”

讨论进行得非常热烈。

在京的这些骨干教师，最后得出一致赞成全迁的意见。

就这样，蒋大宗到邮局给上海发回一封电报：“在京教师一致赞成交大全迁西安。”旗帜鲜明地拥护迁校。这份回电，在学校各种场合进行了宣读，在师生中震动很大。人们从中看到的，是一颗拳拳报国之心。

11

蒋大宗的传奇和国民党著名将领孙立人将军的故事有关。蒋大宗是一名投笔从戎的抗日军人，是西南联大 800 多名抗日从军学生中的一员。并且，他跟随孙立人将军经历过印缅战场血与火的考验。如今在北大燕园，还会看到那里矗立着的一座著名的纪念碑，是国学大师冯友兰撰文、闻一多篆额、罗庸书丹的“国立西南联合大学纪念碑”。碑的背面刻着密密麻麻的 834 名西南联大抗日从军学子的名字，其中就有“蒋大宗”三个字。他是江苏扬州人，1922 年出生时家境还不错。他的父亲先在北京交通银行任职，后调交通银行上海分行任会计主任。然而，他7岁时，有着锦绣前程的父亲却突然病逝，从此留下孤儿寡母艰难度日。蒋大宗中学上的是江苏四大名校之一的扬州中学。日本人全面侵华后，扬州沦陷，扬州中学迁往上海，蒋大宗和母亲也随着逃难的人群到了上海。这是1938年，蒋大宗十五六岁。日本人在扬州的烧杀抢掠、无恶不作，深深地刻在了他的脑海里。从扬州中学毕业后，如同当时江苏四大名校大多数学生一样，蒋大宗考上了交通大学电机系，系主任正是钟兆琳先生。血气方刚的蒋大宗不愿在日本人占领的上海读书，于是相约了一些同学，辗转千里，一路风尘，充满艰辛和危险，最后到了云南昆明。凭着一纸交通大学的录取通知书，蒋大宗直接进了西南联大电机系，仍旧学电机专业，只是换了一个学校。西南联大在蒋大宗的记忆里留下的最深刻和最生动的一幅画面就是：几十个学生挤在铁皮屋顶的教室里，全神贯注地听老师讲课。讲台上的老师穿着打满补丁的西装却神采飞扬、侃侃而谈……

这个情景，让蒋大宗“享受”了一生。

蒋大宗的恋人是他的中学同学，叫黄宗心。

和蒋大宗是家里的独子，并且是寡母带的独子不一样，生在上海和长在上海的黄宗心生长在一个大家庭里。家里一共九个孩子，她是长女，也是独女。除了上边一个哥哥外，她还有七个弟弟。因为家中子女众多，实在住不下，只能把房间让给男孩子们，所以，上中学时黄宗心就一直住在姨妈家里。

姨妈家和蒋大宗母子投靠的上海亲戚——蒋大宗的舅舅家相距很近。

这是天作之合。

12

★ ★ ★

黄宗心从医学院毕业后就留在了上海。

等蒋大宗从抗日战场上归来，这对恋人才在分别五六年后，喜结连理。证婚人是交大两位名教授钟兆琳和朱物华。到交大西迁时，他们已经有了一个祖孙三代人的七口之家：蒋大宗的老母亲，他们的四个孩子——三个女儿和一个儿子。其中，最小的儿子尚在襁褓中。已经成为副教授的蒋大宗这个时候三十三四岁。客观地说，像他家这样的情况就是在全校青年教师中也不多见。如果说有困难的话，蒋大宗就算比较困难了。然而，对于蒋大宗这样当年能够投笔从戎参加中国远征军的青年教师来说，西迁，为国家建设大西北，他从一开始就连眉头都没皱过一下，从始至终都是迁校的积极拥护者，所以他也从来没有说过他有任何困难。

其实，对蒋大宗来说，困难的还不仅仅是他上有老下有小，最困难和最为难的还是他的夫人黄宗心。不是说黄宗心像陈国光一样"调爱"会有多么困难，而是说，为了交大西迁，为了丈夫的事业，黄宗心要做出的牺牲可谓"巨大"。因为，她此时事业正处在黄金期。她是上海广慈医院的主治医师和上海第二医学院的讲师。如果她继续留在上海，几乎可以肯定，她的医学事业一定会比在西安发展得更好。还有，黄宗心家里九个子女中，八个男孩儿，只有她一个女孩子。蒋大宗可以把他唯一的亲人——年轻轻就守寡的老母亲带到西安，可黄宗心却要和把她当作掌上明珠的父母、她众多的兄弟们以及养育她成人的姨妈一家，全部说声“再见”了！这对黄宗心来说不能不是一件痛苦的事情。

可是，她得来。

她必须放弃自己的一切随夫西迁。

蒋大宗的传奇就在于，西迁之后，他果真达到了他一生新的辉煌顶点。作为一代宗师，他参与开创了我国一个新的学科：“生物医学工程”。说起来，这和两个机缘或者说和两个人有关。这两个人，一个是抗日名将孙立人，一个就是他的夫人黄宗心。还在中国远征军时，孙立人将军就想要培养自己军队的医疗技术人员，于是选拔了一批学员到印缅前线的美军第二十总医院学习使用最先进的X光机和临床化验等。蒋大宗有幸被选为这批学员的领队。由此，他这个工科大学生第一次接触到了医学领域。

用今天的话说就是“跨界”了。

如果只有这么短暂的一段经历，对于蒋大宗来说也许并没有多大意义。问题就在于他的妻子黄宗心是医生，而且西迁后进了西安一所大医院。这里也许就有命运的安排了。“文革”开始后，蒋大宗在中国远征军的这段经历成为他平生的一个“耻辱”。他被批斗，也靠边站了。但蒋大宗并没有闲下来。原因是，尽管“文革”还在如火如荼地进行，斗争的两派也还在大打出手，学校停课，工厂停产，但黄宗心所在的医院这时候进口了一台德国飞利浦公司制造的大型X光机。这个医疗设备非常先进，但问题也来了——没有人会安装调试！

医生们在一起闲聊时，有人就想起了黄宗心医生的“反动军官”丈夫。

如果换个人也许不会去揽这个“瓷器活儿”。这种环境下避祸都来不及呢，谁还会再冒这样一个风险？但蒋大宗手痒痒。他从来都是一个好奇心很重、非常喜欢动手的人。老交大的一个重要传统就是“重实践”，教师中一个口头禅就是：你会不会“开车”？——“开车”，就是动手能力。能不能“开车”“开车”的水平如何，是老交大衡量一个教师水平的重要标准。不会“开车”在这里是站不住脚的。蒋大宗不愧是蒋大宗。他一见新事物就想上手。他去了，作为黄医生的家属被请去鼓捣这个新设备。当然，他有基础。他的基础还不仅仅是当年在印缅前线的美军第二十总医院学习和使用过当时世界上最先进的 X 光机和临床化验等，他最雄厚的基础是他是一位非常了不起的工科教授。蒋大宗在交大许多人的心目中都是一个百科全书式的人物。他好像无所不能、无所不通。西迁前后的交通大学成了他施展才华的一个大舞台。他先后在电力系、电机系、无线电系、信息和控制工程系工作，无论把他调到哪个系，他都是一把好刷子。别人搞一个学科也许就足够了，而他却先后为这所名牌大学的工业企业电气化、工业电子学、计算机、生物医学工程等专业的学科建设立下了汗马功劳，其中最辉煌的就是生物医学工程学科的创立。

蒋大宗不是医学科班出身，但生物医学工程却恰恰是一个交叉学科，并且还偏重于“工程”，这就让蒋大宗有了充分的用武之地。他去了医院，手捧着说明书，边学习、边安装调试，最后，和医生、技师们一起，居然无师自通地把这台设备安装调试成功了！医院大喜，从此他们的许多进口设备，比如听力测试仪、光谱仪等，搞不定的时候都会把黄宗心医生的丈夫蒋大宗教授请来。还是帮忙，但蒋教授却乐此不疲，除非学校的事情无法脱身。于是他成了西安医学院附属医院的一个“编外教授”。这给医院和交大都带来了好处。

蒋大宗由此开始追踪一个前沿学科。

还是在“文革”期间，20 世纪 60 年代，国际上诞生了一门新兴的技术学科——生物医学工程。蒋大宗因为要频繁地接触最先进的医疗设备，于是还在“文革”中，他就怀抱着一种兴奋的心情悄然踏足这个领域。“文革”刚刚结束，别人还在舔舐伤口，这位前中国远征军战士就已经准备再度踏上征程了。1977 年年底，蒋大宗到北京参加全国科学技术规划大会，与中国医学科学院院长、著名心胸外科专家黄家驷院士相识。那个时候，黄院士正为在中国创立这门新学科而奔走呼吁。两人一见如故，也一拍即合，从此开始了一番共同努力。不久，国家正式批准设立这门学科，蒋大宗被国家科委聘为该学科最早的规划组成员，成为中国生物医学工程学科主要创始人之一。

这就是蒋大宗的神奇。

恢复高考以后，西安交通大学最早拥有了生物医学电子工程专业，也最早开始招收本科生和研究生。这让西安交通大学成为我国最早开办生物医学工程专业的高校之一。又过了几年，1985 年，西安交通大学在全国率先成立了生物医学工程研究所，蒋大宗担任第一任所长。

作为我国生物医学工程学科的主要创始人之一，也作为西安交大生物医学工程专业的奠基人，蒋大宗教授基本上是靠一己之力，把西安交通大学带到了这个新领域和新学科之中。这个学科，以后变得非常重要。它是 21 世纪工程技术学科中一个很前沿的阵地。

当生物医学电子工程，这个当时即使在世界上也才诞生不久的新学科，在东方地平线上向他微笑的时候，蒋大宗突然意识到，这才是他一生的安身立命所在。此时，蒋大宗教授已经55岁了。“文革”、反右等让他蹉跎了太多岁月，但蒋大宗并不畏惧岁月。从这个时候起，他就一直在这个领域里耕耘。由于高寿，从1977年到2014年，在这个领域他足足耕耘了将近40年。这让他在计算机辅助医学诊断、功能性神经电刺激、生理信息的提取和信号处理技术、X线数字直接成像和双能量成像等医学科学方面做出了杰出的贡献。2007年，蒋大宗当选为美国电气和电子工程师协会（IEEE）终身会士，2010年被授予中国生物医学工程学会终身贡献奖。这两项荣誉，都是一种至高荣誉。后者，在中国很少有人能够获得；前者，在这个地球上很少有人能够获得。他是我国生物医学领域第一位美国电气和电子工程师协会会士，也是当选美国电气和电子工程师协会终身会士的第二位中国人。

有人说，蒋大宗是一个不是院士的院士。

他的一生正像他的学生概括的一样——

热血赴抗日前线远征缅印功业至今堪赞，

雄心创医电学科秉烛育才桃李遍地灿烂。

以一己智慧火光为后生照亮前进征程，

尽毕生修为学养促交大重启荣光之门。

……

第四章

大西北故事

★

往事并不遥远

1

★ ★ ★

到西北去

西北的人们朝夕盼望，
西安的伙伴已伸出了友谊的手，
我的心啊，
你插上翅膀吧，
唰唰地掠过滚滚的长江，
飞到西北的黄土高原，
告诉那里的人们，
我们就要来到。
……

这是西迁前，一位叫张进喜的大学生发表在校刊上的诗歌。

这是年轻人。

在西迁队伍里还有一对叔侄。他们是白衣天使，是许多西迁师生都忘记不了的人。叔叔叫沈云扉，时年66岁，在当时西迁的交大师生中年龄最大。侄子叫沈伯参，是叔叔沈云扉医生的得力助手。叔侄两个当年都是沪上名医。叔叔沈云扉早年在任上海同德医学院教务长的同时兼任南洋大学校医。抗战胜利后他又举荐上海同德医学院毕业的侄子沈伯参当了交通大学的校医。本来，他们完全可以不随校西迁。而且，彭康还专门劝叔叔沈云扉说：“您年事已高，就留在上海吧！”但沈云扉固执而坚决地对彭康说：“交大在哪儿我就在哪儿！”

他要求第一批就跟交大师生一起到西安。

因为，学校要西迁，学校医务室一定是第一批迁校的人员。年近古稀的老校医不愿被照顾。彭康没有办法说服他，最后只能对他说：“那就在上海留一所房子，以后回来时还可以住。”这是非常温暖人的一句话。沈云扉1956年随校西迁，到1964年回上海，共为西迁师

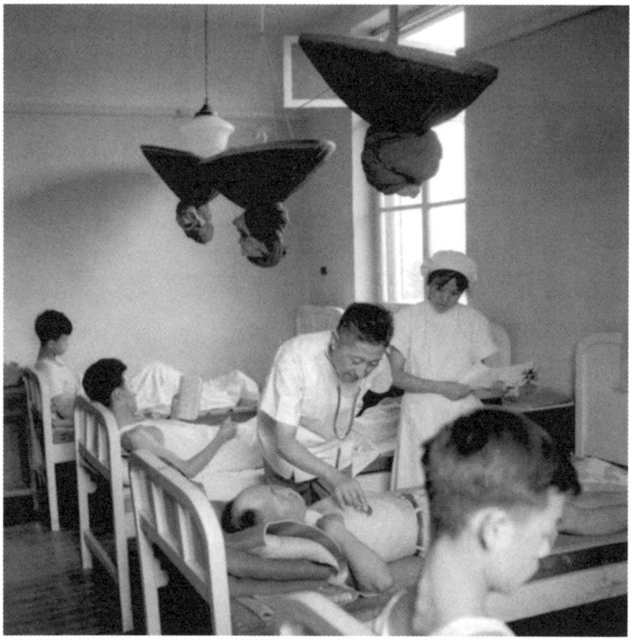

1959年，卫生科医生沈伯参为病人诊疗

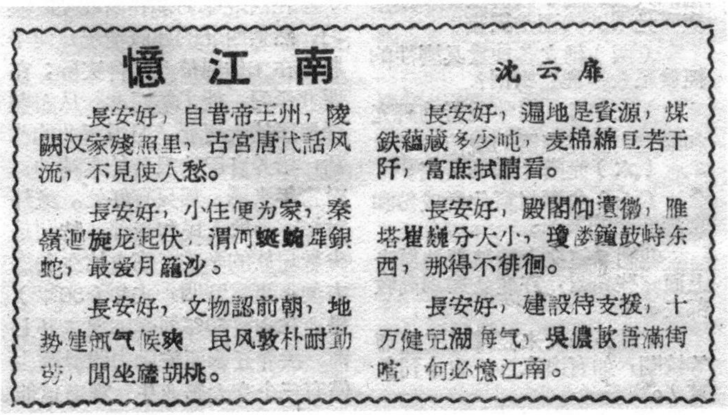

憶江南

沈云扉

長安好，自昔帝王州，陵闕汉家殘照里，古宮唐代話风流，不見使人愁。

長安好，小住便为家，秦嶺迴旋龙起伏，渭河蜿蜒舞銀蛇，最爱月籠沙。

長安好，文物認前朝，地势建瓴气候爽，民风敦朴耐勤劳，閒坐磕胡桃。

長安好，遍地是資源，煤鉄蘊藏多少吨，麦棉綿亘若干阡，富庶拭睛看。

長安好，殿閣仰遺徽，雁塔崔巍分大小，瓊涉鐘鼓峙东西，那得不徘徊。

長安好，建設待支援，十万健兒湖海气，吳儂軟語滿街喧，何必憶江南。

《交大》1957 年 6 月 25 日第 98 期刊登的沈云扉的诗词《忆江南》

生服务了八年。而这八年，正是西迁后学校最困难的时期，不但面临最初创业的艰难，而且，还有三年困难时期师生们普遍的浮肿。他们叔侄两天天都在和死神作战。到了这个时候，老校医真的风烛残年了。他已经 74 岁，体弱多病。回到上海后，他就住在当年彭康建议留下的那套房子里。五年后，老校医在上海去世，这是 1969 年。而这时，彭康却比沈医生早走了一年！老校医沈云扉在上海的家中听到彭康去世的消息，肝肠寸断，悲泣良久。想想，多好的共产党干部彭康啊！多好的校长啊！如果不是他当初坚持为他留下这所房子，他怎么可能最后落叶归根啊！怎么可能在上海的家中安度他生命中最后的时光啊！

往事历历在目。

往事中，意气风发的他和侄儿沈伯参一同举家随校西迁。侄儿沈伯参的夫人张秀钰不但自己加入西迁行列，还把她娘家的私宅无偿提供给学校做驻沪办事处。

往事中，还有一段故事。

在那场“迁不动”的风波中，已经到了西安的老校医和在北京的沈尚贤、蒋大宗他们一样也站出来说话了。老校医在校刊上发表了一篇短文，虽然很短，却相当有分量。他说：“我随学校走，学校到哪里我就到哪里，上海、西安或兰州、乌鲁木齐等等，我都跟着走。苏联能够帮助我们，难道我们一国之内先进地区不应当帮助落后地区吗？上海不应当帮助西安吗？”老校医说完，还意犹未尽，写了首《忆江南》，发表在 1957 年的校刊上，并很快被《西安晚报》转载。

2

★ ★ ★

还有一个人我们同样不能不说，他就是被誉为“中国真空电器之父”的王季梅。

王季梅和蒋大宗都生于 1922 年，也都去世于 2014 年，同样享年 92 岁。王季梅的许多特点都和蒋大宗有点儿相似。比如，两人都会“开车”——动手能力都很强。再比如，两人都很重情义。还比如，两人都享有高寿。

王季梅是浙江上虞人。

他在上虞读书的春晖中学集中了中国现代史上一批名人，朱自清、朱光潜、丰子恺等都先后在此执教。早年受到极为良好教育的王季梅，1946 年毕业于胡奈赛伯父胡敦复创办的上海大同大学电机系。1947 年开始执教于交通大学。说起来，王季梅能够在交通大学执教，又和蒋大宗的经历有些相似——他也是钟兆琳先生慧眼识珠选聘到交大来的。因为钟兆琳在 1946 年前后由于物价飞涨不得不多兼职几所大学，其中，也兼职做了大同大学电机系的教授。在这些学生中，王季梅的优异成绩以及他的突出表现，让钟兆琳对这位学生的才华格外欣赏。

钟先生对他有知遇之恩，王季梅从来都没有忘记这一点。

对他来说，追随钟先生的脚步，不仅仅是一种学习的需要，而且是一种信任。国家决定交大迁校，作为电机系主任的钟先生带头热烈响应。王季梅连一分钟的犹豫都没有，马上紧随老师表态，他要西迁。那时候，钟兆琳作为最早到西安选定新校址的五大教授之一，回来就在本系积极进行动员。对手下的各个教研组主任，他的话就更加干脆："我系主任去，你教研组主任能不去？"

去，当然去。

他要给西安带去一支最强的队伍。对他欣赏的学生、电机系未来的希望，他当然渴望也能随他一起去西安。王季梅就是他这样的学生之一。和蒋大宗年龄一样，西迁的时候王季梅三十五六岁。虽然算是青年教师，但也正是上有老下有小的困难时期。而且王季梅这时候正遭遇到一件更加困难的事情：妻子刚刚做过脑瘤手术，身体非常虚弱，任何意外情况都会导致生命危险。留在上海，无论医疗条件还是生活条件肯定对病人要好很多。王季梅有充分理由不去西安——只要他提出申请。王季梅却说："钟先生的榜样就在这儿放着，师母长年卧床，先生都能去，我年轻，我怎么能不去呢？要从国家考虑，要听从周总理的号召，困难是可以克服的！"

王季梅首先报名。

他克服困难的办法是，把岳母从杭州接到上海来照顾病中的妻子和四个幼小的女儿。这样，他就可以和电机系，和钟先生一起先到西安工作。一年后，妻子过了危险期，他再把全家人搬迁到西安。这样做，他也并不是没有困难。因为岳母不是个家庭妇女，岳母是杭州医院的一名产科医生。岳母要长期照顾自己的女儿，就得辞去杭州医院的工作。

岳母只能做出牺牲。

王季梅于1957年追随自己的恩师钟兆琳独身一人先行到了西安。和老师一样，突然变成了“单身汉”的王季梅也一样天天吃食堂。一年后，他把家人也全部带到了西安。家安到西安后，生活突然变得困难。这当然和他的妻子生病以及四个孩子都还幼小有关。但关键问题还在于，脱离了上海的环境，他们也就失去了亲友们的帮助。还有就是妻子原本在上海有一份报酬极为丰厚的工作，这和她家在上海的人脉有关。妻子学习超优，极为能干。全家人在上海的生活甚至靠的不是王季梅当大学教师的收入，而是妻子的工资。西安不可能再给妻子提供这样的工作。从这个时候起一直到妻子于20世纪80年代病逝，这个家庭就失去了一份“主力工资”——妻子找不到合适的工作，一直做了“家庭妇女”。

这是一个家庭的牺牲。

西迁教授和西迁员工们，不少家庭都做出了这样的牺牲。

到西安以后，因为生活拮据，加上马上就遇上了三年困难时期，王季梅很快就病倒了。他得了严重的胸膜炎，连呼吸都极为困难，几乎就挣扎在死亡线上。多亏了从上海来西安的沪上名医沈家叔侄精湛的医术，才让王季梅死里逃生，活过来了。

活过来的王季梅又开始了他先前在上海时就已经开始的研究方向。1951 年，年仅 29 岁的王季梅就填补了一穷二白的中国在真空电器方面的一项空白：他成功研制出了电阻材料氧化技术。

西迁之后，王季梅的事业蒸蒸日上，在中国电器领域创造了多个“第一”：

1958 年，王季梅主持组建了第一个真空开关研究小组，在国内率先开展真空开关研究。

1964 年，研制成功我国第一台三相高压真空开关，开启了中国真空电器时代。

1970 年，研制成功我国第一台 6 千伏高压限流熔断器。

1986 年，研制成功国内第一套可拆式真空灭弧室。

1988 年，创建陶瓷外壳铁心结构纵向磁场真空灭弧室。

成绩斐然。

王季梅在国际上也获得崇高荣誉。他是首批 CSEE 会士。2006 年在国际真空放电与电绝缘会议上获得 Dyke Award 国际杰出贡献奖，是获该国际大奖的中国第一人，也是直到今天为止荣获该项国际奖项的唯一一位中国学者。正因为如此，他才是中国的真空电器之王——名副其实的“中国真空电器之父”。王季梅去世后，他的女儿们知道父亲的心事，为他立了一块墓碑。墓碑上刻着交通大学的校徽。女儿们希望父亲即使在九泉之下也能天天看到交大校徽。女儿们还在墓碑上刻下这样一段铭文——

休息在此的，是一位热爱科学、执着于电器事业研究的先生，是获得 Dyke Award 国际杰出贡献奖的中国第一人，也是一位慈祥可敬的父亲……

3

★ ★ ★

朱继洲要走了。

他对母亲说，学校要搬迁到西安了，他要离开家，离开上海，去西安安家落户了。母亲只是轻轻地问了他一句："什么……时候走？"

朱继洲说："不急，我们是最后一批。"

那个时候，学校制定的内迁西安的方案已经开始执行。一年级学生、基础课教研室教师于 1956 年 8 月先行到西安新校址，其他教职员工和学生也先后在 1956 年、1957 年及 1958 年的上半年分期分批地迁到了西安。高年级学生和专业课教研室的教师则于 1958 年八九月份再搬迁。这样，朱继洲他们就成了整个交大西迁大军中最后一批迁校的教职工及家属了。

当然，这期间及以后还有一些零星的"小部队"迁往西安。

朱继洲心里明白，几年前，他二哥从复旦大学毕业分配到北京时，母亲也是那样平静，也是那样默默地为儿子准备行装。在母亲的心里，她的孩子们并不完全属于她，而是属于这个国家。母亲一直念叨着共产党的恩情、政府的恩情，念叨着朱继洲兄弟们之所以能上大学，完全是靠国家的助学金，是国家培养了他们，大学毕业了，就应该服从国家的统一分配，为国家效力。

“你们不必管我，你们的恩人是这个国家。”

母亲说这个话的时候已经60岁了。母亲老了。母亲连针都穿不上了。有时候她眯缝着眼睛，对着光线困难地把线穿进针眼里的样子，朱继洲看了心里非常难过。母亲提前半年就开始为他做准备。家里有一台老式缝纫机，母亲为他缝制了丝绵棉裤和丝绵棉袄。在做完这些以后就开始了一项对母亲来说不算小的“工程”——为儿子做猪头棉鞋。

朱继洲从小脚上爱生冻疮。而这冻疮很奇怪，只要生上一次，以后就年年都生。生了冻疮的脚又疼又痒，十分痛苦。母亲说，西安地处西北，比上海冷，你脚上要穿暖和点儿才行。朱继洲说，蚌壳式棉鞋不好看，要穿缚带式的猪头棉鞋。所谓“猪头棉鞋”，是一种形象的说法，类似今天两边穿带子的运动鞋。这种棉鞋当然要好看多了，可做起来也麻烦多了。

1958年9月，朱继洲辞别交通大学徐家汇校区，告别亲人，迁到西安。在临别的那一刻，他不由得回头望了一眼熟悉的交通大学校门。其时，华山路交通大学大门两旁已经分别挂上了上海造船学院和南洋工学院的校牌。“交通大学”的校牌这个时候已经迁移到了西安。

朱继洲来到西安的第二天就去报到了。机械制造系办公室的同志说：“花名册上没有你的名字！”办公室的人翻开另一本花名册，告诉他：“你调走了，不在我们系了，调工程物理系了。”

“调工程物理系了？”这话让朱继洲听了一时半会儿转不过弯来。

这倒也是，让一个学机械制造的、一个本来想当汽车制造工程

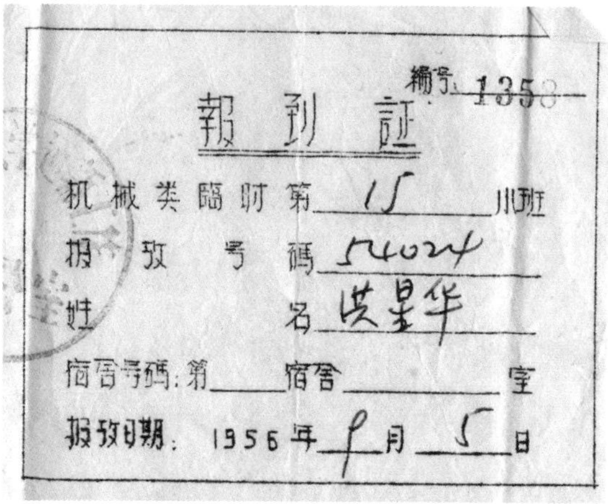

編号：~~1358~~

报到証

机械类臨时第 15 小班

报到号碼

姓名 洪星华

宿舍号碼：第＿＿宿舍＿＿＿室

报到日期：1956年＿月 5 日

报到证

师的人，去搞“工程物理”，似乎有点儿相去太远了。“机械制造”和“工程物理”是两个不同的专业啊！办公室的这位老师给他解释说，学校按高教部的决定，为适应国家发展原子能事业的需要，决定在西安交大兴办工程物理系，同时新建数理力学系以及恢复无线电系等新兴、尖端的专业，所以决定调他去工程物理系的核反应堆工程专业。

核反应堆工程专业？

有意思的是，机械系在西二楼，工程物理系则在东二楼。朱继洲原本是要到西二楼报到，现在，一转身，到东二楼报到去了。进了这座大楼，才发现这座楼很不一般，全是保密专业，也就是要为未来中国的军工和国防工业培养人才的一个“人才库”。工程物理系在东二楼二层东头。涉及核物理，当然是保密系。朱继洲发现有专人站岗，门禁很严。报到的当天，就要他先去学校医务室做体格检查。

4

★ ★ ★

1952 年，恰恰在朱继洲考上交大的那一年，吴百诗在交大物理系毕业留校，接着就去了哈尔滨跟苏联专家学习理论力学，而且回来后很快担任了理论力学教研室的代主任。这位代主任，在西迁动员和保证新生在西安新校区开课方面都出色地完成了任务。到最后一批西迁人员到西安校区的时候，吴百诗已经在西安生活和工作了两年多。他是讲师，本来讲师是可以分到一套带有卫生间和厨房的三室住房的。可他是单身，单身讲师就和单身助教一样，两人一间 20 平方米左右的里外套间。房间很不错，有木地板和瓷砖。吴百诗很快就安下身来。由于迁校开始的几年，师资极度缺乏，讲师们都是超负荷运转，吴百诗、屠善洁他们这些教学“主力军”，每个人都要多带一个大班的课。一个大班就是五个小班，五个小班就是 150 个学生。也就是说，他们每个人要多带五个小班的课，包括实验，包括批改作业。他们一个个累得几乎全都要趴下了！但吴百诗说，尽管这么繁忙，所有人的精神却极为快乐！

吴百诗说，他永远怀念交通大学那个“人心齐，泰山移”的年代。

也就在这样的一天，吴百诗正在参加基础部的一个大会，有人站在会议室门口向他招手，示意他出来一下。向他招手的是学校人事处处长林星。吴百诗跟在林星后面来到办公室，屁股刚挨到椅子上，林星就开口说：“学校要成立一个新系，叫工程物理系。这个系下面设四个专业，包括属于原子能科学的核反应堆工程、放射化学等专业，决定调你到工程物理系。这个系是保密系，所有调进这个系的人，包括工人、学生都要进行政治审查。”

太突然。非常突然。

吴百诗连一点儿思想准备都没有。虽然这个叫作“工程物理系”的新系名称里还有“物理”两个字，而他本人又是物理系出身，但从林星介绍的几个专业组成来看，和他的专业方向相去甚远！吴百诗学的是经典物理，对原子能科学或者说工程物理，不是一点儿没有接触，而是接触和知道的深度远远不够，按他自己的感觉，就是“比科普略高了一点儿”。

林星下边的话就更让他吃惊了。

林星说，组织上已经任命吴百诗为工程物理系副主任。

吴百诗这时候脑子里一片空白。他惊讶得都快要说不出话了，迟钝了半天，说了一句话：“那……谁，谁是系主任？”

林星指指自己的鼻尖，既严肃又幽默地说：“鄙人。”

吴百诗盯着他看，林星不像是开玩笑。

林星当然是吴百诗非常尊敬的领导。虽然他比吴百诗只大了7岁，这年也只有35岁，却是个老资历的“南下干部”了。林星是江苏泰兴人，早年读过中学。17岁时江苏沦陷于日本人的铁蹄之下，热血青年林星和几个同学结伴投奔了苏北的新四军，上了由陈毅任校长的抗日军政大学第五分校。以后，林星跟随部队打过长江，并参加了解放上海的战役。吴百诗经历了国民党撤退前的民不聊生，也亲眼见到过雨中睡在上海街头的解放军部队。吴百诗他们见过的、给上海人民留下深刻印象的穿灰军装的解放军中，就有林星。但尊敬归尊敬，

陈大燮教授指导青年教师备课（摄于1956年）

这是科学，是原子能科学，林星当什么都行，但是，当这么一个工程物理系的主任……

吴百诗清楚，林星的这个系主任一定是政治领导，而业务领导，恐怕要全部或者大部分压在他的肩膀上了。吴百诗这年才 28 岁。一个 28 岁的年轻人和一个外行系主任领导这么重要的一个新系，吴百诗这天都不知道自己怎么一脑子糨糊地回到了宿舍。直到躺到床上，他都有点儿诧异得不知道这件事到底是怎么发生的。实际上，中国那个时候在科学技术方面，尤其在尖端科学方面，实在是太“一穷二白”了。让林星这样一个老革命来这样一个新系掌舵，也实在是迫不得已。根据林星的理解，情况大体是这样的：1957 年 7 月 1 日，

张鸿副教务长在讲课(摄于1958年)

《人民日报》发表了一篇社论：《中国进入了原子能时代》。与此同时，国家制定了一个《1956—1967年科学技术发展远景规划》。按照这个规划，高教部在1958年决定部署一些新专业，其中，一个和原子能有关，一个和火箭技术有关。和原子能有关的新专业，叫“工程物理系”；和火箭技术有关的就是我们下面要说到的钱学森建议在母校交通大学创办的“工程力学系”。

对于这个完全没有基础的专业，年轻的系副主任吴百诗感到有点儿老虎吃天，无从下口。他最担心的是，这么重要的事关为国家培养原子能和核能科学技术人员的大事情，可不能砸到了自己的手里！正在他胡思乱想的时候，彭康校长找他和林星谈话了。

“怎么样？”彭康校长见面第一句话就问。

能怎么样？

吴百诗这个时候唯一能做的就是让这个凭空而降的新专业先“无中生有”。“无中生有”的第一步便是招兵买马。可人从哪儿来呢？对于一个从来没有过的专业而言，摆在吴百诗面前的只有一条路：从其他专业里抽调人员。

教研室全是年轻人。全教研室平均年龄23.5岁。

这是核反应堆工程教研室的情况。其他几个教研室的情况大同小异，都是从其他系抽调来的一些青年助教。这当然谈不上“教学力量”，恐怕连开课都会有问题。对了，还有学生。有老师上课就得有学生听课，但招生的时候还没有这个专业。那么，学生从哪儿来？从电力和机械系三年级中抽调过来三个班。这三个班的学生将来就是我国第一批原子能科学方面的人才。至于为什么要抽调三年级的学生，很简单，要早出人才！国家急需这方面的人才。不错，兵马是有了，但仍旧是巧妇难为无米之炊。吴百诗掩饰不住一脸的愁云。

“我年轻，也没有这方面的知识基础，感到这事情……很艰巨，很困难……”吴百诗对彭康说。他的确是想打退堂鼓。

彭康告诉他说：“你别担心，这件事我会亲自来抓。你看是不是这样：第一，要为这些抽调来的学生切实打好数理基础，而这正是我们学校的优势。这一点，你不会担心吧？”

吴百诗点头。心想，对呀，这就解决了一时半会儿学生们学什么的问题。有课上了，不至于放羊了。

彭康接下来说：“第二，把现在抽调来的这些教师根据专业计划派到清华对口学习。学生基础打好以后，派出的教师正好回来上专业课。学生们边干边学，可以动手做一些核物理方面的实验仪器。在实践当中摸索，在自己动手建我们的核物理实验室的过程中锻炼我们的老师和学生。反应堆方面我们没有实物，但可以以图纸为突破口呀，你说对不对？”

吴百诗听得直点头。

心想，有一个内行当校长真好！有一个像彭康这样的大教育家当我们交大的校长真好！以后很多年里，吴百诗都没有忘记彭康和他谈话时的音容笑貌，没有忘记自己当时听得有多么感动。在那之前好像满天乌云的天空，在那之后好像突然被风吹散了！这可真叫指点迷津！吴百诗突然变得非常有信心。但还有一个问题——基础课的问题。这批学生的基础课谁来教？交大虽然有一批全中国最好的数理化基础课老师，但问题是，这些顶级老师能不能全都“为我所用”，吴百诗心里没有把握。

此后这一生，吴百诗都为彭康的这句话深深感动。

彭康说：“为了给学生打好基础，你在全校范围内挑。挑上谁，我都批准！”

有了这个尚方宝剑，吴百诗大胆地挑选了几位重量级的教授来做工程物理系的基础课老师。第一位，他找了一级教授朱公谨。20世纪50年代一级教授全国也不多，即使以教授多而著称的交通大学一共也只有六位一级教授。每一位一级教授几乎都是“国宝级”的人物，更不用说，是某一学科或某一领域的学科带头人——朱公谨就是这样一位人物。新中国诞生后，国家第一次制定教学大纲，朱公谨受教育部委托主持了我国第一部“高等数学”课程教学大纲的制定，还主持编写了全国《高等数学》教材。朱公谨早年在德国拿的数学博士学位，是著名数学家柯朗的学生。学生们能亲耳聆听他的课，那可真的是三生有幸了。

吴百诗决定请朱教授“出山”。

一级教授朱公谨这时已经60多岁了。

吴百诗登门说明了自己的来意：“想请您给我们同学开应用数学课，可不可以呀？”

朱公谨一听，很高兴：“好啊，好啊。”

对于那些有幸听到这位一级教授讲课的人来说，那简直就是一种相当美妙的经历了。教室里人满为患，许多人只能挤在窗户外面或门口去听。这中间不少人实际上听不懂那么高深的数学，但还是听得非常认真。对他们来说，机会实在是太难得了，就是不能完全听懂，能欣赏欣赏朱公谨教授讲课的风采也是一生中宝贵的记忆呀！

电力电工学方面，吴百诗请了黄席椿教授、沈尚贤教授。

到保密系来上课不会涉及政治问题。但有一个人就不一样了。这是位传奇人物，他叫殷大钧。殷大钧生于1907年，比生于1901年的钟兆琳小六岁。浙江嘉兴人，1933年毕业于清华大学物理系，次年在浙江大学物理系任教。也就在这个时候，他结识了一位在世界科学史上都非常著名的人物——吴健雄。吴健雄是位为世界现代物理学发展做出杰出贡献的女科学家。她参加了制造原子弹的“曼哈顿计划”，解决了其中一个重大科学难题，因此被人们称为“原子弹之母”。吴健雄是给获得诺贝尔奖的李政道和杨振宁的理论提供实验证明的人。这话说得也不确切。更为确切的说法是诺贝尔物理学奖得主史坦伯格的这段话：“没有吴健雄的实验结果，李政道、

朱公谨教授在临时教室上课(摄于1956年)

杨振宁二人的理论只能是一种构想，吴健雄的实验结果改变了这一切，吴健雄应该当之无愧地与他们共同分享诺贝尔奖。”这话分量很重。所有种种都告诉我们，这是位名副其实的“世界物理女王”。有意思的是，吴健雄和交通大学前后两个人密切关系。一个是她的父亲。吴健雄的父亲吴仲裔早年就读于南洋公学，参加了那场著名的“墨水瓶事件”引发的学潮，并因此而退学，之后开始追随蔡元培，成为辛亥革命的风云人物。另一个就是殷大钧。当年，年轻的殷大钧和年轻的吴健雄两人在浙江大学物理系任教时，既是前后桌的同事，又是感情深厚的挚友。后来，殷大钧去美国留学，并在美国加利福尼亚大学研究院物理系获硕士学位后回国，而吴健雄则在两人认识后不久也赴美国求学，师从“原子弹之父”奥本海默等物理学“巨头”，从此开始了她辉煌的一生。

这个时候，殷大钧却在中国西部的一座城市——西安，成为一个右派分子，从此开始了他长达十几年的苦难人生。殷大钧成为右派的原因非常无辜。如果他不优秀，如果他不突出，也许他还会逃过那一次劫难。但非常不幸的是，在1957年那次关于迁校的大辩论中，带头报名第一批全家西迁的殷大钧，不幸被选作了西安方面的教工代表，一行六人进京参加了由周恩来总理亲自主持的国务院关于交大西迁的会议。参加了国务院会议回来就要给西安部分的师生员工们传达。这一传达，出问题了。殷大钧被打成右派分子的理由竟然是他回来传达时的“语气不对头”——也就是说，他是用“语气”表明了自己反对西迁。“文革”的时候殷大钧的苦难达到了顶峰，他是所谓的“叛徒、托派、美国特务和右派分子”。这样一种身份的殷大钧受尽屈辱。造反派让他专职打扫一整座大楼里的厕所，而他居然干得比专业人士还要专业：所有便池的接缝都被清理得干干净净。

就在这样的日子里，1973年的一天，突然从大洋彼岸的美国寄来一张明信片。这是吴健雄告诉她昔日的同事和挚友殷大钧，她不日将要回到中国。不久，吴健雄回国，以国宾身份受到毛泽东、周恩来的高规格接待。这个时候，吴健雄说，她要到西安去看望一位老朋友。吴健雄要专程到西安见殷大钧，此事却让政府方面极其为难。殷大钧那个时候生活凄凉，住在筒子楼一间只有20平方米的房子里，门口一个蜂窝煤炉子，夫人就在走廊上做饭。这种情况当然不能让吴健雄看到。

怎么办？

殷大钧说：“我去！不要让她来！”

两人相隔 36 年在吴健雄下榻的宾馆里见了面。至于他们说了些什么，没有报道。只是此后，殷大钧的苦难稍稍缓解了一些。他很快分到了一套房子，境况也有了转机。

吴百诗想要殷大钧来工程物理系教物理，这件事的难度他不是没有想过。殷大钧这个时候作为一个结结实实的“反迁校”的右派分子已经被剥夺了当老师的资格。可是，不让殷大钧这样“可称大师的基础理论课教师”给学生们上课，不是殷大钧的损失，而是学生的损失，是培养中国原子能人才的损失，最后就是国家的损失。吴百诗本人就是殷先生的学生，他非常清楚殷大钧是钟兆琳式的大师级的老师。

他不想放弃这种可能。

于是，他去找彭康校长。

完全没有想到，彭康校长一听，回答得非常干脆。

彭康说：“你别怕，我特批殷大钧来上课！”

吴百诗一听，眼泪都快要出来了。不说他的老师的处境要改善，就是彭校长也是要冒很大政治风险的呀！他心里激动得话都说不出来了。彭康轻声说了句：“你去，亲口告诉他。”吴百诗下了楼，拔腿就跑了起来，一口气跑到了老师住着的破旧的筒子楼里。当他把彭校长要他转告的话告诉给了殷大钧以后，殷大钧轻轻叹息了一声：“好吧。”

吴百诗发现，当老师再站起来送他出门的时候，似乎腰板都直了些。殷大钧个子很高，挺拔，俊美，飘逸，浑身都是才气。他本来是一个可以成就一番大事业的人，这个时候，却为能够走上三尺讲台，深深地感动了。

殷大钧在“文革”后西安交通大学物理系重建时，居功至伟。那个时候，连他的学生、奉命重新组建物理系的吴百诗教授都没有信心的时候，殷大钧却完全忘记了他长达十几年所遭受的苦难。已经 70 岁的殷先生带领一批年轻教师开始翻译美国的《物理学导论》教材上、中、下三册。1978 年，在刚刚结束了一场浩劫的中国，这套浸透着殷大钧对祖国无比深情的大学教材，由人民教育出版社出版的。我们很难说，殷大钧能够活过那段岁月和当年彭康让他重新走上讲台所给予他的精神鼓舞没有关系。

殷大钧后来一直活到了 1992 年，享年 85 岁。

5

★ ★ ★

20 多年后。

广东深圳大亚湾核电站。

这是 1978 年，中国刚刚改革开放，东南沿海的广东省首先遇到了一个大问题：电力不足，三天两头停电。这个问题很严重，是悬在改革开放最前沿的广东省政府头上的一把达摩克利斯剑。

唯一的出路就是建核电站。

广东省政府接连给中央打报告。中央很快批准了这个报告，同意与英国原子能管理局谈判核电站引进问题。1978 年 8 月，国家水利电力部给西安交通大学打来一个电话，请他们派两位教师去广州参加和英国原子能管理局的有关谈判。学校派朱继洲、张贵勤两位老师参加了谈判。和英国人的谈判很快就结束了，原因是英国的改进型气冷反应堆参数很落后，和后来发生重大事故的苏联切尔诺贝利核电站一样，这肯定不能用。1981 年，广东省又与法国原子能委员会进行谈判。2月，在广州南湖宾馆召开了项目可行性论证会。会上，云集了水利电力部、国内各大电力设计院的专家。邀请的两位高等院校的学者，一位是清华大学的马昌文，一位是西安交大的朱继洲。项目上报中央后，中央同意以贷款贸易的方式引进总投资 40 亿美金的大亚湾核电站。内地与香港合作的“广东核电合营有限公司”于 1985 年正式成立。

大亚湾核电站的建设与成功运行，开了我国建设大型商用核电机组的先河。至今，我国已经有 36 座核电站在运行，20 座在建。而朱继洲与大亚湾结缘，却是和一本书有关系。这本书的名字叫作《压水堆核电站的运行》。1977 年年初，原子能出版社为迎接我国核电厂的兴起，派两位编辑去成都某设计院组稿未成。两位编辑从成都回北京时在西安下车，来到西安交大，见到了朱继洲和俞保安，希望他们来写这本书。

两位老师非常为难。中国还没有核电站，没有见到过核电站，怎么能闭门造车，写好这本教材呢？

两位编辑苦口婆心地劝说两位老师：“要是有了我国的核电厂，再来写这样的书有什么意义？正因为国家要上核电，特别需要有人现在就编写，才能真正起到作用！”

此后，朱继洲和俞保安开始了一番编写教材的“折腾”。就这样，国内第一本介绍百万千瓦级大型压水堆核电站的专著《压水堆核电站的运行》，终于在 1982 年由原子能出版社出版了。

1986 年，大亚湾核电站为培养技术骨干和第一批核电站操作员，首批招了 120 人，准备送到法国有关核电站接受培训。西安交通大学向二机部副部长彭士禄（革命先烈彭湃的儿子）请求，愿意承担 120 位出国人员国内预培训任务。1986 年上半年和下半年，120 名出国人员分两期接受了核电基础知识 11 门课程的培训。朱继洲承担压水堆核电站系统与运行培训，用的教材就是那本《压水堆核电站的运行》。

6

★ ★ ★

陈瀚在被突然补划为右派之前，在西迁前上海的徐家汇校区和西迁初期的西安咸宁路校区都有过一段相当幸福的时光。那个时候，他是著名力学家朱城教授的助教。这是 1953 年，朱城 32 岁，陈瀚 23 岁。

朱城很可能是钱学森之后中国力学界一颗冉冉升起的新星。

这颗新星最后陨落到了古城西安。

时间是 1959 年 3 月。

朱城年仅 37 岁，再有一个月他才 38 岁！

朱城

朱城去世的那天，正是工程力学教研组在西安成立的第一天，而他也成为西迁后第一位殉职的交大教授。没有人能够说清朱城的过早离世对西迁后的交通大学是多大的损失。朱城比他的学长钱学森年轻了10岁。钱学森活到了98岁高龄。如果上苍多给朱城50年光阴，中国的“两弹一星”事业，中国的航空航天事业，不知道会是一番什么样的光景！

朱城的过早离世，让人扼腕叹息……

陈瀚留校给朱城当助教前就已经知道他要服务的这位年轻英俊的教授有多么了不起。他看过校刊上一篇报道，1948年4月出版的交大校刊上曾发表过一条消息——

本校近接美国麻省理工学院教授Den Hartog氏一函，谓该校最近“高等力学”考试，在35本考卷中评选结果，前三名均为中国学生，彼于中国人之智慧，虽素所钦佩，而此次成绩如此优异，不得不归功于中国政府选派留学生之严格云。此三名中朱城与董道仪二人，均为本校机械系毕业同学。

……

这条消息极具轰动性。

原因就在于给“本校”即交通大学来函的这个人很了不起。他是国际著名振动力学权威邓哈托教授。邓哈托教授之所以要给交通大学写这封亲笔信，是因为在美国麻省理工学院高手如云的“高等力学”考试中，参加考试的一共35名学生，前三名均为中国留学生，而其中两名为交大学生：朱城和董道仪。邓哈托教授写这封信的目的，当然是为了感谢这两位杰出学生的母校，同时也是以这种方式表彰自己的得意门生。也就是这封信，给我们留下了一份宝贵的历史文献，让我们感受到了当年的交通大学有多么了不起！它培养出的学生有多么了不起！即使在国际著名学府麻省理工学院这样的竞技场上，它的学生也能摘取皇冠上的明珠。

朱城本人这个时候还在大洋彼岸的麻省理工学院读书。

朱城的生活经历大体和蒋大宗他们有些相似。他生于1921年，江苏常熟人。也就是说，他读小学、中学的时候国家已经风雨飘摇。他读大学的时候是抗战时期，国家已经狼烟四起。朱城九岁时随家迁往上海。此后，他和蒋大宗的经历几乎一模一样，也进了因战争而迁到上海的名校扬州中学，中学毕业也考上了交通大学。不过，这时候两个人就分道扬镳了。蒋大宗乘坐上海与内地交通切断前最后一班轮船辗转去了云南昆明的西南联大，而朱城则选择了尚在沦陷区的交通大学。以后，朱城又跟随母校去了重庆，在重庆九龙坡完成了学业。大学毕业后，他被母校聘为机械系助教。抗战胜利，他又随母校一同回到了上海。从朱城这样的经历完全能读懂他的心，他是把母校当作了母亲。他生生死死地跟随着她，不离不弃地追随着她。他对她，似乎有一种不舍之情和深深的眷恋。

1947年9月，在国共两党生死较量的解放战争的隆隆炮声中，朱城从上海码头登上了去大洋彼岸的远洋轮船。邓哈托教授那封给交通大学的来信，就是在朱城到麻省理工学院才读了半年的时候。由此可见，朱城在这位大师心目中占有多么重要的地位！

在邓哈托身边，朱城潜心学问。一年后，获美国麻省理工学院机械工程硕士学位。又过了两年，获美国麻省理工学院机械工程博士学位。

就在朱城还在大洋彼岸攻读博士学位时，送他出国留学的国民党政府垮台了，一个共产党领导的国家出现在了东方的地平线上。据说，朱城获得新中国成立的消息后激动不已。他对自己说："我喜欢这个新国家。"要知道，朱城和蒋大宗可是上海扬州中学的校友。蒋大宗所经历的上海战乱时期的生活，朱城一样经历过。朱城和陈学俊一样，抗战时也在大后方重庆读书，又和陈学俊一样被送出国留学。只不过，陈学俊在重庆读的是中央大学，朱城读的是交通大学，但重庆大轰炸以及大后方聚集的学子们的爱国热情和报国志向，特别是学子们中间洋溢着的工业救国、工程救国思想，也都是朱城所亲身经历和亲身感受到的。

所以，朱城一定会回国。

朱城拿到麻省理工学院的博士学位后，对恩师邓哈托说："我是中国人，我要诚心为自己祖国服务。"

这就是朱城，他有感恩心。

交通大学却有点儿"死板"，或者说，有点儿"死心眼"。朱城要回来，交通大学当然举双手欢迎。但包括清华、北大这样的名校，都承诺聘任朱城为教授，担任系主任等职，交通大学却只聘朱城为副教授。按说朱城可以一口回绝母校另就高枝，可他笑着回来了。1951 年 3 月，朱城被聘为交通大学副教授。不过，母校对这么优秀的人才还是做了些许"变通"。那个时候，教授分为 1—4 级，副教授分为 3—6 级，朱城虽然是副教授却被定为最高的三级副教授。这种情况也是极为特殊的。这是母校对朱城表达的敬意，朱城心里完全明白。至于朱城回来后表现如何，当年的《人民日报》有过报道。

1956 年 6 月 10 日《人民日报》发表《从美英回国的留学生在科学研究和教学上的成就》。报道中说："交通大学力学教研室主任、留美学生朱城讲授的课程，很受学生欢迎；朱城受高教部的委托，编写了高等工业学校教材《材料力学》，解决了高等学校基础课教材不足的问题。"

报道中所说到的《材料力学》这本书很不一般。内行人说，这是一本颇具特色的《材料力学》，内容深广，论述严密，很适宜教师参考，尤其能帮助青年教师进修提高。这本书在 1958 年出版后，曾被一些教育学家激赏为中国的"铁氏材力"。什么叫中国的"铁氏材力"？这是一种比喻。国际力学大师铁摩辛柯著的《材料力学》一书，是世界公认的力学名著，简称"铁氏材力"，而朱城所编写的这部中国的《材料力学》，则堪比铁摩辛柯所著的《材料力学》。

这本书，以后被教育部选定为全国通用教材。

这本书和高教部委托他编写的工科大学《振动力学》讲义等，以后就成了朱城的"遗作"。

7

★ ★ ★

1954 年春天，来到朱城身边当助教的陈瀚很快就发现先生病了。朱城这时候虽然很年轻，才 33 岁，但人们都很尊敬地称他为先生。

年轻的朱城先生被确诊为肝炎，脸色蜡黄，经常虚弱得头上渗出汗珠，但他还是坚持站在讲台上授课。陈瀚发现，朱城讲课有个特点，第一句话讲不出来，有些口吃，但只要说出第一句，后边的就非常流畅，而且很快。这个快，不是说他语速快，而是思维快。朱城的讲课，大家总结为“才子型”，思维有时快到如同疾风骤雨，就连听他振动力学课的那些北大才子们也感到听朱城老师的课很累，一点儿都不敢开小差。听课时思想只要抛锚一两分钟，这堂课就算泡汤了，很难再跟上了。而朱城讲课的另外两个特点，陈瀚总结为：第一严谨，“步步为营”，不用讲稿，却没有一个漏洞。第二叫“一口准”，讲定义定理，一字不漏，一字不错。朱城说，教师达不到严谨和“一口准”，受苦的就是学生，一个定理或定义，学生们会越搞越糊涂。好老师就应当尽可能地减轻学生不必要的学习障碍。

陈瀚获益匪浅。

在朱城的倾心指点下，陈瀚成长很快，两年后就破格成了讲师。而此时，朱城的病却越来越重。1956年秋天，陈瀚他们作为第一批西迁人员随校西迁时，他们的教研室主任朱城却因病重未能随大部队一起来西安。在朱城不在的日子里，包括陈瀚在内的系里三位青年讲师临时负责起教研室的教学和行政工作。这时，教研室的人心情都极为矛盾：盼朱城来又怕朱城来。朱城的妻子、亲人这个时候还都在上海，以朱城的身体状况，他的确应当留在上海。但朱城，随后却很快就来了。

朱城不来不行。

朱城负有的使命使他不能不抱病西迁。

这本来是钱学森和朱城之间的一次密切合作。原因其实就是钱学森想要在工科院校开创一个新学科，这个新学科被命名为“工程力学”。它的实质就是要为中国的火箭和“两弹一星”提前储备人才，同时，新学科的设立也是为应对近现代尖端科技发展的需求。这是钱学森的一个深谋远虑，是钱学森的一次提前布局。要知道，这之后中国1964年的原子弹、1967年的氢弹、1970年的人造卫星——中国的“两弹一星”能够相继成功，没有人才是万万不可能的！钱学森1955年回国后，布下的一个重要棋子就是要在高等工科学校开设工程力学专业。钱学森的大力提倡，引起了高教部的高度重视。于是，在交大正式西迁的1956年，高教部就已经决定，由交通大学在全国首先创办工程力学专业，并于西迁之后的次年——1957年面向全国招生。

这是一次学术上的重要战略布局。

把这么重要的一个新专业的“开局”或者说“开山之作”交给西迁后的交通大学，高教部和钱学森一定有过非常慎重的选择。有人说，这也许和交通大学在机电方面专业设置齐全、师资力量雄厚等因素有关，也与朱城在交大任教不无关系。据说钱学森对朱城非常信任，便委托朱做这件事情。

1957年4月，高教部正式批准交通大学西安部分创办工程力学专业，并于当年首次招收本科生40名。这是全国首届工程力学专业招收本科生。高教部同时批准交通大学西安部分设立工程力学系。该系包括理论力学、材料力学、机械原理和机械零件等四个教研组。

从这一天开始，中国第一个工程力学专业的筹建重任就落在了朱城身上。

谁都不会怀疑朱城的能力，但谁都在担心朱城的身体。

因为西迁后的朱城身体越来越不好。而从这一天起，领命主持工程力学新专业筹建工作的朱城像是清楚留给自己的时间已经不多了，他开始了和时间的赛跑。工程力学到底是个什么专业？钱学森建议筹办的这个新专业究竟与其他力学方面的学科和专业有什么不同？关于这个专业的描述可能是这样的：工程力学专业是与工程技术密切结合的技术科学专业，要通过理论分析和实验研究来解决工业生产和机械设计、制造中有关强度和振动等方面的问题，因此，它是基本科学理论和实际生产的桥梁。简单地说，它不同于吴健雄或杨振宁他们主攻的理论力学，而更侧重于理论力学在工程技术中的应用。着重点是要用力学理论去解决工程中遇到的问题，是一个与工程技术密切结合的专业、与航空航天等尖端技术发展有密切关系的专业。钱学森建议设立的这个新专业，就是要培养既有扎实的力学基础，又具备相应的工程技术知识和设计能力的高质量力学人才，这样才可以更好地把力学运用于工程技术，解决工程中有关的力学问题。

这也就是日后人们又把这门学科称之为“应用力学”的原因。

它当然应当属于工科院校，但它完全是一项开创性的事业，没有任何先例可以依循。

年轻的抱着病躯的朱城几乎是要在一片沙漠里建一座摩天大楼，其困难和艰辛可想而知。朱城为此殚精竭虑。交大刚刚迁校，到处都是建设工地，生活条件和教学条件都十分艰苦。朱城几乎把生活需求降低到了不能再低的地步，除了最基本的吃喝拉撒睡以外，他全部的生活内容就是工作。西迁后的两年时间里，朱城全都在拼命工作中度过。他要以他的学识，海纳百川地为中国建造一个最好的工程力学专业。他要为这个专业打一个最好的基础。他把他深邃的目光投向了全世界，睿智的大脑一直在紧张地思考。朱城本身就是“海归”，他非常了解西方国家的教育情况。朱城知道，西方国家大多没有工程力学专业的设置，但在一些工程类学科中开设有内容深广的力学课程，因而这些工程类大学毕业生可以攻读力学领域的硕士、博士学位。那么，苏联呢？当时的苏联有类似的工程力学专业，例如，列宁格勒工学院就有“机械强度和动力学”专业。朱城查阅了它们的课程设置，发现它们的专业过于狭窄，不能完全模仿。

1957 年深秋的一天，西安下着绵绵细雨。

工程力学专业新生入学后的一天，一位年轻助教因事去了朱城的家里。只见他坐在沙发上，面前竖着一块黑板，正在全神贯注地在黑板上画表格，给一些空白的表格填写上一些课程名称。

这是朱城为制定工程力学专业五年培养方案、课程设置、教学大纲和教学计划，为方便随时修改补充和制定工程力学的专业规划，把黑板搬到了家里。这时朱城的肝炎已经转化成了肝癌，很疼。他脸色蜡黄，一只手拿着粉笔在黑板上写着，一只手死死地抵着疼痛的肝部，额头上渗出很大的汗珠。

用今天的话说，朱城这是不要命的节奏啊！

这个情景，刀刻一般永远刻在了年轻助教的心里。

唐代诗人李商隐有句名诗：“春蚕到死丝方尽，蜡炬成灰泪始干。”朱城终于熬干了自己的最后一滴血。1959 年春天的一个下午，朱城的夫人匆匆来到教研室，告诉朱城的同事们，朱城病了，这次病得很重，明天朱城的课可能上不成了，得提前安排人代替朱城。整个教研室的人都愣住了。他们太熟悉他们的室主任朱城了，不到万不得已，朱城不可能让夫人来送这样的口信。

朱城这次被送进医院，就再也没有起来。

谁都知道会有这样的结局，但谁都不愿意接受这样的结局。朱城的追悼会上，哭声一片。谁都知道朱城是抱着病体工作累死的。他废寝忘食地工作，筹建工程力学专业，编写教材，去北京大学讲学。太累了，实在太累了。学生们哭，是因为他们痛失了一位好老师。教研室同事哭和交大领导们哭，是因为西迁的大树这么快就折断了一根粗壮的树枝。

的确，这是一颗还没有来得及升起的巨星的陨落。

实在太可惜了。

但奇怪，朱城走的这天，正是交通大学工程力学教研组诞生的一天。

它预示着什么？

8

★ ★ ★

唐照千来了。

那个时候上天真的很眷顾交通大学。说它那时候人才辈出似乎都有点儿言轻，说它“人杰”辈出似乎才比较靠谱。但那个时候上天又似乎对交通大学太残忍。它在20世纪50年代前后，出过两位有望成为力学大师的人物。朱城“壮志未酬身先死”，年仅37岁。朱城的继任者唐照千同样令人惋惜。朱城死时，壮志未酬。唐照千死时，同样壮志未酬。所不同的是朱城是天妒英才，而唐照千不一样，唐照千死于他坎坷的命运。

是命运之神折断了唐照千一双本可冲向云霄的翅膀。

我们真的不知道，假如朱城死时交通大学没有唐照千，朱城刚刚开辟的工程力学专业还有没有人能够接着办下去？今天我们说这个话儿似乎一点儿意义都没有，可在当初，这个问题严峻得比一座山还要大地压在许多人的心头。因为“后继无人”的问题不可想象，也不可接受。工程力学，这个钱学森一回国就力主筹办的新专业，国家酝酿了几年，把它赋予了西迁后的交通大学。前面说过，一是交大有实力，二是交大有朱城，这两个条件缺一不可，都是国家和钱学森极为看重的。

然而现在，朱城走了。

可谁能有朱城之才呢？

唐照千，一位比朱城小了 11 岁的小学弟。

朱城生于 1921 年，唐照千生于 1932 年。朱城师从国际著名振动力学权威邓哈托教授拿到麻省理工学院博士学位学成归来的时候，唐照千还是交通大学机械系的大二学生。唐照千和陈瀚同班，他们都是朱城的学生。只是，考上交通大学时，陈瀚 20 岁，唐照千 18 岁。唐照千是班上年龄最小的学生，却是班上门门功课第一的学生。而且，令人极为羡慕的是，唐照千学习很轻松。唐照千的聪明是写在门门功课的成绩单上，挂在交大那些名师的交口称赞中的。陈瀚是班上两个贫寒学生之一，他要靠助学金和勤工俭学才能够完成学业。唐照千不一样。唐照千是所谓的“富家子弟”。他出生于江苏无锡，是著名的“无锡唐家”的公子。其家庭系当地名门望族，祖辈以振兴工商实业享誉乡梓，父兄都是上海和香港的工商界大亨。父亲唐君远曾任上海工商联副主任委员。长兄唐翔千曾任香港工商总会副会长。长嫂曾任香港妇女会会长。二兄唐尧千为美国明尼苏达大学高能物理教授。如果我们对无锡唐家还没有概念的话，有一个人也许大家并不陌生：唐英年。他是唐照千长兄唐翔千的儿子，曾任香港财政司司长、香港政务司司长。

生长在如此富贵之家的唐照千身上却没有半点儿贵公子的习气，反而在这样的家庭里受到了良好的传统教育。造福社会和实业报国的优良家风深深镌刻在了唐照千心中，影响了他的一生。唐照千幼年起即以父兄为榜样，志存高远，上中学时就是上海名校圣芳济中学的高才生。到了交通大学，唐照千生活相当朴素，为人心地善良还乐于助人，和同学们的关系非常融洽。书本和实验室似乎就是唐照千大学生活中的全部内容。

总之，一个优秀青年应该具备的品质唐照千全部具备甚至绰绰有余。

学校西迁时，留校做了力学教研室助教的唐照千义无反顾地成了首批西迁教师中的一员。这年，他 24 岁，风华正茂。但随校西迁刚到西安不久，唐照千就奉命调往北京。所以，当他的同学陈瀚在新校区的泥泞中奔波在各个教室之间的时候，当他的老师朱城抱着病弱之躯为新诞生的工程力学制定专业培养方案和教学计划的时候，唐照千并不在交大西安校区。

那么，唐照千此时在北京干什么呢？

假如他这时候留在老师朱城身边是不是更好一些？其实，这个时候唐照千和朱城在做着同一件事情。1957 年年初，为加速培养我国的工程力学专门人才，由钱学森、钱伟长等著名力学家亲自挂帅在清华大学创办了工程力学研究班。钱学森亲任该研究班的班主任。清华大学工程力学研究班名师荟萃，集一时之盛。钱伟长讲应用数学，郭永怀讲流体力学，杜庆华讲弹性力学，李敏华讲塑性力学，黄茂光讲板壳理论……这每一个名字，都是该学科的泰斗。其中，我们要特别说到一个人——讲弹性力学的清华大学教授杜庆华。杜庆华教授 1940 年毕业于交通大学，说起来，也是唐照千的学长。杜庆华后来就读于哈佛大学和斯坦福大学，回国后到清华大学任教，以后成为中国工程院院士。杜庆华教授这时候需要一名助手。于是，优秀青年唐照千以他极为良好的学术素质被选拔到了杜庆华教授身边，担任清华大学工程力学研究班辅导教师。

不用说，痴迷于学问的唐照千不会放过这样一个千载难逢的机会。

整整两年时间，从 1957 年到 1959 年，他恣意徜徉在工程力学知识的海洋里，受到当时中国最顶尖的著名力学家们的教诲。在杜庆华教授以及这批泰斗的熏陶下，唐照千取得了长足进步。甚至可以说，他这是在“超常进步”。所有这些大师的学问都滋养了他。环境加天资，让这个年轻人在两年时间里完成了一次蜕变，由蛹化蝶。这真的非常奇特，就好像上天的一种特意安排，专门把唐照千挑选出来，放到一个特殊环境里，加紧培养，为的就是有一天他和朱城之间要完成一次接力。

1959 年 2 月，唐照千结束了在清华大学两年特殊的助教生活，回到了西安。

回西安才刚刚一个月，负责筹建工程力学——以后叫“应用力学”

专业的朱城先生突然病逝。历史把这个接力棒交给了唐照千以及和他一起也刚刚从清华大学工程力学研究班回来的朱继梅和嵇醒等几位年轻教师的手中。

这个时候唐照千才 27 岁。

千斤重担就这样落在这个 27 岁年轻人的身上。

得到消息，杜庆华教授和钱令希教授并不担心。唐照千的才华在他作为杜庆华教授的助手担任清华大学工程力学研究班辅导教师的时候，就已经展现在了这些著名力学家的面前。对这个年轻人，这些力学家似乎一点儿都不吝惜自己的溢美之词——

杜庆华教授高度评价他说："我曾深感他是青年中很有前途的一位。"

钱令希教授说："（他的学问能力）使他成为力学班辅导教师中的佼佼者。"

钱令希教授此时也同样在清华大学工程力学研究班任教。他是著名工程力学家、中国计算力学工程结构优化设计的开山鼻祖。同时，钱令希是江苏无锡人。"无锡唐家"那是无锡的一张名片，无锡的名门望族。他对这个小同乡当然会格外关心和关注。钱令希很快发现了唐照千的不同凡响，对唐照千做出了这样一段评语，说他"才华出众，聪颖过人，不仅头脑清晰，有很强的理论基础和广博知识面，而且有出色的动手能力和实践能力，连国外同行都认为像他这样全面发展的人才国外也是不多的"。的确，钱令希已经发现了唐照千最大的特点，这就是出色的大脑和出色的动手能力。

这正是将来能够成长为一个工程力学或应用力学大师的潜质。

这一点，钱令希没有看错。

钱令希说的“国外同行”，是指当时在清华大学的国际著名物理学家和力学家们。我们无法想象，唐照千如果有吴健雄那样的成长环境会怎么样?

对唐照千做学问的特点，两位先生也有所发现。

杜庆华教授对自己的这位爱徒夸奖说：“照千的优良学风——基础理论与工程应用密切结合，既重视理论分析又擅长进行合理的实验综合研究，造就了他成为我国力学界未曾多得的优秀人才。”

钱令希则不无赞叹地说道：“唐照千善于应用各方面的知识解决一些重大问题，而不是仅仅停留在理论探讨或细枝末节上。他曾一再表示，研究工作不能光为了出几篇论文，更重要的在于真正解决一些生产中的关键问题。”

年纪轻轻，不为名利所惑，而是要用自己的知识服务于社会，为国家解决一些重大工程问题——尤其是解决“关键问题”。

唐照千就是这样一位新中国培养起来的力学界后起之秀，一个有望成为一棵参天大树的优秀青年，一个大师们瞩目和寄予厚望的年轻力学家。

我们不知道当时的交大校长彭康对朱城以身殉职有多么悲伤，我们不知道彭康校长、苏庄副校长他们把唐照千、朱继梅和嵇醒这几位刚从清华大学工程力学研究班调回来的年轻讲师叫到办公室后都交代了些什么，他们几个又是如何表态的，但我们可以知道的是，很快，唐照千和朱继梅就坐上了从西安开往北京的列车。

随身的行李里带着的是朱城未竟的事业——朱城呕心沥血制定的工程力学专业培养方案和教学计划。行囊很沉，真的很沉。行囊里装着的是朱城不愿放下的一颗心——对母校，他没有完成重托和嘱托。现在，得由他亲爱的学弟们接着完成了。

他们是到北大、清华、中科院去找那些力学大师们求教。

这次进京，最重要的是见到他们的学长钱学森。

钱学森这天推掉了所有的事情，在他的办公室花了半天时间，对工程力学专业教学计划中的课程逐个讨论，提出了包括课程设置、学生负担等多方面的宝贵意见。以后西安交通大学的力学学科和专业发展得根深叶茂、繁花似锦，出了好几位世界知名的大牌科学家、几位中国两院院士，不能不说和这个专业在西安交大的起点高有着很大关系——教学方案和课程设置，前后经过两位大科学家钱学森和朱城的亲自审定，这就保证了这门专业的科学性、先进性和前瞻性。

然而，钱学森和力学大师们的意见以及朱城留下的初步培养方案都还只是一个框架性结构、一份蓝图，里面还有非常多的内容和细节需要完善和补充。唐照千挑起了大梁，夜以继日地开始了紧张的工作和冲刺。第一届学生已经招进来了，如嗷嗷待哺的小鸟，等着用这套方案进行培养。

时不我待。

年轻讲师唐照千与朱继梅、嵇醒等多次讨论、反复琢磨、不断凝练、集思广益，最终形成了西安交大工程力学专业的第一个培养方案和教学计划：突出机械结构强度和振动；数学、力学与工程相结合，学时上适当平衡；加强固体力学，保留流体力学；强度与振动并重；理论与实验并重；在学生培养上，突出哥廷根应用力学学派的思想，即，理论与实际、科学与技术、数理科学与应用科学密切结合。

注意其中提到的“哥廷根应用力学学派”。

所谓哥廷根学派，是指 19 世纪初发源于德国哥廷根大学的一个学派。它先后出过几位世界级的大数学家：高斯、克莱因、普朗特和冯·卡门。1904年，年仅29岁的普朗特发表了著名的边界层理论，这使他成为哥廷根应用力学学派的创始人之一。这个时期哥廷根大学从事力学研究的人才——冯·卡门、铁摩辛柯、普拉格、邓哈托、纳戴等，都出自普朗特门下。

现在得说说冯·卡门。

第二次世界大战前夕，为逃脱纳粹的迫害，普朗特最杰出的学生犹太人冯·卡门把应用力学从德国带到了美国。这是对哥廷根学派的传承和发扬光大。此时是20世纪的三四十年代。我国著名科学家钱伟长、钱学森、郭永怀都是冯·卡门的亲传弟子。周培源教授也曾在冯·卡门处访问过。这些优秀的科学家将哥廷根学派的先进

1959年9月19日，钱学森（前左一）访问交大，苏庄副校长（右一）陪同

科研理念和学术思想带到了中国，使中国的航空航天和国防事业取得了举世瞩目的成就。

现在我们应该明白了，朱城的老师邓哈托、钱学森的老师冯·卡门都是哥廷根应用力学学派的创始人普朗特的学生。所以，朱城和钱学森师出同门——俩人不但是交通大学的校友，还是哥廷根应用力学学派的嫡系传人。

这就是中国的应用力学——之前我们叫作“工程力学”——和哥廷根应用力学学派的渊源。钱学森是中国现代应用力学事业的奠基人，一向强调力学是一门应用科学。他强调的就是哥廷根学派学术思想的核心：理论与实际相结合，科学与技术相结合。

现在，继承了朱城和钱学森衣钵的唐照千，也继承了哥廷根应用力学学派的这一核心学术思想。让我们非常感兴趣的是，哥廷根学派和老交大的优良传统“重实践”似乎也有着一脉相承的关系。在唐照千的主持下，这种思想被写进了西安交大工程力学专业的第一个培养方案和教学计划。

方案报上去很快得到了批准。

9

★ ★ ★

接下来，这群激情澎湃的年轻人投入了创办工程力学新专业的工作中。参加这个新专业创建的基本上都是不到30岁的年轻教师。这群年轻人个个奋发、人人争先、相互鼓励。专业办得很出色，一届又一届的毕业生们也很优秀，不少学生都被输送到了中国的尖端科研部门，包括航空航天领域。

唐照千早在28岁就开始带研究生，时间是1960年。

而他同时在国家权威刊物《力学学报》《高等学校自然科学学报》等期刊上发表了一系列科研成果，在同行中引起震动，时间是1962年至1966年。这时，到了他的命运关口。“文革”爆发时，他34岁，正是他事业如日中天的时候。如果不出意外，唐照千一定会成为力学领域里的一位大师级人物。这在杜庆华、钱令希看来几乎是板上钉钉的事情，一点儿都不用怀疑。唐照千这个时候已经和杜教授一起完成了中苏合作项目中几个非常重要的课题，正在大鹏展翅。可惜，厄运的降临让人一点儿思想准备都没有。

“文革”时唐照千蒙冤入狱。

从1966年到1979年。

进监狱的时候他34岁，到完全洗清罪名的时候他47岁。人生最大有作为的时光就这样被浪费掉了。这时候，唐照千的人格散发出了最为美丽和动人的光芒。学校领导征求意见时，他表示：“过去的事不谈了，只要求有一个工作条件，快些开展工作。”

“快些开展工作。”

他想追回失去的时光。

这个时候，唐照千的身体已经很差了。他得了胃病，胃部经常疼。在监狱的时候他养成了一个习惯，就是把窝窝头用一块毛巾包起来放在口袋里存着，胃部实在疼得厉害的时候就嚼几口干了的窝窝头。现在他出狱了，却还保持着这个习惯：口袋里经常放一块用毛巾包着的馒头。可就是这样，从狱中出来只休息了一周，他就一头扎进了他自己建立并工作了多年的实验室。谁都能想象得到，他是想念他亲手一点儿一点儿建立起来的振动力学实验室啊！这里有他多年的心血和梦想啊！人们发现，唐照千虽然在“文革”中遭遇了如此大难，可他像是什么都没有变。爱国之心不变，报国之情如故，视科学事业高于一切，完全把个人得失置之度外。唐照千进了实验室就不想出来，埋头读书，修理仪器，做自己的实验。

就像什么都没有发生过——只是人瘦了、病了、老了……

院士钱令希没有办法不感慨，对自己这位小同乡充满敬意：“唐照千啊，不是个善于辞令的人，但他的心却如火，对国家、对交大、对同志、对朋友无不如此。使我感触最深的是，明知道他在十年动乱期间吃过很多苦头，但他却从未在我面前流露半句，真是硬汉子啊！”

“真是硬汉子。”

对害了他的人，他也宽厚对待。人说，唐照千这是宅心仁厚。这或许就是无锡唐家的家风。

10

★ ★ ★

其实，这个时候唐照千已经一点儿都没有时间去算历史旧账了。长期的牢狱生活，已经毁坏了他的身体。他的身体也不断地向他发出警告。他才四十七八岁，可他已经明显地感觉到，他的日子所剩不多了。而这个时候，改革开放了，恢复高考了，事情实在太多了！

唐照千要到美国去了。这是他应邀为美国明尼苏达大学宇宙空间力学系讲学半年。紧接着，他要在美国威斯康星大学力学系做两年高级访问学者。之后，再于1982年夏参加全美第九届应用力学年会。唐照千访美的行程安排得满满的。这是他重获自由后第一次走出国门。他走的时候，不少人都认为这是“黄鹤一去不复返”——唐照千不可能再回来了。这么多年，他遭受到的苦难太多了，所以，如果唐照千从此一去不返，大家乎都能理解和接受。

可是，两年半以后，他回来了。

唐照千不但回来了，还把临走前他的大哥唐翔千送给他买小汽车的钱，全数为力学实验室购买了急需的美国最先进的激光和测震仪器等。此外，还带回几大箱重要的技术资料和书籍等。所有这些实验仪器和资料，都是他用自己的钱，为研究室和实验室添置的。

唐照千在“文革”中遭遇了不幸，可他的母校对他依然慈爱。唐照千刚刚全面平反，西安交大就用了不到一年时间让他连跨两个台阶：从讲师到副教授，从副教授到教授。1980年初，陕西省政府批准西安交通大学提升 12 名教授，这是恢复教师职称评定后首批评定的教授，唐照千名列其中。这肯定是一个殊荣，也是对唐照千一生学术成就的肯定。还有，1981 年 11 月 3 日，国务院首批批准西安交通大学设立 13 个博士点，共有 17 位博士生指导教师：固体力学唐照千，机械制造乐兑谦、顾崇衔，液压传动及气动阳含和，金属材料强度及热处理周惠久，工程热物理杨世铭，热能工程陈学俊，流体机械及流体动力工程苗永淼，电器王其平、王季梅，电力系统及其自动化孙启宏，电工绝缘技术刘子玉、刘耀南、陈季丹，电磁场与微波技术黄席椿，自动控制沈尚贤，系统工程胡保生，等。此外，批准设立计算数学等 31 个硕士点。

第一批教授。

第一批博士生导师。

我们看看下面这个时间表，或许就可以理解母校对唐照千的厚爱：

唐照千任讲师——1959 年 2 月；

唐照千任副教授——1979 年 3 月；

唐照千任教授——1980 年 2 月；

唐照千任博导——1981 年 11 月。

从讲师到副教授他间隔了整整 20 年。

但从副教授到博导，三年三级跳！

母校对他的确恩重如山。像唐照千这样的人，一定是一个把恩情看得比仇恨更重要的人。他记恩，不记仇。他感恩母校，他要为母校做些事情。他二哥一家早已在美国定居。二哥二嫂挽留他。他说：“我是国家派出来的，当然我要回去。”

不错，“我要回去”。

中国有他的事业，有他一生为之奋斗的事业。安逸的生活，对唐照千这样的人应当说唾手可得。留在美国，他也可以过得不错。他本身就是以朱城、钱学森为代表的中国哥廷根应用力学学派的衣钵传人。在美国短短的两年中，他取得了六项科研成果，包括薄膜拉伸失稳研究——解决了美国一家造纸厂的质量问题，印刷质量检查分析仪——为提高造纸质量而研制，印刷机辊筒接触应力分析研究——提高印刷质量。此外，还研制出薄膜湿度扩展记录仪等。这六项科研成果显示了他作为哥廷根应用力学学派的传人善于解决实际问题的卓越才能。唐照千在美国第九届应用力学会议上宣读的两篇论文以及他发表在世界著名力学杂志上的论文，都受到多国力学家们的好评。

不夸张地说，唐照千如果留在美国，美国有非常适合他发展的土壤。但他不留。

香港是另一个诱惑他的地方。

1983 年，唐照千作为西安交大赴香港理工学院访问团成员来到香港。在港期间，他与久别的亲人团聚。这个时候，他的父亲、兄长以及几个弟弟妹妹都在香港，而且，事业家庭发展得都不错。无锡唐家在香港的事业蒸蒸日上，无锡唐家在香港人丁兴旺，发展成了一个大家族。全家人都希望受尽苦难的唐照千能够留下来，或继续出国深造，再不要回到内地了。唐照千告诉家人的却是：“你们的好意我都心领了。可是，我不能留在香港。我在内地有我的事业。父亲、哥哥，我们这一代在祖国长大，对祖国是有感情的，总希望自己的国家搞好！”

香港他不留。

还有一个让他割舍不了的地方——上海。

唐照千少年时就离开无锡老家到上海圣芳济中学求学，后来在上海娶妻生子，全家人都定居在上海。交大西迁，他是只身一人第一批到了西安，从此就一心投入教学和科研中，直到悲剧发生。现在，他该有的都有了，不该有的也有了——他的身体已经遭到极大摧残。他是不是该回到上海，和妻儿团聚，让家人更好地照顾他的生活？

1982年9月，结束访美回到西安后，有人关切地问他，是继续留在西安，还是打算调回上海和家人团聚？因为不少人已经听说，上海一些单位早就向他伸出橄榄枝了，给予他相当优厚的待遇。唐照千毫不迟疑地回答说："这几年学校对我不错，我不能有负于人。一个人，科学研究和家庭生活二者不可兼得。对我来说，哪里有条件工作就在哪里！回到上海，亲友多，应酬也多，不能集中精力做事。"

上海，他也不留。

他再次选择只身一人在西安。

这些他都可以生活得很安逸的地方，唐照千却一个都不留。不是他不想过好日子，不是他不想和亲人们相聚在一起。是他知道，这个时候，他的母校实在太需要他了！1979年，学校恢复了工程力学系。1981年11月，国务院首批批准西安交通大学设立13个博士点。一般人可能很难明白，这两件事情之间有什么联系。简单地说，国务院批准设立博士点的时候，一个非常重要或者说必不可少的前提便是——谁是这个博士点的学科带头人？这个学科带头人，一定要是这个学科领域里全国公认的学术权威。

没有一个或几个学术权威，国务院不可能批准这所大学设立这个专业的博士点。没有博士点会怎么样？没有博士点，你就不可能招收博士生。不能招收博士生又怎么样？很简单，顶尖的优秀人才就不可能上你这个专业。那么，对西安交通大学来说，1979 年恢复成立的工程力学系——这个曾经倾注过钱学森的心血、曾经让朱城壮志未酬的专业，就有可能在和其他高校的竞争中沦落为二流、三流专业。

这才是唐照千不留美国，不去香港，也不留在上海的最大秘密。这也是唐照千用哥哥给他买小汽车的钱买了那么多实验仪器和书籍资料的原因。他想要为学校办好这个专业。

留给唐照千的时间只有两年了。这个时候，他除了要带领一支团队拼搏在学术制高点上，参加国家科委“六五”规划并承担重点科研项目、着手筹备由西安交大主办的 1986 年振动国际学术会议以外，还有一个最大的心愿要完成：抓紧创办《应用力学学报》和筹建工程力学研究所。

创办一份国家级学术刊物，名字就叫《应用力学学报》，这是唐照千在美国做高级访问学者期间就反复思考过的。回国后，他曾经向恩师钱令希院士说起过这件事：“我想办一份应用力学学术期刊。办这个刊物的基本思想就是：能真正解决实际问题并沟通力学与工程界。钱先生，您觉得如何？”

钱院士听了，大加赞赏，说：“好啊，好啊，我看很好！这种以国民经济利益为重和求实的学术思想值得大大发扬，我本人大力支持你！”

创办一份学术期刊不是件简单的事情，唐照千首先必须招兵买马。

他首先找了自己的老同学陈瀚，问他说：“你能不能参加？一起搞！”

他说了自己办刊物的一些想法，想得很细致、很具体，主要是想为一线工程技术人员解决一些实际问题，为国家的经济发展服务。这些话，听得老同学陈瀚热血沸腾。

陈瀚一口答应了下来。

唐照千给人的感觉好像他根本不知道死神即将降临。

当然，所有的亲人、同事，所有爱他的人也都想要挽留住他的生命。毕竟，他才刚刚五十出头啊，他的事业也才正要走向辉煌！他的学生安排他住进了上海最好的医院，请了最好的医生。肺部手术以后，他的身体也的确有所好转，于是他似乎忘记了自己的病痛，全力以赴地完成着一部重要的力学著作。为了画一张图，他要花整整两个小时，累得满头大汗。这种情景让陪伴他的夫人几乎看不下去，躲过他，一个人默默流泪。这不是从前的唐照千了。横溢着一身才气的唐照千画这么一幅图平时那是小菜一碟，哪儿用得着这么费力啊！

唐照千的同事们，包括他的老同学陈瀚在内，都想赶在死神降临之前，让他看到浸透了他的心血的这份《应用力学学报》。他们加快了进度，但一定要保证质量。就在编辑部的同事们为此目标日夜奋战进行冲刺的日子里，一天，有人从医院带回了唐照千的一封信。在信里，他叮咛自己的老同学和同事们说——

我们这个刊物要注意一点，不要收取版面费，千万不要。收取版面费会导致两个不好的效果。第一，质量不能保证。文章很好，没钱登不了，滥竽充数，刊物水平会下降。不仅刊物的严肃性和形象会受到损害，也会直接影响西安交大的办学形象。这是其一。其二，只要收钱，这个刊物就会变成一个以营利为目的的期刊，不但会丧失学术的公正性，还会导致个别人用刊物赚钱，以刊谋权，以刊谋私，最后导致学术腐败……

记住，千万记住，这，不是我们的初衷！

……

这封信，成了唐照千的绝笔。

11

★ ★ ★

唐照千走了。

但唐照千留下的事业并没有中断。当年和他一起从黄浦江畔来到西北这片黄土地上的老师和同事们都还在。比如，蒋大宗教授此时正忙于主持一门新学科——生物医学电子学专业的筹建。而在改革开放后重建的西安交大工程力学系，这个时候，还有一大批西迁教师和唐照千的同事们——蒋咏秋、嵇醒、匡震邦、沈亚鹏、朱继梅、陈子晴等等。他们还来得及接过唐照千手里的接力棒，把肇启于钱学森为“两弹一星”筹备人才而提倡创办的这门学科努力办成一个高水平的学科。

总体来说，改革开放以来的几十年，西安交大的力学学科一直在国内一流的水平上高位运行。这和前后由朱城、唐照千领衔创建的工程力学学科发展方向明确、根基打得牢有极大关系。正是这种与生俱来的“先天优势”，使它一直以来都成为西安交大的一张王牌。

它为国家培养出了数以千计优秀的力学人才，其中不乏享誉海内外的佼佼者。唐照千生前悉心培养的博士生陈宜亨在结构材料、功能材料的断裂损伤等领域成绩卓著。他后来回母校任教，成为教授和博士生导师，曾任建筑工程与力学学院院长、机械结构强度与振动国家重点实验室主任，并当选第九、第十届全国人大代表。

陈宜亨的学术成就与唐照千的指导、学风和学术影响密切相关。

这是衣钵传承。

陈宜亨之后，力学系培养出的还有导弹骄子、火箭军装备部总工程师和副部长何玉彬等。20 世纪 80 年代，这里出现了中国力学界不多见的一个景象——从这里走出了“力学三杰”：锁志刚，美国斯坦福大学教授，曾荣获美国总统青年学者奖；高华健，美国哈佛大学教授，曾荣获美国总统青年学者奖；卢天健，英国剑桥大学终身教授，曾任西安交通大学副校长。有时候，人们又习惯地把他们称作“两健一刚”，以这样的称谓来赞赏西安交大培养出的这一批以卢天健、高华健和锁志刚等为代表的世界一流学者。

跨入新世纪。

2007 年，交大力学又出新星——西安交大工程力学校友、美国哥伦比亚大学副教授陈曦博士，荣获美国 NSF 授予青年科学家的最高奖。

这真可谓是人才辈出。

以后，这里又建成了国家重点学科和国家重点实验室。

第五章

薪火

我的心搁在了这里

1

★ ★ ★

钟兆琳是中国的“电机之父”，而周惠久可以称为中国的“立式车床和麻纺机之父”。简单地说，1949 年春，当无锡、上海相继解放的时候，周惠久还是个“工厂主”或“资本家”。他热爱共产党和新中国。由于这份热爱，他接受了当时华东工业部一项稀缺物资的加工订货。为此，他领导研制了中国第一台 2 米立式车床、12

周惠久教授

米精密车床和麻纺机等机械产品，为新中国成立初期机械工业的恢复与发展做出了贡献。

周惠久不久又回到交通大学机械制造系任教授。

其中的原因我们应该知道，这就是新中国成立后不久发生的“公私合营”。在此之前，周惠久是中国民族工业家荣毅仁家族私营无锡开源机器厂的创始人，也是它的第一任厂长和总工程师。开源机器厂归了国家，周惠久就回到大学教书了。离开了工厂，周惠久并不遗憾。他认为这对他是件好事。他本来就不打算长期当一个“工厂主”。教书育人，才是他一生的志向。而且，交通大学此时正在筹建金属学及热处理和铸造两个专业。这正是他当初在美国前后攻读两个硕士学位的专业和特长。周惠久回来得正是时候。他立即担纲筹建这两个新专业。

这些大体就是周惠久西迁以前的经历。

西迁的时候，周惠久 49 岁。如果说别人还需要动员的话，周惠久却是真正积极主动热情地申请要到西部来支援大西北建设的。那个时候，他因为曾任荣氏家族开源机器厂的厂长兼总工程师，在上海已经生活得非常安逸，住着小洋楼，楼房里有暖气、电话，可以说应有尽有，过着当时中国人所能过上的最好的生活。他在上海和无锡一带有家产，有深厚的人脉关系，夫人是上海一家医院的牙科医生。这对夫妇，已经育有三个儿子和一个女儿，一大家子人。没有人觉得周惠久非来不可，可他自己非来不可。我们从周惠久从前的经历完全可以想明白这一点。一个在美国相继拿到两个硕士学位、马上可以拿到博士学位的人，却因为中国抗日战争的全面爆发而毅然决然地回国来赴国难的人，不可能不响应国家号召到艰苦的地方去。周惠久的牺牲，除了他自己抛在脑后的财富、安逸的生活和一帮与他曾一起打拼的好兄弟以外，其实他家最大的牺牲还是他的夫人。周夫人无法被安排到大医院，只好被安排到西安东郊一家工厂，做了厂医务室的一位牙医。这和她在上海的工作环境天差地别。正是夫人和全家人的牺牲，成就了周惠久的一段辉煌经历：他是西迁后第一位取得重大科研成果的教授。金属材料及强度研究是他移植到黄土高原上的一朵奇葩，在1965年全国高等学校重大科研成果中被誉为“五朵金花”之一。

周惠久很出名的一件事和“铁人”王进喜有关。

《人民画报》上曾经登过一张王进喜的大幅照片。照片上的“铁人”满面笑容地站在石油钻井平台上，双手挎着“三吊”。所谓“三吊”，就是石油工人日常工作用的吊卡、吊环和吊钳。这是“文革”期间周惠久的又一项成果。那个时候，周惠久参加下乡小分队到油田钻井第一线。他的一位毕业后分配到石油机械部门工作的学生向老师汇报：包括“铁人”王进喜在内的钻井工人反映说，从苏联进口的这“三吊”，实在是“傻大笨粗”，每样东西工人们都无法一个人搬动。“铁人”王进喜曾紧握着他的手说：“这些洋玩意儿肥头大耳，钻井工人到30来岁就干不动了，你们要赶紧研制出我们自己的轻型‘三吊’，把那些傻大笨粗的洋‘三吊’赶下我们的钻井台！”曾经发明过纺织机器的周惠久，听了学生转告的“铁人”王进喜的期望，为了给石油工人彻底解决这个问题，和陕西一家工厂合作，研制成功了轻型“三吊”。

这种轻型“三吊”给石油工人们带来了福音。

于是，就有了“铁人”王进喜那张著名的照片。

从20世纪50年代到80年代，经过30多年的努力，低碳马氏体在生产中得到了广泛的应用。实践检验了周惠久的理论。包括石油钻井吊具、手扶拖拉机驱动轴等等，在应用了周惠久的低碳马氏体钢后，为国家创造了巨大的经济效益。此时，由周惠久领衔的“低碳马氏体应用基础及开发技术”课题，经鉴定，被认为达到了国际先进水平，获得1987年国家科学技术进步奖一等奖。1988年在美国召开的第六届国际热处理大会上，周惠久被特邀在开幕式上做了关于低碳马氏体的主旨报告。

几十年后，关于周惠久所获得的那个奖项，胡奈赛教授还赞叹说：1987年，在交大西迁30年后，周惠久团队获得学校主持的第一个国家科学技术进步奖一等奖。又过了30年的2017年，西安交大陶文铨团队获得了又一个国家科学技术进步奖一等奖。“交大西迁后，前后60年这两个国家科学技术进步奖一等奖，表彰了西迁精神的辉煌成果！”

而他的另外一个学生金志浩，则为我们解读了周惠久另外一个了不起的地方。

金教授说：“20世纪80年代后期90年代初，美国集中了几百个材料科学家去解决材料问题：苏联的人造卫星为什么上天比较快？这一定与材料有关。最后发现在传统的认识，即材料组织性能三角关系以外，还应该有一个‘服役效能’问题。这就把材料的三角关系变成了四面立体综合性能关系。这是很重大的一个理论突破，而周惠久提出的‘服役效能’问题比美国的这些科学家早了20年！”

2

★ ★ ★

金志浩当年西迁的时候只有 18 岁。他是江苏常州人。1955 年，17 岁的金志浩从江苏省立常州中学到苏州考大学时，已经知道交大要西迁了。报纸上关于这件事说得很热闹，考生们没有人不知道。既然如此，会不会大家就不报考交通大学了呢？不，不是。在常州、苏州人看来，交通大学是最好的学校，不管搬到哪里，他们还是会报考。这就是名校的魅力。金志浩和他的同学们是所谓“5”字头的新生。说起来他们已经是这所大学西迁前在上海招的最后一批学生了，下一年的新生——1956 年新生的报名地点已经公布了，在西安。所以，除了先遣队的 50 多名教职工外，“5”字头的这批新生就是首批西迁的主力军。金志浩当年就在首批西迁的 1000 多名师生中，时间是 1956 年 8 月 10 日。交通大学的大规模西迁从这天起正式拉开了大幕。金志浩说，他是兴高采烈地告别上海的。为了表达自己的壮志豪情，他们还一路上高唱着革命歌曲，尤其是那首苏联歌曲《共青团员之歌》——

再见吧，妈妈！
别难过，莫悲伤，
祝福我们一路平安吧！
再见了亲爱的故乡，
胜利的星会照耀我们，

再见吧，妈妈！

……

这是苏联卫国战争时期的一首歌。在20世纪五六十年代的新中国，这首歌曲传遍大江南北，此时，正好做了这批西迁年轻人的“战歌”。火车一路往西开，他们一路唱个不停，一直唱到困了、累了、睡着了。金志浩他们一年级还在上海，二年级就到了西安。两个城市的生活差别他很快就体会到了，不过还能吃饱肚子。最痛苦的倒是他毕业留校后的1958年下半年开始，饥饿降临了。再后来，他结婚生子。爱人叫王永兰，和他一样，是当年的西迁大学生。由于“文革”，他们两个人当了20年的助教，15平方米的房子也住了20年。两个孩子稍微大点儿，一家四口只能在一张大床上横着睡。父母来了，没有办法，只好在家里架起了双层床。

日子过得并不好。

但这支西迁大军，这支当年由彭康、苏庄等人带出来的队伍，像是一直传承着一种精神——爱国心、报国心和事业心。从1956年西迁到1966年“文革”爆发，给彭康、苏庄、钟兆琳、周惠久他们留下了足足10年时间。这10年时间足够培养一代人了。如今的这批西迁教授们——史维祥、吴百诗、陈瀚、屠善洁、潘季、胡奈赛他们，正是在这10年中成长起来的一批人。他们，还有去世的朱城、唐照千他们，恰恰做了西迁精神承上启下的一代人。当年的西迁大学生们，金志浩他们，那批几千人的大军，还有他们之后10年间培养出来的西迁大学生们的学弟学妹们，同样是在彭康那一代人影响下成长起来的。

“我应该去。”

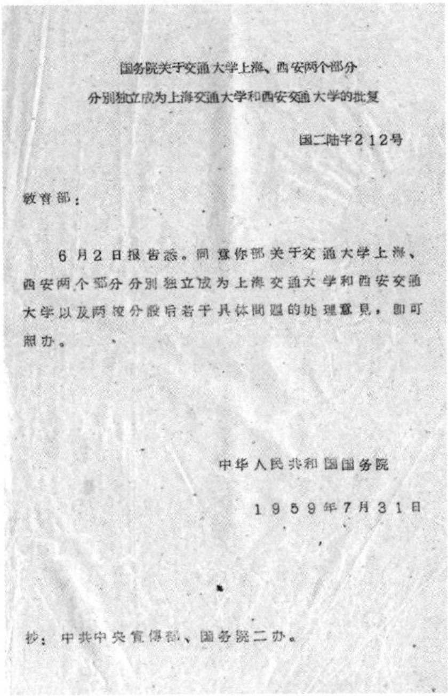
国务院关于交通大学上海、西安两个部分
分别独立成为上海交通大学和西安交通大学的批复

国二陆字212号

教育部：

6月2日报告悉。同意你部关于交通大学上海、西安两个部分分别独立成为上海交通大学和西安交通大学以及两校分设后若干具体问题的处理意见，即可照办。

中华人民共和国国务院

1959年7月31日

抄：中共中央宣传部、国务院二办。

1959 年 7 月 31 日，国务院关于交通大学上海、西安两个部分分别独立建校的批复

这句话曾经久久地回荡在许多人的心中。这是谁说的？这是彭康说的。

“我应该去。”

去，指的是西安交通大学。

一个“去”字，多少让人感到了悲壮。因为，比起上海，西安一定艰苦；比起上海交通大学，西安交通大学刚刚从上海迁移过来，白手起家，一定艰难得多。而作为一名曾经的军人，彭康一定认为，是自己把这支队伍从上海带到了西安，自己就是这支队伍的最高统帅。结果，他们来了，钟兆琳来了，周惠久来了，沈云扉来了，你却走了。统帅走了，这像什么话？！

在彭康心目中，这是逃兵。

甚至，会影响党在知识分子心目中的威信，也对不起陈大燮、钟兆琳、周惠久、沈尚贤、陈学俊、黄席椿、蒋大宗、杨世铭他们，这些和党同舟共济的教授们。

所以，“我应该去”。

从 1959 年到 1966 年，彭康是西安交通大学定名后的首任校长。

金志浩他们当年就在“草棚大礼堂”里，多次聆听过彭康校长的讲话和时政辅导。包括在操场上、饭厅里以及舞厅里、林荫道上，几乎学校所有的地方，他们都和彭康校长有过非常多的亲密接触。因此，说这是一支彭康带出来的队伍，一点儿都不夸张。“文革”前这个大学的精神气质就是彭康带出来的一种精神气质，直到“文革”发生。

彭康去世 13 年后。

改革开放后的 1981 年，国门打开。此时，正当人生壮年的金志浩有了一次出国做访问学者的机会。他在日本东北大学机械系材料强度研究所做了两年高访学者。在此期间，他敏锐地发现了一个新领域、新课题——与机械系相邻的金属工学系两位日本老师，原本是搞钢铁材料的教授，现在转行在搞陶瓷！怎么回事？他和蒋大宗教授一样，很敏锐、很好奇。蒋大宗发现了国际上新兴起的一门学科——生物医学工程。金志浩发现，原来在 1975 年前后澳大利亚的科学家们通过马氏体相变增加陶瓷的韧性，把陶瓷发展成了一种高科技新材料！这种陶瓷，已经不再是我们原先概念里的陶瓷了。它可以用来做弹簧、车刀、手术的刀具……而且性能比所有的钢铁材料还要好！这倒是非常神奇，怪不得日本的教授要“转行”！

金志浩回国后，就一头扎进这种新型结构陶瓷的研究中。

一切从零开始。

但他又不真的是从零开始。他甚至比所有的国内国际同行们优越的地方在于，他是周惠久的真传弟子。他跟随在周惠久身边一二十年，深得周惠久理论体系的熏陶和周惠久“服役效能”思想的真谛。这就是站在“巨人”的肩膀上，让他拥有了别人所没有的学科优势。周惠久先生的低碳马氏体钢取得了巨大成功，那么，金志浩就用老师的思想，从“服役效能”出发，在陶瓷界打开一个新局面。

金志浩雄心勃勃。

他和夫人王永兰两个人开始了一次科学跋涉，情形有点儿像居里夫妇。因为要烧陶瓷，就得亲自做窑具，还得亲自守在窑炉旁，一守就是一个多月。有一年的冬天，下大雪，俩人一大早从西安出发坐长途汽车，等到了临潼山脚下的那个厂——属于机电部的第五砂轮厂，已经是中午了。一次次修改配方，一次次做窑具试烧。从1985年到1988年，终于试制成功了我们的新型材料陶瓷。试验结果，优于德国和美国。

这项科研成果给西安市带来了国家投资2800万元建一个碳化硅窑具厂的项目。因为是科技部投资的项目，西安市再配套投资400多万元，这样，一个总投资数千万元的项目就在临潼这家企业落户了。金志浩教授被厂方任命为总经理，金教授的学生当副总经理。

但教授不可能总做经理，就像他的老师周惠久从前也不能总做荣氏家族企业的厂长兼总工程师一样。

科研和教学才是他们的使命所在。

金志浩以为把这个企业扶上马，给西安做个贡献，他的这个课题就算完成了，但是不行，一个更严峻的课题来了。

事情是这样的——

一天，上海某研究所的一位总工辗转找到金教授，问他说，有件事情你能不能做？什么事情？两伊战争，美国的“爱国者”导弹把苏联的“飞毛腿”导弹打掉了，我们想办法把找到的一些碎片拿回来做科学研究。导弹发射升空以后是一级一级地燃烧。第一级点火时导弹的隔舱不能坏，第二级点火时导弹的隔舱要粉碎性破坏掉，然后这级火箭才能继续升空。这就很困难，因为它的实质性要求就是，在 200 个大气压时不坏，而在 50 个大气压时粉碎掉，而且粉碎的颗粒还不能大于 5 毫米。

这几乎是一个无解的难题。

你想想，完全就是个悖论！

人家先是找了西安交通大学工程力学系主任沈亚鹏。这个工程力学系我们应该能够记得，就是朱城和唐照千开创的那个系。工程力学是搞航空航天的，最初就是为培养火箭人才而设的专业。沈亚鹏觉得这活儿不好干，才让来人到材料工程系试试，看看搞材料的人能不能解决。沈主任还提前告诉金教授说：“人家可是已经在北京、上海找过好几家了，对方都觉得挺困难，开口要价很高，所以，上海这位总工才来找咱们的。”

金教授回答说：“我们能行。”

这可真的是“没有金刚钻，不揽瓷器活儿”！金教授这是想到了他们已经试验成功的新型材料陶瓷。他们的陶瓷正好非常耐高温。唯一的困难就是如果用陶瓷做导弹隔舱，怎么让它达到使用要求。这当然得试验。

成功了？当然成功了！今天，当 81 岁眉毛头发俱白的金志浩教授讲起这段二十多年前的往事的时候，脸上始终挂着温馨的笑容。一切似乎都那么顺理成章，一切似乎都那么“得来全不费功夫”。然而采访中他的夫人王永兰教授，却不经意间让我们知道了他们的成功多么来之不易。他们要先在陕西的工厂反复试制用特殊的陶瓷材料制成的导弹隔舱，然后到上海的这家研究所的靶场去反复做试验。只有要做了发射爆破试验，才能知道这个隔舱能不能用。靶场在上海的浦东。今天的浦东很繁华了。可当年，1990 年的冬天，那里还是一片荒凉的海滩。王永兰教授说，从西安到上海，坐硬座去，连硬卧都舍不得，坐几十个小时，再到靶场。江边，孤零零的只有一幢房子，四周很荒凉。想想也是，靶场啊，肯定是要在荒无人烟的地方。住在江边那个孤零零的房子里——那是靶场的招待所，还要走很远的路才能到靶场的试验场。江边的风很大、很野，又是寒冬腊月，真的是非常艰苦……

金志浩教授这时才笑着补充说：“还真是这样啊！有天深夜 1 点左右，学生来给我们送夜宵。结果，怎么喊都叫不醒我们。学生吓坏了，以为两个人出事了，大呼小叫地把招待所其他人都吵醒了。最后，硬是把门撞开，才发现原来是我们实在太累了，睡得太死！”

导弹陶瓷隔舱试制成功以后，教育部、科委给了这个项目军工配套资金八九十万元。在此前后，他们还用陶瓷成功试制了快中子反应堆控制棒。试制成功以后，中国原子能科学研究院投资了 30 多万元。有了科研经费，他们在 20 世纪八九十年代招了近百名硕士生和博士生，事业兴旺发达。到了 1994 年西安交通大学成立材料科学与工程学院时，金志浩教授成为该院的第一任院长。

这时，是西迁后的第 38 年。

3

★ ★ ★

真的得感谢命运给西迁后的交通大学选择了一位教育战略家彭康。继1952年院系调整之后，1956年，交通大学历史上曾经很强大的一个专业电讯专业被“调整”到成都去了。交通大学这个专业的全部教职工、学生和设备与其他几个院校的电信类专业合并，成立了成都电讯工程学院，即后来的电子科技大学。

当这件事情发生的时候，彭康就高瞻远瞩地预见到无线电技术是飞速发展的新兴学科，当即决定在调整出电讯工程系的同时，马上筹建本校的无线电工程系。这是一个重大的战略部署。它不啻是一次命运攸关的重大决策。对以后的西安交大来说，如果当年没有这个部署，就没有今天强大的电子与信息工程学院，就要在新兴学科方面落后一大截。可是，被彭康视为可担此重任的“大将”黄席椿，此时却既不在上海，也不在西安。

他去哪儿了？

黄席椿那时候已经奉命去筹建成都电讯工程学院。

有两年时间，黄席椿大部分时间都在成都，间或返回上海。当成都电讯工程学院基本完成筹建工作时，高教部与黄席椿本人沟通，决定任命他为这个新成立学院的副院长兼教务长。黄席椿这时候是交通大学电机系电信组组长兼副教务长。这是组织上的提拔和重用，也是让他担当重任。黄席椿欣然同意。于是，一家人做好了去成都的准备，并开始收拾行装，黄席椿的珍贵书籍也已经装箱运到了成都。

很显然，如果黄席椿真的去了成都，交通大学的弱电方面将少了一个领军人物，这是明摆着的现实。

彭康要把黄席椿“追”回来。

彭康亲自找了高教部部长杨秀峰。杨秀峰不能不给彭康这个面子。

黄席椿这时候着有两个选择：要么到成都当副院长兼教务长，要么到西安主持筹建西迁后的交大无线电工程系并担任系主任。哪个官大？不用看也明白！而且，成都是鱼米之乡，生活条件肯定比西安好。还有呢？就是此时的交大弱电方面已经被挖空了，一片空白，成了个“三无”地带：无师资，无教材，无实验室。黄席椿得一切从头做起。黄席椿并不是老交大人。他毕业于清华大学电机系，抗战时期在著名的李庄任同济大学教授兼电机系主任。1952 年院系调整时，他才从同济大学调整到了交通大学。

现在，彭康对他说，西迁的交大需要他。

黄席椿这个辛亥烈士遗孤可能从来都没有想过个人的利益。他是父亲的挚友陈叔通用筹集来的善款养育大的。所以，他知道他的一切都属于这个国家。

黄席椿的父亲名为基，号远庸，后以“黄远生”闻名于世。关于他的死，至今都是民国疑案之一。黄远生是中国最早的报人，被称为“报界之奇才”和“民初三大名记者”之一。曾任上海《申报》和北京《亚细亚报》等特约记者，撰写了大量抨击时政，指斥专制，提倡民主、科学的文章，因而成为民国以来第一位以撰写时评通讯类文章著称的政治记者。1915 年秋，袁世凯复辟帝制阴谋败露，黄远生鄙其所为，不肯苟同，立即登报声明，公开表示与袁世凯及持拥袁立场的《亚细亚报》决裂。这年10月，黄远生离沪赴美，以避不测，却在两个月后，在美国旧金山遭人暗杀。

黄远生的死在民国初年的上海和北京引起轩然大波。

黄远生死的时候年仅31岁，家中还有老母、妻子和三个年幼的儿子。其中，二子黄席椿年仅3岁，最小的儿子也才2岁。黄远生死后，他的生前好友以及热爱他的读者纷纷捐款。这笔款，就由黄远生的挚友陈叔通等设立了一个基金。每年用基金的利息供养黄远生一家老小——包括用这笔钱，供给黄远生三个儿子的学业。黄家的这三个儿子，个个出息。其中，二子黄席椿1932年考入清华大学电机系，毕业后留校任教。此后不久，在陈叔通等人的筹划、鼓励和督勉下，黄席椿1938年赴德国留学，先后在德国柏林工业大学和德累斯顿工业大学进修学习，师从电子学著名学者巴克豪森教授。1940年，黄席椿获德国特许工程师学位，之后在西门子公司实习。1941年4月回国，随即跟随同济大学辗转到了著名的李庄。

这时，对彭康校长提出的随交大西迁，黄席椿没有提出一丁点儿个人的条件，只说了一个字："好！"于是，这个搬了一半的家又从成都再搬回上海。黄席椿受命后立刻独自一人先到了西安，开始筹划未来的无线电系。黄席椿的家那时候在上海宛平路，是上海的闹市区，与衡山公园毗邻，紧挨着上海市委和市政府家属院。这里是从前的法国公寓。在一排排法国梧桐的环绕中，一幢幢小洋楼里住着交通大学的教授们。黄席椿教授家的隔壁是钟兆琳教授，楼上则是程孝刚教授的家，而周惠久教授就住在与他们相邻的另一幢小洋楼里。黄席椿教授的两个女儿都出生在抗战时期的李庄。最小的儿子这年刚刚9岁，三个孩子不是在上小学就是刚上初中。黄席椿的夫人叫熊淑孅，出自著名的南昌月池熊家，是个书香门第的大家闺秀。黄夫人的父亲熊正琦也是位辛亥名人，两家门当户对。黄夫人曾在李庄的同济大学预科教授英文和数学。这个时候，她是上海一家著名中学受人尊敬的数学老师。

被彭康校长从成都“追”回来的次年，1958 年 8 月，黄席椿教授举家西迁。

这已经是交通大学最后一批有组织的西迁了。

黄夫人熊淑孅倒没什么，夫唱妇随，无论丈夫西迁到成都还是西安，她都会千万里地追随着他——就像当年，黄席椿在抗战最困难的 1941 年从德国留学回来赴国难，她跟随他在战火纷飞中辗转千里到了四川李庄。黄夫人到西安后的工作此时学校也做了安排。新成立的交通大学附中急需她这样的优秀教师。她到附中任教，并且担任附中教导处主任。

黄家和熊家的亲戚绝大部分在上海。离开上海，其实还并不完全是物质上西安和上海的巨大落差，对他们许多人来说，更多的是情感上的孤独和牺牲。屠善洁教授讲过一件事。有一年“五一”劳动节，他们举着交通大学的旗帜参加西安的大游行，想不到在人群里见到了自己的一个老同学。这位老同学早已在西安定居。她顿时激动万分，这是“他乡遇故知”啊！从此两家交往密切。不要忘记，西安对他们来说是他乡，上海才是他们的故乡。在西安，他们逢年过节和平时的节假日，没有故人可以走动，没有亲戚可以走动。履历表里的“社会关系”，对他们来说，只是纸上的关系。

按照彭康的部署，交大 1956 年起招收无线电技术专业本科生。这批学生从全国招收，报名地点在西安校区。这是西迁后交通大学的第一批无线电系的学生。至于教师队伍，彭康作为统帅亲自指挥从各系及外校调人。到了 1958 年，这支队伍就已经相当可观了。无线电系开始设置了三个专业，以后相继又增加了几个专业。出于当时保密的需要，每个专业都有自己的代码——

计算机：110

自动控制（当时叫自动学与运动学，简称自控）：230

无线电技术：350

电真空：470

无线电材料与元件：590

雷达技术、无线电物理及半导体物理与器件等专业：610

……

这些涉密专业全部集中在有“重兵”把守的东二楼。

有人回忆说，当时这些专业青年教师的遴选，都是由彭康校长亲自把关。这样就形成了西迁后交通大学弱电类专业的架构。在这整个过程中，彭康非常重视，多次亲自参加各教研室会议，特别是代号为350的无线电技术专业。这个专业里面一部分原来是搞通信的，电视、微波通信、天线等等。350或者叫无线电技术专业的领军人物，不是别人，正是彭康从成都“追”回来的黄席椿。而黄席椿在这个领域里在全国的地位，可谓举足轻重。高教部委托他主持制定无线电专业的全国教学计划。这个教学计划是高教部直接组织制定的工科电子类专业的典型教学计划。同时，黄席椿还担任高等工业学校电子课程教材编审委员会委员。这两个职务都相当关键和重要。

黄席椿站在了这个学科全国的制高点上。交通大学——以后的西安交通大学也就站在了这个学科全国的制高点上。

弱电类专业，西安交通大学起步就高。

我们现在应该明白了，彭康当年追回黄席椿究竟有多么重要！

黄席椿在无线电方面，与“电机之父”钟兆琳之于电机系、周惠久之于机械系以及材料学学科一样，都是一员“大将”。他是我国电磁场理论、天线和微波技术专家，是中国电子学会常务理事、中国电波传播学会副主任委员、中国通信理论专业委员会副主任委员、国务院学位委员会学科评议组成员。改革开放以后，他是第一批国务院学位委员会授予的电磁场与微波技术专业博士研究生导师。关于这个名单，我们前面说过。

黄席椿去世于 1986 年，享年 74 岁。

他比大他一岁的钱学森少活了 24 年。

比小他 7 岁的陈学俊少活了 25 年。

钱学森享年 98 岁，陈学俊享年 99 岁。如果黄席椿能像这两位寿星一样，多活 20 多年，西安交通大学在电子类多个学科方面的建设也许会是另外一番景象。而一个更直接的损失就是，黄席椿去世后，交大这一博士点没有导师。没有导师就不可能招博士生。一时半会儿，这个专业的博士点“闲置”了。而这个时候，有人找上门了。西南交通大学有博士生导师而没有博士点，西南交通大学的博士生导师就把自己挂靠到了西安交大的博士点，这才可以顺利招收博士生。

4

★ ★ ★

对唐立森教授和王桂芹教授来说，无论他们活多少岁，哪怕他们今年已经一个 87 岁、一个 84 岁，对他们的老师沈尚贤和蒋大宗，他们永远都心怀敬意。那个时候，两位老师肩并肩和他们生活学习在一起的情景、指点他们学习和研究的情景，即使在他们自己的耄耋之年，也像一束美丽的火花，永远照亮和温暖着他们多少有些老来孤寂的心。

沈尚贤教授的电子管电路课让当年的大二学生唐立森听得如醉如痴。他从小就是个无线电爱好者。抗日战争胜利那年才只有 14 岁的初中一年级少年唐立森，利用房东家一个烧坏了的收音机，再利用一些废品，自己安装了一个五个电子管的收音机。整整鼓捣了三个寒暑。在他高二的时候，有一天，他的收音机响了！这件事，对少年唐立森影响非常大。就是这样一个在苏州园林里长大的青年，有一天坐在大学课堂里，听沈尚贤这样留德回来、曾在德国西门子公司当过工程师的人讲有关电子管电路课，他能不痴迷吗？

唐立森以高分学完了这门课程。

1953 年，他和陈瀚同届，提前一年毕业留校。

只不过，陈瀚毕业于机械系，而唐立森毕业于电机系。

唐立森毕业留校做了沈尚贤教授的助教，这让他简直像是每天都生活在阳光灿烂的日子里。唐立森的夫人王桂芹当年考进交通大学的时候，上的就是严晙教授、沈尚贤教授和蒋大宗教授所谓“三驾马车”所在的工业企业电气化专业。王桂芹和屠善洁、胡奈赛一样，都是交大女生中“学霸”级的人物。她毕业一留校，就马上到了西安。这时是1957年暑假，西安校区还是一片工地。大学期间就已经入党的王桂芹此时当了电机系团总支副书记。1958年，沈尚贤、蒋大宗教授创办了工业电子学新专业，唐立森、王桂芹也成为该专业并肩作战的创业人。此后，两人恋爱结婚。1961年工业电子学专业停办，他们又相继调到了无线电系电真空器件教研室。

电真空，代号470。

夫妻两人在这个新兴科技领域里开始并肩作战，即使回到家里，这一对同专业的青年教师夫妇也经常热烈讨论。而他们还有一个共同的爱好——喜欢动手和发明创造。尤其是唐立森，当时还担任着电真空器件实验室主任。一个实验室主任，可不是只管管仪器设备就行了，许多实验仪器都要自己动手去做。也许正是因为这个特点，他像爱迪生一样，总想发明点儿什么。一天，他和蒋大宗教授有了一次影响到他后来一生发展方向的谈话。

那个时候，向苏联学习的短暂的工业电子学专业停办以后，沈尚贤和蒋大宗这两个好朋友都在各自忙着自己的事情。沈尚贤教授成为电机系各个专业工业电子学课程的教研室主任，并领导着全国工业电子学课程的教材建设。而蒋大宗则调到了无线电系计算机教研室，同时担任了无线电系副主任，成了黄席椿教授的副手。按说，蒋大宗此时的专业和“电真空”根本没有任何关系，然而，这天他却专门来找沈先生的得意门生唐立森谈一件事情。

一件他认为非常适合唐立森干的事情。

这是个寂静的中午。

太阳很好，阳光很充足。明晃晃的阳光穿过大玻璃窗照进电真空器件实验室，也照在坐在桌前修理一件实验仪器的唐立森身上。他干得非常专心。窗外，小鸟在枝头叽叽喳喳，像是其中还有喜鹊的叫声。这个时候，有人进到实验室，唐立森没有察觉，等到他一抬头，才发现站在他面前的是身材修长的蒋大宗教授。蒋大宗和沈尚贤两个人，个子都很高，只是沈尚贤略显单薄一些，人很瘦，鼻梁上架着深度近视镜。蒋大宗也戴眼镜，也喜欢穿西装，但和沈尚贤不一样。蒋大宗毕竟有过中国远征军正规军人的经历，举手投足间，在知识分子的儒雅之外又平添了几分军人的英气。这让他在所有的教师里都显得比较独特。

唐立森赶忙起身让蒋先生坐。

“关于科研选题，小唐，你想过没有？”

唐立森这年 30 岁出头，蒋大宗比他大了 9 岁，这年也刚刚 40。

两个人坐下来开始聊天。

这是 1963 年，西迁后的第七个年头。刚刚经历过三年困难时期，大家好像都很瘦。唐立森本来就瘦，这时候更瘦了，好像风一刮就能刮倒。他很苦恼。他现在最大的困难就是电真空器件实验室的建设问题。因为电真空器件实验室的特点是工艺性强、实验种类多、实验设备价格昂贵。他这个实验室主任整天为钱发愁。所以，关于科研选题或者科研方向，他甚至想都没有时间去想。

“我给你说，我这儿有个好选题。”

蒋大宗在无线电系负责科研工作，经常参加全国各种科研会议，和外界接触很广。而他本人又是一个好奇心很重、思想极其活跃的人。

在一次科研会议上，他发现了一个新领域。

它叫湿簧管，是1949年前后美国人发明的一种新型继电器。

蒋大宗说："这种新型继电器现在在国外很风行，很火。它的特点就是寿命长、可靠度高，在国外已经广泛应用于工业生产及控制领域。可是，不仅我们国家没有，而且，国外还对我们封锁，花钱也买不到！可以说，谁能制造出湿簧管（湿簧继电器的核心），谁就给我们国家解决了一个大问题！你怎么样，考虑不考虑这样一个选题？"

蒋大宗目光炯炯地望着唐立森。

唐立森本来就是一个科研迷，整天都在琢磨着想要研究个什么或者发明个什么。蒋大宗说得他热血沸腾。不错，这既可以长期解决实验室的经费问题，又可以作为学生的研究课题，而且还可以填补国内的技术空白。为什么不干呢？当然要干！

"我们干，蒋先生，我们肯定要干！"

蒋大宗站了起来，很满意。他不会看错人，沈先生的这位高徒，肯定能干好这件事情。他站起来，最后说了句："有什么事到我家里来。努力干，好好干！"

试制过程我们略去不说，因为太复杂。

简单地说，电子工业部一听西安交大要搞这个课题，简直高兴坏了。虽然前期的科研经费不会给，但许诺了几个重要条件：第一，给一个配套厂，在陕西虢镇的一家军用继电器厂，找他们帮忙。第二，只要搞出来，部里马上签合同。第三，关于湿簧管的标准，部里给一个美国军用标准。第四，试验所用的白金丝太贵，不要紧，部里帮你解决。第五，部里一切开绿灯，只要西安交大能搞出湿簧管！

剩下的就是艰苦奋斗了。

没关系。

唐立森说，国家的需要就是我们工作的方向和动力。

电真空教研室给他配了两名教师做助手。这三位青年教师在两年时间里数度往返于西安和虢镇之间。他们风里来，雨里去，坐五六个小时火车，下车后，还要走很长的路才能到工厂。两年中，他们相继攻克了五道难关，道道都是巨大的拦路虎。然而，这些科研成果不能见报刊，全都是机密。

两年后的 1965 年 12 月 5 日，由蒋大宗教授主持的通用湿簧管科研成果鉴定会在西安交大举行，电子工业部及有关专家参加。鉴定结果认为，基本性能符合指标要求，工艺方面还有独创性，同意转入正式生产。

这事还没有完。

“文革”期间的 1974 年，周恩来要出国访问非洲，四机部的一个任务就是要为这次出访需要的卫星通信地面站提供全部国产的仪器设备，其中，最缺的就是一种低接触电阻的湿簧管。这个光荣而紧急的“政治任务”交给了唐立森团队。唐立森本来要去农村劳动锻炼，这下子，不去了，就在“家”里劳动。他们日夜奋战了 50 多天。50 多个不眠之夜后，符合要求的湿簧管试制成功了。这件事，对四机部震动非常大，奖励了他们 11 万元。他们用这笔钱，又买了一些以前买不起的实验仪器。和他们一起高兴的还有蒋大宗和沈尚贤两位教授。蒋大宗对唐立森竖起了大拇指说：

“你们起了关键元器件的作用！”

沈尚贤则说：

“好啊，你们给国防出了力，值得表扬！”

两位老师的夸奖让唐立森无比的幸福。

1972 年，他们为陕西造飞机的军工企业红安公司解决了一个大问题。红安公司进口了一台德国大型靠模龙门铣床。多大？一个大房间那么大。这个庞然大物的作用是要加工飞机的尾翼。但它现在用不成了，三个接触杆上有一个湿簧管坏了。这可不是一般的湿簧管，功率大，结构独特而复杂。这个龙门铣床瘫痪在那里，红安公司的飞机尾翼就得停产。

企业急坏了，向西安交大紧急求助。

这回，唐立森团队立即开始研制，半年多时间玩儿命地干。

问题终于解决了。这个大功率湿簧管原先经常坏，一坏就得从德国进口，费用不菲不说，还非常耽误事。现在，自己能生产了，而且该湿簧管的寿命极长。1985 年他们了解情况时，该湿簧管已使用 8 亿次，从未出现故障。操作工人高兴地说：“到我退休都不用换了，感谢交大老师！”

这个课题后来一直做了下去。因为湿簧管总有新技术出现。为了满足程控交换机等电子系统小型化的要求，到 20 世纪 80 年代他们又成功研制了“超力型湿簧管和继电器”。1991 年，由王桂芹负责，唐立森等四人一起，将此产品转让给工厂生产，并列入国家火炬计划。1993 年，交大的此项科研成果获得国家科学技术进步二等奖。

湿簧管后来在 1985 年我国恢复专利制度后第一批申请到了专利。

5

★ ★ ★

现在说说代号“110”的计算机专业。

今天，计算机对我们普通人来说一点儿都不神秘。可是，60 多年前的时候，它却是最前沿的学科之一。对于普通大学的大学生来说，它的神秘自不必说，甚至像交通大学这样的著名工科大学那些聪明的工科大学生都不知道计算机为何物。给同学们“扫盲”，以撩开笼罩在计算机科学上的神秘面纱，是 1955 年暑假时，交通大学电机系大二学生鲍家元从学生会接受的一项任务。那个时候，学校还在上海徐家汇，许多同学暑假的时候都不回家。不回家是为了节约路费，同时也想抓紧时间利用假期多读点儿书。这年由学生会组织的假期科学报告会，其中一个选题就是“电子计算机技术”。

要办报告会就得在学校出份海报。

这时，一个难题难住了大家：计算机“长”什么样呢？

谁都没有见过。

最后，这份海报上的计算机就被画成了这个样子：一个歪歪扭扭的小房子，上面伸出一根烟囱。这是当时尖端科学计算机在大家心目中的样子。那个夏天，当鲍家元蹦蹦跳跳地把这张海报贴到学校广告栏里的时候，他怎么也没有想到他今生会和如此奇怪的一个家伙打一辈子交道。

两年后的一天，1957 年 12 月，大四学生鲍家元正在上课。

有人叫他出去。

叫他的是系办公室主任。找他谈话的是系总支书记。

谈话很简单："学校决定，你提前毕业了。你现在就不用再上课了，马上去人事处。""去人事处干什么？"鲍家元被这突如其来的变化惊得瞪大了眼睛，说不出一个字，一张稚气的脸上写满了惊讶。总支书记一看他这个样子，便对他和蔼地说："去报到呀！办学生变老师的手续。两三天以后，你到北京中科院计算技术研究所去进修。那边有咱们系的老师，你去就是了。"

早上还是学生，戴着白底红字校徽，中午吃饭时就变成了老师，戴上了红底白字校徽，命运变化之快，让鲍家元简直有些目瞪口呆。而更让他目瞪口呆的是，他马上要"改行"去北京中科院计算技术研究所参加该院计算技术培训班的学习。现在我们需要知道的是，中科院计算所举办的训练班前后一共办了两三期，每期为期一年。它所培养的人才，就是我国最早的计算机人才。说它是中国计算机的摇篮或计算机技术的"黄埔军校"，一点儿都不为过。

两三天以后，由学生变成助教的鲍家元等四位青年教师坐上了火车，前往北京中科院计算所。到了那里，他们见到了总支书记口中说的先他们而来的三位"咱们系的老师"——讲师郑守淇和在他之后又被派去的于怡元副教授和胡正家讲师。三位老师此时都在该所工作并参与了我国第一台大型数字计算机的研制工作。

中国第一台大型数字计算机被命名为"104 机"。

"104 机"一共分四个组，每个组的组长就是当时中国计算机方面的权威人物了。那个时候，国内仅有极少数曾在国外从事过计算机工作的回国专家。因此，参加研制的除了中科院计算所的专家外，主要是国内几所著名高校如清华、交大和哈工大的老师。

交通大学的这三位老师，其中有两位担任了组长。

郑守淇担任104机外部设备组组长。

胡正家担任104机电源组组长。

能在中国第一台计算机的研制中担任组长，这是实力。正因为西安交大在计算机方面有着一支较强的师资队伍和科研力量，在中国早期计算机科学发展史上，它曾有过相当辉煌和不俗的表现。其一，1958年，它在全国率先设立了计算机技术专业。当时，敢于或有能力成立计算机专业的大学全国只有三所——清华大学、交通大学及哈尔滨工业大学。其二，20世纪50年代末和60年代初，中国还没有一部计算机方面的教材，西安交大计算机专业的教师集体编写了电子计算机原理教材，1961年由科学出版社出版。此教材是我国第一部正式出版的计算机方面的教材，在20世纪六七十年代为全国各高等院校计算机专业普遍采用。此教材的编著者署名为“姚林”。“姚林”即当时这个专业的代号“110”的谐音。这本书，是对它在全国率先设立计算机技术专业的一个纪念和致敬。

西安交大计算机技术专业60年代毕业的学生中已有两人被评选为中科院院士。他们是中国科技大学的陈国良教授和中科院上海技术物理研究所的陈桂林研究员。该专业至今已获得国家级科技进步奖六项。

我们今天已经很难评价，如果当初没有交大西迁，相对落后和闭塞的陕西在新兴科学计算机技术方面会不会落后很多，并且，由于计算机技术方面的落后又直接和间接影响到航空航天以及军工企业等多个领域。

这个问题我们今天的确没法假设。

事实上，由于西迁的交通大学在计算机领域处于全国领头羊地位，于是，这一科技领域首先给陕西带来了福音——它“孵化”出了西北计算技术研究所。1958 年下半年，中科院决定成立西北计算技术研究所。出于培养人才的考虑，该研究所暂设在交大计算机教研室，技术人员也从该校学生中选拔。结果，大约选拔了近 20 名西安交大学生，提前毕业调入西北计算技术研究所。

这批技术人员就是陕西最早的计算机科研力量。

以后，该所几经演变成为我国航空工业系统中非常重要的计算机技术研究所。

6

★ ★ ★

陶文铨是交大西迁后第一批直接到西安报到的学生。

1957 年入校的陶文铨如今已是中国科学院院士和国际数值传热学知名专家。

2018 年 4 月 1 日下午，央视《开讲啦》系列节目录制组走进西安交大，邀请陶文铨教授深情开讲。陶文铨在开讲现场说道，作为交大西迁后的第一批学生，“我受到西迁老教师种种动人事迹的感召，受到西迁精神的长期熏陶，可以说是西迁精神的最长受益者”。

那天，采访陶文铨。

陶院士坐下来，开口讲到的就是他一连串恩师的名字：陈大燮、杨世铭、张鸿、张镇生、顾逢时、陈钟颀……这每一个名字，对他都有着极为特殊的意义。他说，他今天的一切，都和他们每一个人有关。当然，也和西迁后的交通大学有关。陶文铨生于1939年，浙江绍兴人。在他还很小的时候，他在绍兴做铜匠的父亲和朋友们在一起聊天。每当爸爸的朋友们说谁的儿子考上了交通大学，包括他父亲在内的一圈人的脸上都会露出羡慕的神情。以后，当他稍长后，又从父辈们的聊天中知道了大科学家钱学森就是交通大学的毕业生。

“我长大了，一定要考交大！”

这是少年陶文铨的志向。

18岁那年，江南水乡长大的青年陶文铨要报考大学了。他第一个从目录里要找的就是交通大学。在当年高教部公布的招生介绍中，上海徐家汇校区标明的是上海造船学院和南洋公学院，交通大学所在地标明的是“西安”。西安在哪儿？他这个江南人并不清楚。然而，一个信念告诉他说，“交大无论在哪儿，我都要考！”

陶文铨如愿以偿。

那年夏天，他坐上西行的列车到了西安。严峻的生活开始了。比起江南水乡，那时候的西安很荒凉、很落后，在他的眼里简直就是“天苍苍，野茫茫”。家乡带来的霉干菜在这里成了美味佳肴。难以下咽的是陕西人爱吃的馒头，刚开始吃的时候像吃药一样。还有，就是江南人受不了的西北风，干燥，动不动鼻孔里就会出血。

但学习非常幸福。

从一年级开始，交大名师如云。

比如，大一上数学课，张鸿教授亲自讲授高等微积分。陶文铨第一次领略了数学大师和科学家的风范。到了大二，更不得了，他一生的恩师——美国伊利诺伊理工大学博士、国际著名传热学领袖雅各布的嫡传弟子杨世铭，亲自给他们讲授传热学。

杨世铭教授给他们上第一节课的那天，成了陶文铨一生永恒的记忆。

在阶梯式大教室里，杨世铭教授给他们上第一节传热学课。“先生写一手好字，讲课不快不慢，语气稳中有升，声音高低恰使教室最后一排学生都能够听见。手拿讲稿但只是偶尔看看，微笑的脸庞大部分时间面向学生，一派优雅学者的风度。”这就是20岁大二学生陶文铨对老师杨世铭的印象。大师的风采也从此镌刻在他的脑海里。

五年大学生活结束后，陶文铨本科毕业要告别母校了。那一年，1962年，全国开始招考研究生，陶文铨却要放弃这一宝贵的机会要求毕业后参加工作。之所以做出这个决定，唯一的原因就是，家庭困难。做铜匠的父亲已经干不动了。母亲原本就是家庭妇女，家里没有了经济来源，而他还有两个弟弟和一个妹妹。陶文铨算了笔账，如果他考上研究生，每个月助学金是44块钱，而如果他参加工作，本科毕业生每月工资58块，他每个月可以多挣14块，不少的一笔钱呢！

有人开始反复找他，三顾茅庐。

这人叫顾逢时，是他们锅炉教研室的任课老师。顾老师这年50多岁，也是留学美国回来的。他对这位优秀学生反复进行劝说。他说：“陶文铨啊陶文铨，你要知道，困难是暂时的，学问是一生的。你做研究生，可以翻译稿子来补贴自己啊，困难哪有克服不了的？”

于是，陶文铨报考了杨世铭的研究生。

杨世铭去世于2017年，享年92岁。

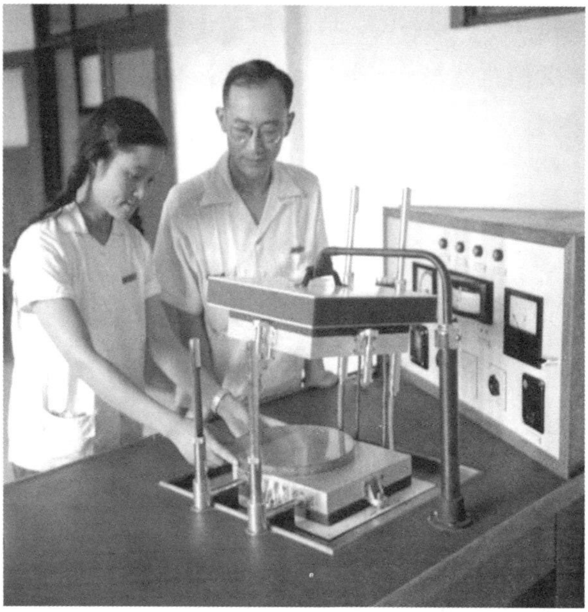

杨世铭教授与青年教师一起在不良导体导热参数测定仪上做实验

从1962年到2017年，从做杨世铭的嫡传弟子到最后送别先生离开这个世界，这一对师生相知相伴55年之久——半个多世纪。杨世铭先生1957年举家西迁。也是那一年，1957年，陶文铨坐火车来到西安。他们相聚在这座城市。读研究生的时候，在陶文铨的记忆里，先生有一个温馨幸福的家。杨先生的夫人那时候也在交大工作，是学校后勤部门的一位会计。先生的一双儿女那时候还小。他一般晚上到先生家去，在一进门的客厅兼书房落座后，师母总是面带微笑地给他端来一杯热茶。女儿稍大，会懂事地离开，而较小的儿子这时候还会黏在父亲身边。这个时候，先生总是细声软语地让儿子暂时离开一会儿，他和大哥哥有事要说。很快，书房里就只剩下他们师徒二人开始讨论学问。

虽然这样一个幸福温馨的家庭在“文革”中横遭不幸，但改革开放以后，杨世铭仍然以极大的热情为学生们推开了一扇窗——促进对外学术交流。1979 年，他邀请自己当年在世界传热学大师雅各布身边的同窗好友、美国圣母大学杨光祖教授来西安讲学。杨光祖这次回国，足足给西安交大讲了一个月课，是当时我国热流科学界最早和时间最长的一次国外学者讲学，影响巨大。不但开了我国传热界邀请外国学者讲学的先河，更重要的是为封闭了几十年的国内研究人员开启了现代传热学研究的大门。那个时候，青年教师陶文铨深感受益匪浅。他每天按照老师的吩咐来回接送这位美籍华人教授回宾馆，每天也都在贪婪地吮吸着域外的新知识。在结束讲学的那一天，这位美籍教授语重心长地对听众们说，他之所以这样辛苦地回国讲学，是为了还愿！

“还愿！”

原来，共和国诞生之初，同窗好友杨世铭突破重重阻力毅然回国，他没有。

1953 年初，杨世铭在美国伊利诺伊理工大学研究生院获博士学位。杨世铭和钱学森一样，站在了人生的十字路口。他的导师、国际著名传热学权威雅各布此时年事已高。雅各布非常喜欢这个聪颖而勤奋的中国学生，邀请杨世铭留下来在自己身边进行传热学的科学研究。可以说，老师已经为他铺下了一条通往获取最高科学成就的金光大道。如果他留下来，继承传热学领袖雅各布的事业，他很快就会站在这门学科的顶峰，从而摘取世界传热学领域的皇冠。

可是，杨世铭毅然决然地回国了。

杨世铭的回国之路并不比钱学森平坦多少。在 1950 年发生了钱学森被扣留事件以后，接着又发生了一批回国途中的中国留学生在檀香山被押回美国的事情。接着，有同学因父亲病危申请回国遭到拒绝。不久之后，杨世铭被美国移民局官员叫去谈话。这位官员在知道杨世铭有千方百计回国的想法以后，劝告他说，要趁早放弃这种幻想。年轻气盛的杨世铭反问："为什么？"官员回答说："我们禁止理工科的中国留学生回国是不愿意帮助敌人，假如不得到许可而离境，那就要同时受到监禁和罚款的处罚。"这个美国官员说得没错，此时朝鲜战争正在进行，中美两国成了交战国。理工科留学生回到中国，就是中国的科学和技术人才，就等于帮助交战国造出更多更好的机器和武器。杨世铭由此知道了想要"正大光明"地回国完全不可能。

怎么办？

这位后来成为首批西迁教授的我国传热学科创始人之一的杨世铭先生、中国未来的传热学大师前后为自己设计了三条回国的策略和路线。第一，取道加拿大。第二，应聘联合国技术专家，经非洲回国。第三，去英国读书或工作。最后，他选取了从加拿大港口去英国，然后经过英国回国。就这样，杨世铭前后经过三年的努力，于1953年年底终于踏上了祖国的土地。

杨世铭回国了，杨光祖留在了美国。

但杨光祖同样有一颗爱国和报国心。他没有在祖国最需要的时候回来，因此，对祖国一直怀抱愧疚，回来义务讲一个月学就是为了还这个愿。以后，还是杨世铭先生的这位同窗好友，又大力促进了美国传热学家代表团访华。这个豪华阵容的美国传热学家代表团一行十人，对改革开放初期的中国传热学家们走向世界——包括对陶文铨以后走向世界，都起了很大作用。1985 年，学校考虑到杨世铭先生的夫人去世后家庭生活困难，决定让杨世铭先生调回上海交大。杨世铭先生回上海了，回到当年西迁时他离开的那个地方——徐家汇的上海交大。然而，这对师生之间的感情却从来没有中断过，尤其在杨世铭先生晚年遭遇了一双儿女相继先他而去的悲伤时，陶文铨一直像对父亲一样关心着自己的老师。老师的 70 大寿、80 大寿、90 大寿，陶文铨都亲自去为老师过寿。要知道，当老师 90 大寿的时候，学生陶文铨自己也已经 76 岁，一头银发了！

在传热学领域，陶院士如今已经是名满天下，桃李满园了。

从 1983 年开始上数值传热学课程时的 17 个听课研究生到现在每年接近 400 个听课的研究生，积几十年之功，陶文铨所创建的西安交通大学传热与流动数值模拟研究团队在国际上已经有了相当影响。尤其近 10 年，陶文铨团队硕果累累，进入了一个丰收期。我们也许应该记住这样几件事——

2007 年，陶文铨领衔的工程热物理学科被评选为国家重点学科。

2013 年，他们筹建的热流科学与工程重点实验室获教育部批准。

2015 年，陶文铨的学生何雅玲当选为中国科学院院士。

截至 2016 年，他们的热流科学与工程重点实验室十年内获得三项国家科学技术二等奖：2009 年国家技术发明二等奖，2012 年国家自然科学二等奖，2015 年国家技术发明二等奖。其中，两项发明奖对提高换热器的性能做出了创新性贡献，为国家创造了相当大的经济效益；一项自然科学奖在揭示微细尺度下热量传递规律以及发展数值方法方面做出了创新性贡献。

有人给我解读说，自然科学二等奖极其不容易。

1956年，首届国家自然科学奖只颁给了三个人：华罗庚、吴文俊、钱学森。该奖当时称为中国科学院科学奖金，1982年起，正式称为国家自然科学一等奖。以此为例，我们就知道，获得自然科学二等奖有多么不容易！

有人还给我解读说，一个教研室出两位院士、两个国家级教学名师，全国没有！给我解读的这个人，叫林毓琦，交大西迁老教授，今年87岁。老教授所说的两位院士和两位国家级教学名师，指的是陶文铨和他的女弟子何雅玲。

两人都是中国科学院院士。

陶文铨2005年当选中国科学院院士。

何雅玲2015年当选中国科学院院士。

说这个话的意思就是，陶文铨后继有人。

陶文铨很欣慰地总结说——

西迁后60年，他们在热流科学领域中每个发展阶段都形成了领军人物：以陈大燮、杨世铭、江宏俊三位前辈师长为迁校时的第一代。第二代就是陈钟颀、刘桂玉、刘光宗。第三代是刘志刚、吴庆康、陶文铨。第四代是何雅玲、何茂刚、王秋旺、李国君。第五代的领军人物也正在形成中。能源与动力工程学院一直是西安交大的王牌学院，许多学科名列全国前茅。

陶院士说，优良传统得以代代相传，足以告慰九泉之下的老师们。

当然，也包括他自己的老师杨世铭。

7

★ ★ ★

在当年交大西迁的教授中，顾崇衔只比陈学俊大四岁。陈学俊生于 1919 年，顾崇衔生于 1915 年。两人同是 1939 年从重庆中央大学机械工程系毕业。毕业后，陈学俊到重庆中央工业试验所，从事制造工业锅炉方面的工作。顾崇衔则先后在中央机械厂和中国兴业公司任总工程师。这之后，陈学俊于 1944 年赴美国留学和实习，顾崇衔又与他同乘一条船到美国做见习工程师。之后，两人又先后回国，到交通大学任教。陈学俊和顾崇衔，几乎走了一条非常相似的人生道路。如果说两人有什么不同的话，大概就是籍贯和专业领域不同。

陈学俊是安徽滁县人，顾崇衔是江苏松江人。

陈学俊主攻锅炉专业，顾崇衔主攻机械制造。

两人都是交通大学首批内迁西安的教授。但当年，三十七八岁的陈学俊显得年富力强，四十一二岁的顾崇衔则体弱多病。顾崇衔生于江苏一家富裕人家，年轻时得过肺结核，以后虽然治好了，但身体却一直很差。如果他当年申请留在上海，应当算是有充分理由的。后来，他的学生卢秉恒问过老师这一问题。生性诙谐幽默的老师这样回答学生："西北热闹啊，正在开展轰轰烈烈的大建设。苏联援建的 156 个项目，西安就有 17 项，周边还有好多项……听先期来的考察团回去一说，很受鼓舞，热血沸腾，我也就非来不可了！"

卢秉恒做顾崇衔的学生，非常偶然。

1979年，已经34岁的卢秉恒决定重新开始自己的人生。他上大学的时候遇上了“文革”，之后长达11年他在河南三门峡一家不大的工厂里当工人、当技术员，以后企业出现问题时他干脆当上了家属工厂的厂长，带领一群缺乏技术的家属工把小厂办得红红火火，风生水起。这个时候，这个“文革”前的工科大学生不当厂长了，他想上学！虽然他早已经娶妻生子，可他想好了，要背水一战，改变自己的命运！选择导师的时候他很茫然。他已经封闭在一个狭小的范围里很久了，外面的世界他知道得实在太少。他翻看着厚厚的招生目录，摇摇头，那就挑本专业招研目录上的第一位老师——西安交通大学机械系的顾崇衔教授吧！这完全是在撞大运。对自己未来的导师，他一无所知。他是谁？他长什么样儿？他是怎样一个人？不知道！当卢秉恒在填写表格时第一次写下这个陌生名字的时候，他不知道，命运从此对他绽放出了美丽的笑容：他有了一位世界上最好的老师。

就像陶文铨此生遇上了杨世铭教授，是陶文铨之福，卢秉恒此生遇上了顾崇衔教授，也是卢秉恒之福。

一个好老师，尤其是一个好导师，可以改变一个人的一生。以后卢秉恒院士说，正是因为受到了自己老师那一批西迁教授的感染和启发，经过多年艰苦奋斗，他们才研制出了我国最早的3D打印设备。

这是这位被誉为中国“3D打印之父”的卢秉恒院士的肺腑之言。

让卢秉恒突然变得声名大噪的是这样一件事——

时间：2015年8月21日下午。

地点：中南海。国务院第一会议室。

内容：中共十八大以后，本届国务院第一次专题讲座。

参加人：坐在会议桌那一头、正对卢秉恒的，是中共中央政治局常委、国务院总理李克强。围坐在会议桌两边和台下的，是国务院副总理、国务委员、各部委领导以及部分央企和金融机构负责人等。

媒体后来报道说，国务院第一次专题讲座的题目很“潮”：先进制造与3D打印。报道说，卢秉恒重点讲解了“3D打印展现了全民创新的通途”。卢秉恒设想了未来制造业可能的前景：一半以上的制造为个性化定制，一半以上的价值由创新设计体现，一半以上的企业业务由众包完成，一半以上的创新研发由极客、创客实现。讲座结束时，现场听众先后四次报以热烈的掌声。卢秉恒最后起身致谢时，坐在他正对面的李克强总理连连示意这位院士：“您请坐，您请坐！”

一些媒体干脆用了这样的标题：“老院士国务院讲座起身致谢，李克强连连示意：您请坐！……”

国务院“首席”讲座的荣耀和风光，让这年正好70岁的白发院士卢秉恒深受鼓舞，却并不受宠若惊。他是西迁教授的嫡系传人，从来不会去想个人的荣辱得失。

卢秉恒能有今天，他说，一切都要从那个秋日的清晨说起。

那个清晨，提着简单行李的卢秉恒风尘仆仆地走进了西安交大。在一个办公室里，他见到了他这一生的恩师顾崇衔教授。教授很瘦，一米七左右的中等个子，衣着讲究，绅士风度，很有教养，一口乡音，标准的吴侬软语。这年，他的导师顾崇衔已经64岁，西迁到西安已经20多年了。以后卢秉恒才知道，他这位看上去风一刮就能刮倒的老师骨子里却有一股子韧劲。“文革”以后，改革开放，为了好好地站在三尺讲台上给学子们讲课，顾崇衔在60多岁的时候开始每天坚持锻炼身体，练“金鸡独立”，一站十几分钟，好像还很有效果。所以，每当这位风度翩翩的老师练“金鸡独立”的时候，卢秉恒都会恭恭敬敬地站在一边，不去打扰。这是老师在跟生命争夺时间啊！

卢秉恒是半路出家到了交大。他是北方学子，不像江南才子陶文铨，他对老交大的“起点高、基础厚”不知道，也没有体会，可对“要求严、重实践”却是有体会很深。“文革”刚结束，顾教授师徒四人就风尘仆仆地到厂矿企业去搞调查研究，一口气跑了全国20多家企业，包括无锡机床厂、上海机床一厂、上海机床二厂、北京机床研究所、北京工具研究所等，从实践出发在国内首倡机床动力学的研究。这给卢秉恒留下的印象极为深刻。说到“开车”，顾教授笑着给他们讲了一件事。“文革”时揪斗他，造反派把他拉到车床旁，给他一张图纸，勒令这位“反动学术权威”“把它加工出来！”。老先生上去，哗哗哗，几下子就做出来了。别说造反派们目瞪口呆，就连围观的工人师傅们都佩服极了。这么漂亮的活儿，没见过！

哗哗哗，一片掌声。

顾崇衔是总工程师出身，而且在美国最先进的机床厂里当过见习工程师，动手能力不是一般人能比。卢秉恒也颇有老师的风采。曾有工人看到过卢秉恒做硕士论文时自己加工的试件，惊叹地说这水平绝对达到了五级工——其实何止五级工！大学毕业后11年，工厂里车铣刨磨钻，卢秉恒样样都是一把好手。顾崇衔教授就喜欢这种会“开车”的学生。师徒两个算是对上劲儿了。一个当过总工，一个当过厂长。两人在刚刚打开国门的全国机床行业开始了大面积调研。之后，他们的机床系列研究开始在全国拔得头筹。有一年，西安交大教师去参加全国机床会议。这是由中国机床行业权威部门——

北京机床研究所召开的一年一度的生产工程年会。他们进去的时候，大家全都起立鼓掌，说：

“我们的‘超级大国’来了！”

“超级大国”，指的就是西安交大机械系的师徒们。

他们可不是浪得虚名。

传统的老交大机械系就非常强势。它有一长串辉煌的名字，其中有钱学森、周惠久等等。改革开放后，在机床动力学领域，顾崇衔先生率领一批青年教师快速达到国际前沿水平，甚至吸引了该行业国际大师们数次来西安交大访问。而在当时的中国机床领域，在人们的心目中，顾崇衔领衔的这支队伍是一支虎虎生威的队伍，一支铁军和一支冲锋向前的前锋部队。他们每年在国内外发表论文最多，研究最深入，也最切合实际，解决了许多工厂生产实践中的问题。谭玉山教授还被英国大学请去指导建设激光实验室。

这个世界上，没有一个人能够脱离一个优秀集体而成为大师或大家。

卢秉恒也一样。

西安交大机械系的这个环境特别适合他成长。

顾崇衔所具有的老交大优良的品质和作风像春风雨露般哺育了他。

这是重实践。

关于要求严，下面这个小故事，几乎有点儿像钱学森和他的老师金悫教授之间发生的一件事。当年，金悫教授因为钱学森考卷上漏掉了一个英文小写字母“s”，就狠狠地扣了钱学森 4 分。卢秉恒研究生入学考试，机械工艺学的成绩，老师给了他 59.5 分！天哪，只差半分就及格了，老师为什么连这半分都不给自己呢？

卢秉恒没有想通。

入学西安交大后，他发现严要求是老先生的一贯作风。导师对他学位论文的修辞及标点符号都认真修改。导师对他创新推论的公式的记忆比他自己都熟悉。多年后，卢秉恒博士毕业留校任教，做顾崇衔的助手时，才斗胆问导师是否记得这件事。导师笑笑，回答记不清了。卢秉恒领悟了，一丝不苟、严要求是顾老师的一贯作风，是老交大人刻在骨子里的精神。一个坚持了100多年的传统，不能破坏。后来，等到时光把生命中的许多记忆都已经带走，等到时间甚至把他的老师顾崇衔也带到了另外一个世界以后，卢秉恒在他自己的知天命之年、在他自己的古稀之年，还能够清晰地回忆起当年这“半分”的情景，在晚照的夕阳中能够清晰地看见先生温和而意志坚强的笑容。后来的一天，在灯下写对自己老师的回忆文章的时候，卢院士这样写道——

先生不仅鼓励我走上了学术生涯之路，而且正是先生的严格要求，使我受到了严格的学术训练，培养了我严谨的学术作风。

……

后来，命运的一个关键点到了。

1982年，三年硕士毕业了，卢秉恒想要工作。和当年陶文铨的理由一样，卢秉恒家庭困难。这三年，失去了主要经济来源的一家人已经是勒紧裤腰带在支持他了。而这个时候，更加困难的还是他的家已经变得“支离破碎”——一家人分成了三地四处生活。爱人在陕西兴平一家企业上班，他们的两个孩子，奶奶带一个在咸阳，姥姥带一个在西安，还有他，在学校。这样“支离破碎”的生活短时间可以，长时间肯定谁也受不了。还有，生活拮据。他算了一笔账，如果他继续读博，和他马上工作相比，要差两级工资。这两级工资是可以解决家庭困难的。

思来想去，最后，他找老师说了自己的想法。

陶文铨当年被顾逢时老师说服留下来继续读书。现在，轮到卢秉恒了。

顾崇衔先生听完后告诉他，一定要读博，而且，就读他的博士生。至于经济问题，顾先生说，当然能够解决！

怎么解决呢？

顾先生果断地对他说："你在职读博！"

卢秉恒瞪大了眼睛。

是啊，在职读博，多好！

交通大学历来重视杰出人才。从它诞生之日起，它的使命就是要为国家培养栋梁之材。这是一个学校的抱负和风气。当年它留住了陶文铨，从而几十年之后，为西安交大留住了一支在全国都堪称豪华的传热学队伍——陶文铨团队。现在，它也不会让卢秉恒这样优秀的人才因为经济困难而放弃读博。顾崇衔先生为弟子很快办理了留校任教的手续——就当他顾崇衔的助教和博士生。学校又很快给他一家人分了房子，爱人、孩子、老人全部团聚了。

卢秉恒从此只需要一心扑在他的学问和研究领域。

从 34 岁读研到 41 岁博士毕业，他跟随在先生身边整整 7 年。而这 7 年，从 1979 年到 1986 年，他亲眼看到先生是怎样抱着病弱之躯殚精竭虑地带领团队迅速重返机械制造国内第一梯队的。

1993 年，已经 78 岁高龄的老教授才光荣退休。这个时候，顾崇衔先生还来得及带领团队为西安交大机械制造专业完成几件非常重大的事情——

首批博士点。

首批国家重点实验室。

首批 863 网点单位。

这几件事情件件都重大到了会影响这所大学在机械制造专业这个领域里以后几十年的命运。这几套漂亮的组合拳打完，老教授说，他可以歇歇了。是的，他们已经奠定了西安交大在全国机械制造专业领域第一梯队的地位。在历史潮流发生变化时，他们没有落伍。

接力棒由卢秉恒他们接了过去。

顾崇衔教授去世于 2002 年，享年 87 岁。

在他生前，他还来得及看到自己的弟子卢秉恒取得的几项成绩和荣誉——

2000 年获国家科技进步二等奖。

2001 年获全国五一劳动奖章。

2001 年获香港第六届蒋氏科技成就奖。

这之后，先生就再也看不到了——

2005 年获国家技术发明二等奖。

2005 年当选中国工程院院士。

2014 年获国家技术发明二等奖。

卢秉恒仍然在带领团队冲刺世界水平，足以告慰老师了。

想想，假如没有 1979 年秋天那个清晨师生的相遇，假如没有 1982 年夏天先生苦心挽留他读博，卢秉恒会在哪里？中国的“3D 打印之父”又会在哪里？

命运就是如此神奇。

8

★ ★ ★

钟兆琳的学生是陈季丹。陈季丹的学生是徐传骧和李盛涛。徐传骧和李盛涛算是师出同门——虽然他们年龄相差了快 30 岁，但他们的确是师兄弟。徐传骧是陈季丹先生的第一个研究生。李盛涛是陈季丹先生的最后一个研究生。陈季丹去世后，李盛涛又成为刘子玉教授的硕士和博士研究生。

很复杂，对吧？很复杂，有点儿像相声里的绕口令。

李盛涛坐在我的对面，先拿了支笔给我画出了他们电气工程学院电气绝缘学科中一支重要的“家系”或者“家谱”……

李盛涛和卢秉恒同一年进入西安交通大学读书。两人都是中国恢复高考后第三年考入大学的 1979 级学生。但两人很不相同。李盛涛上学时 16 岁，卢秉恒上学时 34 岁，足足相差了 18 岁。只不过，卢秉恒读的是研究生，李盛涛读的是大学本科。那个时候，刚刚改革开放，全国还几乎没有 16 岁的研究生。当然，16 岁能够考上西安交通大学本科，在当年的考生中也属于凤毛麟角。

李盛涛 1963 年出生在四川邛崃。

邛崃在什么地方？

让人想到的一定是四川的一个山区——一个深山沟里的少年？

不，不。李盛涛笑着解释说，邛崃是山和平原的交界处，不完全在深山里边，但也足够偏僻了。我的下一个问题就是，一个四川邛崃的少年怎么会知道西安交大、怎么会考上西安交大？这个问题今天的人一般不会去问，强大的互联网让人们已经没有了山区和城市相距遥远和偏僻的概念，但在李盛涛考上大学的40年前，这却的确是个问题。那个时候，交大西迁已经20多年了，中间经历了反右和十年“文革”，大学有很多年不正式招生了。那么，社会上还有多少人会记得和知道这个当年——共和国的初年，1956年到1959年之间——从黄浦江边的上海西迁到了黄河之滨陕西西安的一所名牌大学呢？

这个问题的实质就是，“文革”后，西安交大在人们心目中的地位如何？

改革开放初期，中国的中小学教育资源可能还大体比较平衡。这从李盛涛的经历可以看出点儿端倪。一个人再聪明，假如在中小学阶段遇不到好老师，最后的结果很可能就是悲剧性的“可惜了这个读书种子”！十年“文革”的确给人们带来重重灾难，可有一点，它灾难性的行为却为中国种出了一颗比较甜蜜的果实——它把相当一批优秀的中小学教师像火种一般撒向了中国的贫困山区和偏远地区。

其实，这就是李盛涛读书时的一种特殊环境，也是中国改革开放恢复高考制度以后至少前三届——我们今天所谓的“新三届”——七七级到七九级读书时的环境。李盛涛读书的那个县城中学，居然有南京大学中文系毕业的老师在教他们数学。这样的老师一般都“文武双全”，哪门课都能教得很好。这就是名师。李盛涛至今都忘不了他这位中学老师的名字。因为如果没有从南京到他们这么偏僻的小县城中学的这位老师，他甚至包括他们前几届学生，很可能就是另外一种人生了。

那一年，1979年，全国大学本科招生，西安交大排在前五名。李盛涛如愿以偿地考上了西安交大，专业为电工材料与绝缘技术。他很幸运。那个时候，西安交大乃至于我国绝缘学科的创始人，中国绝缘学科的先驱"一陈、三刘、一顾"都还在世。如今，在西安交大绝缘楼的花园里，鲜花和绿叶簇拥着五棵青松。青松旁竖着一座黑色大理石纪念碑，上面镌刻着这样几行文字——

我国电气绝缘学科奠基人纪念树碑

陈季丹　1907—1984

刘耀南　1918—1998

刘其昶　1918—1999

刘子玉　1927—1990

顾振军　1916—2001

说陈季丹是中国的"绝缘之父"，一点儿都不夸张。陈季丹比沈尚贤大了两岁。和沈尚贤不同的是，沈尚贤早年从浙江大学电机系毕业，而陈季丹却是1928年毕业于交通大学电机系，是钟兆琳刚从美国回来任教的早期的学生。沈尚贤后来留学德国，而陈季丹则留学英国，1934年获英国曼彻斯特大学电机工程硕士学位。陈季丹原本和沈尚贤、蒋大宗他们一样，搞的是无线电专业，在20世纪40年代已经是我国无线电领域的著名专家。1952年，为即将开始实施的我国第一个五年计划，高教部做出了一个决定：在历史最为悠久的交通大学电机系创建我国第一个电气绝缘专业。

毫无疑问，这是一项开创性的事业。

而且在当时，这还是一项受人怀疑的新专业。之所以"受人怀疑"，是因为在此之前，中国所有的大学都还没有开设过这样一个专业。

彭康校长在征求了电机系主任钟兆琳先生的意见后，把创办全国首个绝缘专业的光荣而艰巨的任务交给了留英回来的陈季丹。创办一个新专业的艰辛和复杂过程，我们在讲述朱城先生和唐照千先生前仆后继创办工程力学专业的时候，已经展现给了大家，这里就不再去说。我们只说一件事，中国的“绝缘之父”陈季丹和他的开门弟子徐传骧及其关门弟子李盛涛之间的故事。

徐传骧生于1935年，江苏南京人。到了徐传骧教授这样的年纪，我们发现，越是早年发生的事情他记得越清楚。他是南京人。南京大屠杀的时候他还很小，但他的姐姐却是南京大屠杀的亲历者。他的姐姐那时候上南京市立一中。高中毕业逃离南京时经过中华门，日本人的南京大屠杀就是从中华门开始一路杀过去的。他的姐姐亲眼看到日本人杀了我们许多人，遍地死人，狗吃人眼睛都吃红了。还有，他五岁的时候，亲眼看见两个比他大一些的男孩子因为要给蚕宝宝摘桑叶，被日本人伪装在屋顶上的电网电死，而日本人甚至还不允许男孩子们的父母去收尸，说是军事要地。

老教授说到童年时的这些经历，眼睛红了，声音哽咽了。

正因为有过“亡国奴”的经历，他热爱这个新生的国家。徐传骧16岁就在南京市二区团工委当团组织干事。1952年，即将开始的我国第一个五年计划需要大批科技人才，他上了交通大学刚刚创建的绝缘专业，成为一个“调干生”。四年后的1956年，他又成为陈季丹教授招收的第一个也是唯一一个四年制研究生。学校西迁，他和绝缘专业的老师们一起登上了开往西安的火车。

离别上海和南京有过不舍吗?

徐传骧只说了一句话：“我的老师陈季丹来了，我也要来。”

陈季丹是钟兆琳的学生。钟先生来了，陈季丹也要来。

徐传骧是陈季丹的学生。陈先生来了，徐传骧也要来。

这几乎就是那个时代人们的一种选择。

一日为师，终身为父。

自己的老师到西安了，自己就要追随老师也到西安。

这是陈季丹的选择，也是徐传骧的选择。

起程前往西安的时候，陈季丹教授已经51岁，夫人长年有病。可他不但自己来了，还做了一件事：挨家挨户地家访。没有人要求他做这件事，他自觉自愿地这么去做了。许多年以后，在陈先生去世已经二三十年后，当年一位刚刚毕业留校的助教回忆了那天的情景。那天，弄堂里来了位绅士风度的老教授。轻轻叩门，门开了，年轻助教很惊讶地看到这位大教授裹着一身寒气进了她家的门。上海的冬天，潮湿阴冷，弄堂里到处都是水洼和菜屑，真不知道陈先生是怎么一路走过来的。

他坐下来，轻声慢语地给助教90岁的老祖母讲解学校西迁的原因和意义。老祖母的耳朵基本听不见，陈季丹先生就尽可能地凑近老祖母的耳朵，一遍一遍、一个字一个字地说。老祖母是被教授感动了，尽管并没有完全听明白，却一个劲儿点头道："应该去，应该去。"

陈季丹是把绝缘教研室整整一支队伍全部带到了西安。

这支队伍，正好是当年"一五"期间，正在拔地而起的西安西郊电工城急需的一支队伍，对于西安和陕西以及中国西部的电力事业的发展意义重大。

李盛涛上学的时候已经见不到老师当年的风采。这位少年考到绝缘专业的时候，陈季丹先生已经 72 岁了。“文革”时因为留学英国的经历，他被扣上“特务”帽子，遭到批斗、隔离和强迫劳动，身体就更加羸弱。李盛涛见到的晚年的陈季丹先生虽然仍然保持着绅士风度，却年高体弱。尽管如此，先生还一直承担着指导硕士和博士研究生的任务。

1981 年年底，国务院首批批准西安交通大学设立 13 个博士点时，电工绝缘技术就有三位博导——刘子玉、刘耀南、陈季丹。

这年，陈季丹 74 岁。

作为改革开放后首批博士研究生导师，陈季丹想把他毕生所学传授给“文革”后进入大学的这批年轻人，直到生命的最后。李盛涛 1983 年本科毕业后在这位大师门下读硕士。他们全班同学毕业照合影时，同学们去接我国绝缘学科的这位创始人。陈先生那时候已经行动不便了，年轻人用自行车把先生驮到了大家照相的图书馆大门前。那个时候，李盛涛自己也没有想到，他和老师之间只剩下一年的师生缘。他到老师家去，先叫声“陈先生”，然后“看茶”，然后坐下来汇报自己读书和学习的情况。老师布置他读的英文文献，他读不懂，很发愁。老师说：“要多读几遍，经常查阅，你就能读懂了。”

一年后的秋天，先生被送进了医院。

先生的生命进入了倒计时。

一代绝缘大师在弟子们的轮流看护下，开始一点一点地熄灭自己的生命之光。

一天，轮到李盛涛去替换一个看护。

进门的时候他就发现，先生像是眼巴巴地在等着他。等到那位看护转身刚刚离开病房，先生就急切地对学生示意说，他想方便。

这位骨子里的绅士，即使到了这种时候，仍然不愿意在陌生人面前解决自己的问题。李盛涛那会儿很感动。他明白，这是先生把自己当成了家人，把他当儿子了。他轻轻地扶起先生。他感到，他和老师之间，有一股暖暖的亲情在流动。他和老师陈季丹，不仅仅是今生的师生，也是今生今世的亲人啊！但老师，最终还是走了。

他说，许多老教授都是弟子送终。

他不知道他此后还要一个一个地送走多少位西迁教授。陈季丹先生是他送走的第一位。先生们在逐步地退出历史舞台，接班的该是他们了。20世纪七八十年代，国家在新旧交替、万象更新。西迁后的交通大学此时也像这个国家一样，到了一个承前启后的转折点。培养新一代接班人的问题开始像接力棒一样在西迁教授们之间传递。中国绝缘学科的先驱者中“一陈”去了，此时，“三刘”和“一顾”还在。只读了一年硕士就失去了导师的李盛涛转到了“三刘”中的刘子玉名下。

刘子玉生于1927年，1990年去世。

他是李盛涛的硕士和博士生导师。他去世之前正好把李盛涛的博士带完。刘子玉在接过陈季丹先生教鞭的同时，其实也接过了一副重担。20世纪80年代中期到90年代初，是西安交大绝缘专业生死存亡的一个关头。如果刘子玉他们这些当年西迁的年轻讲师、助教们全都放弃，全都追逐潮流下海经商或回南方颐养天年去了，这个当初诞生在交通大学的绝缘专业，这个当年由陈季丹先生把全班人马带来的交通大学一个很有前途的专业，很有可能就此断绝了烟火。

刘子玉呢？

刘子玉像个勇士。“三刘、一顾”都像勇士。他们撑起了这个专业的一片蓝天。刘子玉1949年毕业于交通大学电机系。他是新中国成立前这所名牌大学最后一批毕业生。他的身上有着老师们——钟兆琳先生、沈尚贤先生、蒋大宗先生的“遗风”。他为这个学科做了几件足以载入史册的大事。

“而更重要的，”刘子玉先生去世快30年后，弟子李盛涛说，“是一种精神上的昭示，是一种精神上的感人至深和感天动地，让人只要想起就没法不流泪。”

是的，这又是如同唐照千一样的“士者之风”。

1980年国门刚刚打开，刘子玉被派往美国麻省理工学院去做一年的访问学者。那个时候，中国太穷，中国知识分子也很穷。为了让出国的知识分子们能够生活得稍稍“体面”一些，国家给他们有一些生活补贴。不用说，这点外汇太珍贵了。学者们一般都会用省下来的钱回国时给家人买一两样家用电器。刘子玉也买了。他用全部节余下来的补贴买了一样无比珍贵的东西——一台苹果牌电脑。这台在当时几乎像大熊猫一样稀有的苹果牌电脑，刘子玉教授没有搬回自己的家里，而是搬到了他们的绝缘教研室，成为教研室的“公共财产”，供教研室全体老师使用。

真的很少有人能做出这样的事情。

刘子玉在美国麻省理工学院深切地感受到了中国学者和美国学者在工具上的巨大差别。他知道计算机技术将引领一个新时代。他的同事们、交大的老师们如果不会使用计算机搞科研，将来和别人的距离只会越来越大。他不为别的，只为科研，一种先天下之忧而忧的情怀。数年后，一位当年的同事写下这样一段文字——

要知道，当时学校只有一台读孔式计算机，是安放在行政楼里的。要算题的人得先用一套冲头修改好自己的穿孔纸带，然后交给计算机室的工作人员，过几天再去拿计算结果。而刘先生的这台苹果机让我贴近了电脑，也贴近了发展中的时代……

李盛涛呢？

李盛涛那时候还是个大学生，听说他们绝缘教研室有世界上最先进的苹果牌电脑，因为好奇，去看了，也摸了，还上手试了一把，玩得很开心……

“那时候没感到有多伟大，”38 年后李盛涛说起当年的往事，感慨道，“后来，当这台机器渐渐被人用旧，才越来越发现这件事的不同寻常：它会改变人对物质和精神的认知。它会影响到很多人的内心——后人会为之感动。”

李盛涛说的这个“后人”，一定包括他自己。

改革开放后，此时刘子玉的使命和中国“3D 打印之父”卢秉恒的老师顾崇衔一样，他要迅速把他们的绝缘专业带到国际舞台上去。一年的美国麻省理工学院访问学者一点儿都不浪费时间。这期间，他认识了国际上的许多同行——美国、日本、加拿大的许多教授。刘先生开始了他的“国际攻关”。他要在最短的时间里缩短本学科与世界的距离。除了大量派教师进修学习以外，他还要举办一个国际会议！这个想法够“潮”，也足够雄心勃勃了。这时，他遇到了一位对祖国一往情深的世界著名华裔教授——加拿大曼尼托巴大学的高观志教授。两人瞄准的目标是著名的美国电气电子工程师协会——简称 IEEE 的亚太地区国际会议。此后两年，两人锲而不舍地努力奋斗。中国西安、中国教育部、美国 IEEE 总部……两人飞来跑去，你来我往，用了巨大的毅力，说服了当时还从来没有办过国际会议的“顾虑重重”的西安市政府、陕西省政府以及当时的国家教委。还有，

IEEE 会议主席福斯特先生。这位固执的美国人开始一直坚持，你中国要办，只能办规模在“30 人以下的小型国际会议”。

这肯定满足不了刘子玉的胃口。

中国要办，就要办大型国际会议！

真的是功夫不负有心人，铁杵也能磨成针。1985 年 5 月，春暖花开，西安最早最大的一次国际会议——首届 IEEE 电介质材料性能与应用国际会议，成功在西安丈八宾馆举行。与会代表 400 多人，其中境外代表占参会总数近一半。这么多来宾一下子群聚西安，引起极大轰动。西安市和陕西省政府全力以赴。李盛涛那时还在读研究生。研究生、博士生们报名当了这次前所未有的国际会议的志愿者。每个志愿者负责一辆大巴车，手拿话筒，一路走，一路说。李盛涛他们全都很兴奋。虽然大巴车的外面，出了西安市区往丈八宾馆的路上，一路麦田，一片田野风光，可他们感觉这辆大巴车和这个会议，把他们和国际学术界一下子联系在一起了。

这是李盛涛他们记忆中绝缘学科最早的一次国际会议。

那个时候，老师老了，而他们风华正茂。

刘子玉教授去世于 1990 年，年仅 63 岁。

学生李盛涛亲眼看到，他的老师是不要命了。每天伏案工作，以至于他所有的毛衣每一件都是右胳膊肘破一个大洞。他在争分夺秒，他在和时间赛跑。那个时候，他们正在争取国家重点实验室，而他的导师刘子玉却不幸得了癌症。目睹了老师忍着剧痛多次前往北京去跟基金委、国家计委、教育部沟通和递送资料，李盛涛已经被这样一种精神深深感动了。

那时，他说，老师疼死了，他也疼死了。

老师疼死了，是癌症的剧烈疼痛。

他疼死了，是心疼自己的老师。

有一位教研室的老师曾经说过，刘子玉先生到北京的次数比我们单位任何人到大差市的次数还要多。大差市是西安闹市区的一个商业中心，是没有超市之前西安人最常光顾的一个地方。这个比喻说明了刘子玉先生在他生命的最后几年拼命工作的情景。这位老师在教研室说这个话的时候，在读博士生李盛涛在场。他二十四五岁，太年轻。“那时候小，听不懂，现在越来越懂了。一个伟大的教授、一个大教授，同时也是一个大写的人。高山仰止，人们心中自然生出敬畏之心。时光流逝，先生的背影逐渐远去，却也逐渐清晰。在先生精神的感召和鼓励下，我们一起往前走、往前走……”

这诗一般的语言出自一位工科博士、工科教授李盛涛之口。

好一会儿沉默。

然后他说：“我们这代人就是在这些先生们的精神哺育下成长起来的。我们本来可能就是一块石头，或许还是一块顽石，是这些先生们——西迁教授和老师们把我们雕琢成形，雕琢成了今天这个样子。”

李盛涛笑笑。

刘子玉没有看到他们的国家重点实验室建成通过验收的那一天。他倒在了前行的路上。但他完成了通往成功道路上最重要的一步：1989 年国家计委批准立项，筹建西安交通大学电力设备电气绝缘国家重点实验室，正式列入世界银行贷款重点学科发展项目。这是个重大喜讯。国家重点实验室，对任何一所大学任何一个学科，想要成为“国家队”，想要跻身国家一流学科和走向国际学术前沿，都极其重要。一旦进入国家重点实验室序列，不但有国家资金的巨大支持，还有国家重大课题以及国际项目，等等。这就是刘子玉先生在他生命的尽头想要做完的一件事。拿到批准立项书的那天，别人不知道，但李盛涛知道，老师笑过之后，眼睛里却有了泪光。他来不及完成了。来不及了，这就是生命的残酷。

刘子玉去世后的第二年，“国重”（国家重点实验室的简称）正式开始建设。

刘子玉去世后的第五年，1995 年，“国重”通过国家验收，正式开放运行。

现在呢?

现在，2018 年 2 月 3 日戊戌年农历春节前十几天，我们坐着的这间办公室，就是他们的电力设备电气绝缘国家重点实验室大楼里的一间办公室。陈季丹和刘子玉两位先生的关门弟子李盛涛从 1993 年起任这个国家重点实验室副主任，2003 年起任常务副主任，2014 年任电气工程学院常务副院长。还有一件事也许也可以告慰他们。最近五年，他们曾经呕心沥血的电气工程学院已经主办了国际会议 8 个，发起 IEEE 系列及其他国际会议 3 个，成立了由英、美、法、日等国学者组成的电气工程学科国际学术委员会。2017 年 5 月 14 日，由电力设备电气绝缘国家重点实验室发起并承办的第一届电气材料与电力设备国际会议在西安交大举行，来自英国、澳大利亚、加拿大、日本、韩国、中国等 15 个国家的 200 余名专家学者出席了会议。

他们的事业后继有人。

他们的事业还在继续。

9

★ ★ ★

陈学俊很幸运，也很幸福。他比大他 12 岁的陈季丹和小他 8 岁的刘子玉都要幸运和幸福。上苍特别眷顾他，给了他 99 岁的高寿，让他足以做完他在这个世界上想要做的事情，完成他的事业。他的生命跨越了两个世纪——20 世纪和 21 世纪。而最让人惊叹的是，陈学俊的寿命有多长久，他的事业也就有多长久。陈季丹没有看到他们的国家重点实验室申请立项就去世了，刘子玉看到了国家计委的批准立项书以后去世了。他们都没有看到他们的电力设备电气绝缘国家重点实验室诞生的那一天。这就像一个父亲没有亲眼看到儿子诞生的那一刻，死时都心有不甘和难以瞑目。陈学俊不一样。陈学俊亲自率领弟子们建成了他们的国家重点实验室——动力工程多相流国家重点实验室。

陈学俊亲自出任实验室第一任主任。

陈学俊又亲手把接力棒交给了第二任主任——他带的第一位研究生陈听宽。

陈学俊又亲眼看见接力棒交给了第三任主任——他的得意门生郭烈锦。

陈学俊这一生真的算是功德圆满。

陈学俊曾经有过一个动人的爱情故事。

他的爱人是袁旦庆。

这是一个长达75年的爱情故事，一个整整相伴71年漫长岁月的情感故事。

1996年春天，中央电视台在全国遴选了10对金婚佳侣，陈学俊和袁旦庆这对相亲相爱54载的情侣入选其中。他们兴致勃勃地到了北京，被邀请出席了全国10对金婚佳侣的颁奖活动。中央电视台对颁奖现场进行了直播。之后，全国各大主流媒体都刊登了两位老人金婚纪念的大照片。照片上的陈学俊和袁旦庆笑得好开心啊！后来，弟子们都知道，任何时候，只要提起金婚佳侣这件事，老师陈学俊都会笑开了花，像个世界上最快乐的孩子。在老师陈学俊的心目中，没有什么荣誉比这个金婚佳侣的奖牌更重要。甚至，比他当上中科院院士、九三学社中央委员会副主席、陕西省人大常委会副主任以及西安交通大学副校长都更重要。

这一对工科教授一点儿没有如今人们所误解的“工科男”或“工科女”的枯燥。陈学俊拉得一手好小提琴，有一副好嗓子，还会写词谱曲。除了他的专业，音乐是他的挚爱，而他与袁旦庆的婚恋其实也是“歌为媒”。当年，16岁的陈学俊考上南京的中央大学。战争来了，陈学俊跟随撤退的国民党中央政府到了重庆。在嘉陵江边，在沙坪坝，陈学俊读书的中央大学与相邻的重庆大学联合组织了一个歌咏团，两所大学的学生一起练唱世界名曲和抗战歌曲。袁旦庆是歌咏团的女高音独唱演员，陈学俊是合唱团团员。一天，在重庆的南开中学大礼堂举行了一场音乐会。大幕拉开，一位优雅的女大学生站在合唱团和乐队的前面。只见她微微颔首，在优美的音乐伴奏下，连唱了两首歌曲，一首是世界名曲《渔夫》，一首是略带忧伤的抗日歌曲《长城谣》——

陈学俊教授与第一届锅炉专业研究生合影（摄于1957年）

万里长城万里长
长城外面是故乡
高粱肥，大豆香
遍地黄金少灾殃
自从大难平地起
奸淫掳掠苦难当
苦难当，奔他方
骨肉离散父母丧
没齿难忘仇和恨
日夜只想回故乡
……

陈学俊完全沉浸在女大学生袁旦庆的歌声里，以至于如雷般的掌声也没有惊醒他。以后陈学俊说，那个时候他心底里一直响着一个声音：啊，我爱她，我爱她，我就爱她！我这一辈子，爱的就是她了！陈学俊这一爱，就是一辈子，足足75年！五年后，24岁的陈学俊如愿娶了25岁的袁旦庆。陈学俊告诉袁旦庆，他的生日是农历正月十五，即元宵节。两人又都是学工程的，又有相同的业余爱好——音乐。因此，他为两人特意撰写了一副对联——

元旦元宵同庆佳节

机械电机共志工程

袁旦庆走后四年，2017年7月4日，中国新闻网和各大媒体以醒目的标题报道说：中国著名能源动力科学家陈学俊院士逝世，享年99岁。再有一年多，陈学俊的众多门生弟子就要为他庆祝百岁生日了，而陈学俊没有等到这一天。

陈学俊的去世让许多人陷入了深深的悲痛。由于他杰出的才能、专注和奉献，还有上天赐予他的高寿，他给西安交大留下了一个王牌专业：锅炉专业。这个专业，迄今为止，在工科大学中一直稳居全国排名第一，专业评级 A^+。他给西安交大留下了一个国家重点实验室：动力工程多相流国家重点实验室。在这个实验室里留下了一座迄今为止全国独一无二的实验台：超临界实验台。而这一切的背后，更重要的，是他留下了一支队伍，一支全国一流的科技人才队伍、一支梯形的杰出人才队伍。

陈学俊去世后仅仅几个月，他的又一个得意门生、他的博士生郭烈锦于2017年11月28日当选中国科学院院士。这个时候，陈门六院士就变成了“一门七院士”。何等盛况！这恐怕是中国科学史上也难得一遇的盛景！

西迁教授中最年轻的陈学俊教授，也是西迁教授中活得最长久的教授，2017 年 7 月 4 日他的离去，意味着一个时代结束了。

他是最后一位当年的西迁教授。

10

★ ★ ★

陈听宽是陈学俊的四年制研究生。

陈听宽生于 1934 年，江苏常州人。

陈听宽在常州上完中小学，从江苏名校常州中学毕业后，和胡奈赛一样，1952 年考上了位于上海徐家汇的名牌大学交通大学机械系。胡奈赛学了铸造专业，而陈听宽则学了锅炉专业。两人虽然毕业后全都留校，但发展方向却不一样。门门功课全优的女学霸胡奈赛做了机械制造系系主任周惠久的助教，门门功课全优的三好学生陈听宽则做了锅炉教研室主任陈学俊的开门弟子——陈学俊的首位副博士研究生。这是中国高等教育史上很特殊的一届研究生，是当年学习苏联的产物，也是历史上唯一一批四年制研究生。当时的交通大学八位教授一共招了八个研究生，教授陈季丹招了学生徐传骧，教授陈学俊招了学生陈听宽……

陈学俊成了西迁教授。

陈听宽就成了西迁研究生。

他跟随着自己的老师，也跟随着交大动力系全迁西安。据说，这里曾经发生过一次“对调”。所谓“对调”，就是动力系和运起系的对调。运起系即运输起重系。这个系原本要全迁西安，相反，动力系则留上海。但在形势变化以后的大讨论和大争论中，运起系中不少人不愿意来西安。本着自愿的原则，运起系留在了上海，不迁了。动力系呢？动力系即动力机械系，根据陈学俊生前写的自传性回忆录，我们知道了当时的情景。他说——

总理明确提出，交大西迁的总原则不能变，从国家全局来看，著名大学交通大学西迁是支援西北人才建设和经济建设，对陕西有利，对西北有利，对国家有利，对交大本身发展也有利。西北是国家建设的重点，这个方针十分正确，交大应起带头作用、骨干作用和根苗作用，担负起开辟西北的重任。

当时我是坚决拥护西迁的。

动力机械系总支书记是李敬轩，系主任是朱麟五，我是系副主任，我们三个人坚决主张动力机械系全迁西安。彭康校长非常高兴，亲自召集我们三人汇报情况……在交大校委会上，我赞成交大全迁的方案，并代表交大九三学社组织表态拥护交大西迁……在这次校务委员会上通过了交大主体迁西安的方案，而动力机械系是唯一全迁西安的系。当时动力机械共有教师 52 人，43 人均全家迁往西安，只有 9 人短期在西安教学两年到三年后返回上海。

……

从这段话我们得知，当年西迁也有“灵活性”，一些人可以在西安工作一段时间以后再回上海。那么陈学俊呢？ 1957 年 9 月，陈学俊和袁旦庆带着四个孩子，乘坐西迁的专列由上海到了西安。临行前，他们将新中国成立前自己花钱买的地理位置极其优越、位于上海国际饭店后面的两间房子无偿送给了上海市房管处。这事做得很“绝”，表现了陈学俊夫妇的一种决绝态度。他们说，既然要去西安，扎根于西北的黄土地，就不要再对房子有所牵挂。他们这是破釜沉舟自断后路啊！陈听宽呢？陈听宽也没有丝毫犹豫。正在热恋中的22岁青年陈听宽跟随导师陈学俊来到了古城西安。那个时候，陈听宽自己也没有想到，他们师生二人会在陕西这片黄土地上，开始他们为之奋斗了一生的一个新领域：超临界实验台架。

可以这样说，它和中国的电力工业发展关系极为密切。如果没有超临界发电装置的突破，中国的电力工业将很难举步前进，也不会有1958年的“大跃进”，不会有20世纪70年代中国的超高压机组，更不会有改革开放后电力工业的超高速发展。这一切都不会有。中国的电力工业将受阻于一项新技术——超临界。

超临界可以突破低效率的发电能力。

中国正准备“大跃进”，但中国那时候的发电能力很弱。以西安和上海为例，20世纪50年代全西安用电量和发电量是1小时6000千瓦，全上海用电量和发电量是1小时10万千瓦。6000与10万之比也说明了这两座城市工业水平的差距。

那个时候全国最大的发电装置在上海杨树浦发电厂，而它的发电装置是全部引进美国的，一个机组最高能达到1小时5万千瓦。两个机组达到10万千瓦，这是那个时候的最高水平。1958年，中国的雄心壮志是要“超英赶美”。而美国，此时已在全球最早开始发展超临界电站，仅仅几年工夫，就上了几百台超临界机组。中国也把发展超临界发电机组列为科学攻关项目，相继在哈尔滨、上海锅炉厂进行联合攻关。中国的“锅炉之父”陈学俊及其学生们也承担了其中一个科研项目，即超临界实验锅炉的设计。从这个时候起，他们心中就有了一个梦想——建一个能够做 300 个大气压的超临界压力实验台架。

这样一个实验台架，建成以后就是一座三层楼那样庞大的实验设备，耗资巨大。对于一个大学来说，这基本上不可能实现。但陈学俊以及他的弟子们却在几十年的时间里锲而不舍地追逐着这个梦想。先是陈听宽，接着是郭烈锦。师徒三代人，用了愚公移山的精神，最终把梦想变成了现实。

但事实上，"大跃进"之后紧接着的三年困难时期让这个梦想变成了空中楼阁。

到了"文革"前，他们在梦想中迈出了一小步。他们用教育部支持的一点儿经费买了一台超临界压力水泵，1966 年到货。结果，"文革"开始，到货的水泵被搁置到那里。"文革"结束后，从"牛棚"里出来，刚刚恢复了自由的陈学俊立刻带领陈听宽到处找他们的宝贝泵。找见了，发现泵已经锈掉，报废了。

这锈掉的泵就是他们失去的近 20 年光阴的写照。

梦想却并没有泯灭。

改革开放后，七七、七八级学生进校，陈听宽在他的老师陈学俊之后当了锅炉教研室主任。那个时候国家万象更新，教研室一个强烈的愿望就是，要进行科研。在陈学俊先生的领导下，教研室开始了强大的实验设备——超临界实验台的建设工作。

是啊，超临界实验台，值得他们去奋斗的一项事业！

从这时起，他们一直都在为此而努力。谁的锅炉出现问题，他们就主动承担相关的锅炉研究课题。北京石化总公司引进法国的一套锅炉老出毛病，他们搞课题研究。成都的东方锅炉厂要搞一个新型锅炉，他们也承担了这项科研项目。太多，太多。整个20世纪70年代末到80年代，10多年的时间里，他们所承担的科研项目即使在全国高校中可能都名列前茅。这可真的是功夫不负有心人！没有20世纪五六十年代长期跟踪科学前沿的理论积累，没有20世纪七八十年代冰冻三尺非一日之寒的长期的实践积累，那个天大的好事，或者说，那个千载难逢的机遇，就不会落到他们的头上。而梦想，也还会只是梦想。

这是个什么机遇呢？

就在他们几十年前离别的那个城市——上海，1989年前后开始了一场重点工业科技攻关振兴大会战，许多重大科技项目都公开招标。其中有一个项目，叫“超临界火电机组项目”。这是上海市的科技攻关项目，在全国招标中，西安交通大学脱颖而出！

他们回来了。

他们带着他们的科研成果回到了他们最初出发的城市，来为他们的母亲城市上海建一座当时最先进的电站而贡献他们的智慧和力量。

在陈学俊领军的人才队伍里，还有一位他一直都为之骄傲的学生，他的得意弟子郭烈锦。

郭烈锦，1963年出生于江西省遂川县。

出生在四川邛崃山区的李盛涛读书的那个山区中学，居然有南京大学毕业的老师在教他们数学，而郭烈锦读书的那个农村公社中学更不得了，他的物理老师一个是上海复旦大学毕业的，另一个是南京理工大学下放的，他的化学老师是哈工大毕业的。这位早慧少年，

1977年全国恢复高考时，还是个高中一年级学生，年仅14岁。老师把高考题拿来让他做，他发现自己都会做呀，他初中就学过！这样，1979年，16岁的郭烈锦成了江西省遂川县高考状元。他出身贫寒，父亲略识文字，而母亲是文盲，身体不好，长年有病。高考状元郭烈锦一口气报了七个医学院校。他想当医生，学成后能为母亲治病。志愿中填写了西安交大，且是上海出生的物理老师推荐的。后来才知道，他之所以被医学院拒之门外，是因为他没有外语成绩——江西农村的那个公社中学没有开设外语课。

让他疑惑的是，他填报的志愿是热能工程，可录取通知书中却写的是“锅炉”。让他学锅炉专业“有什么意思”？能源转化动力“有什么意思”？

虽然工科本来就很枯燥，但他学习非常出色。到了大三，他和同学们去上海锅炉厂实习。给他印象最深的是两件事情。一个，他发现陈学俊教授的名字和交通大学的名号在这里就像唐僧师徒西天取经的“通关文牒”。人家说，只要是陈学俊先生的学生，只要是交大锅炉专业来的学生，一切开绿灯！这绿灯甚至包括给他们每个学生一张特制的卡。凭这张卡，可以自由出入上海锅炉厂的任何核心区域，可以免费喝酸梅汤，还有五分钱一大碗的咖喱鸡壳汤。另外一个，原本以为自己已经学得很好了，但是一实习，这才发现，锅炉的仪器复杂得不得了，自己的知识根本不够用，所以，还得再上学。

这回，他可不像考大学时那样盲目了。他要考就考陈学俊的研究生。他要跟大师学习。

1983年，郭烈锦如愿以偿地考上了陈学俊的研究生。他确实很优秀。别人要用两年完成的课题，他只用了一年多。硕士毕业，他被预分配到一个省科学院某研究所。单位很好，但专业不对口，因此他准备到上海读博士。就在这时候，有一天，导师陈学俊找到他对他说："你如果想要工作，我来推荐你。你想到哪儿工作都行！你要是想考博士，那你不要考了，就在我这儿上好了，我推荐你硕博连读。你想不想做我的博士生呢？"

大师亲自来挽留他了。这是要为国家培养栋梁之材啊！陈学俊慧眼识珠，绝对不会看错人。他要为中国的锅炉事业，为中国的工程热物理专业、能源与动力工程学科留下这位青年才俊。

郭烈锦读博时只有 22 岁。

22 岁的郭烈锦深深地被老教授感动了。他上大学以后，家庭经济仍旧困难，暑假的时候他会留在学校勤工助学。学校要建实验室，16 岁的郭烈锦就去工地当小工，挖地基挖地沟，那可真是挥汗如雨啊！他身体并不强壮，个子也不高，看上去有些羸弱，可他能吃苦。他懂事，从小就懂事，很早就用自己瘦弱的肩膀为父母分担生活的重担。那时候农村还是集体劳动。一个全劳 10 分工，母亲挣 6 分工，几个孩子只能挣 2 分工，他捡 12 斤粪也只能挣 1 个工分。12 斤粪，那是好大一堆，得捡多长时间、得走多少路啊？而郭烈锦还是要捡——只要能为父母减轻点儿生活负担。可是现在，在工作和读博士之间，他毅然选择了后者。他非常聪慧，不用任何人对他说，他也明白，人生这样的机遇不是谁都能有的，尤其是读陈学俊的博士生！

从读研到 1989 年读完热能工程博士学位，郭烈锦在陈学俊身边整整待了六年。这六年，他从一个 20 岁的毛头小伙子成长为一个 26

岁的青年学者。而这个时候，他以及老师的博士生周芳德教授都开始和老师一起为一件大事忙碌。这件大事就是申报和建设他们的动力工程多相流国家重点实验室，而之前超临界实验台架的成功建设已为此打下坚实的基础。

事情似乎有点儿水到渠成。

这和他们的学科带头人陈学俊在学术界的崇高地位有关。当然，也和他们几十年锲而不舍的努力有关。这个时候，陈学俊院士身兼数种高级别职位。他是国际著名学者。他是国内外公认的热能科学领域里的权威和泰斗。他是国务院学位委员会和国家自然科学基金委员会专家委员、专家评审组组长，教育部世界银行中国大学发展项目中国审议委员会副主任兼工程组副组长。这几个头衔可都是有“实际内容”的。而教育部世界银行中国大学发展项目工程组，我们只需要看看它的组成人员和组成大学就知道它的分量——

组长，清华大学张光斗教授。

副组长，西安交通大学陈学俊教授。

其他副组长和组员分别为复旦大学谢希德校长和大连理工大学钱令希校长。

……

1990 年，陈学俊带领他的团队开始筹建国内唯一的动力工程多相流国家重点实验室。两年后，“国重”验收成功。1993 年，“国重”对外开放。

陈学俊是首任实验室主任。

1998 年，弟子陈听宽接棒。

2002 年，弟子郭烈锦接棒。

人说名师出高徒。

郭烈锦沿着导师陈学俊的研究方向继续前行。如今，郭烈锦团队已成为培养世界一流的清洁与可再生清洁新能源转化利用人才的一个团队，持续开展清洁高效的能源转化利用理论与技术的研究与开发。他们开创了一种超临界水蒸煤技术。该技术采用超临界水与煤反应来制取高纯度的富氢产物，既可用于化工，也可用来提高煤电转化效率。郭烈锦教授 2017 年当选中国科学院院士。

郭烈锦历经 20 年的努力终于取得突破。

陈学俊先生虽然只差几个月没有看到心爱的弟子成为中科院院士，但他走得却是相当安心。弥留之际，他紧紧抓着弟子郭烈锦的手，像是有诸多不舍。郭烈锦则在心中告诉先生说：先生，您放心。我们这一代人既是交大西迁、国家改革开放后的首批受教育者，同时也是西迁使命和西迁精神的继承人。当前接力棒还在我们的手上。先生，您放心吧！

“当前接力棒还在我们的手上。”

此话，说得多么豪气冲天！

郭烈锦这是在告诉他敬爱的先生，他们这代人将把接力棒传递下去。

他们将继往开来！

第六章

前行

改革创新奋进新时代

1

★ ★ ★

62年，弹指一挥间。

现在，让我们简单回顾一下这段珍贵的历史——

1955年4月，国务院根据当时国际形势和建设大西北的战略，决定交通大学主体从上海内迁西安。

1956年7月20日，西迁的先遣队伍出发。8月10日，第一批西迁师生员工和家属从上海徐家汇踏上西去的专列。

1957年，交大主体部分迁至西安。

1959年，交通大学西安、上海两部分分别独立设校。

……

“1400多名教工，特别是一大批德高望重的老教授率先垂范，近3000名学生热血沸腾，义无反顾地登上‘向科学进军’的西行列车。”学校领导、学术带头人身先士卒，17位党委委员中有16人迁到西安。西迁的教授、副教授、讲师和助教等占教师总数的70%以上。

历史记录下了这一不平凡的事件，并将其概括为西迁精神。

我们今天对其解读，需要搞清楚这样几个问题。

首先，什么是西迁精神？

交通大学在迁校过程中及扎根西部办学60余载岁月里，传承优良的学风校风，发扬艰苦奋斗的品格，践行和弘扬延安精神，铸就了以“胸怀大局、无私奉献、弘扬传统、艰苦创业”为核心内涵的一种独有的精神叫西迁精神。

其次，对西迁精神的定位。

《光明日报》把西迁精神与革命时期的红船精神、井冈山精神、延安精神、张思德精神、西柏坡精神，以及社会主义建设时期的大庆精神、红旗渠精神、焦裕禄精神等并列，共同作为中国共产党的精神谱系。这是对西迁精神的高度定位。

再次，西迁精神在如今的意义。

从黄浦江畔的繁华都市，举校迁往3000里之外偏僻的黄土地。这期间，物质上和心理上要经历多大程度的落差，也许只有亲历者才能体会。但是，只要党和国家一声令下，教授带头西迁，学子踊跃随行，在被田野包围的简陋校舍中迅速开展教学和科研，扎根黄土地艰苦奋斗，交大人并没有因此有一点怨言，也没有一丝懈怠。交大人有一句口号：“哪里有事业，哪里有爱，哪里就有家。”面对祖国支援大西北建设的召唤，很多人主动放弃上海优渥的生活，克服困难，登上西行列车。他们表现出来的是对事业、对理想的热爱，以及胸怀大局的家国情怀，至今想起来，仍然令人感动。中国科学院院士、西安交通大学数学与统计学院教授徐宗本表示：“一个新开垦的地，新的一幅纸要作画，能够展现无限的可能。要建设好它，更需要有‘西迁精神’的延续。这个精神的最核心就是一句话，就是党的号召，国家的决定，这就是我们的选择。”

被称为中国“3D打印之父”的卢秉恒说：“西迁是一群充满了

交大积极支援地方工农业建设，
被共青团中央授予先进集体称号

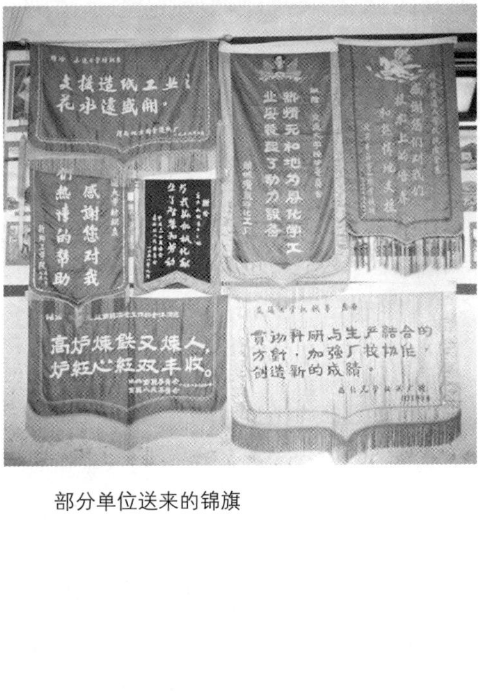

部分单位送来的锦旗

家国情怀，以国家战略为重的知识分子，62 年前勇当开发大西北先锋的无悔选择，他们以一个甲子的奉献诠释了其爱国情怀。大树西迁，如今已经根深叶茂，为共和国发展贡献了卓越的成果，为中国强盛培育了万千栋梁之材。”

西安交通大学党委书记张迈曾说：“西迁精神，就是总书记在贺词里面说的‘爱国奉献，无怨无悔’，这是西迁精神中最重要的内涵。”

“爱国是一种情怀，奋斗是一种精神。西安交大西迁精神就是要奋斗，我既然还有份光、有份热，我就应该发挥。”西安交通大学教学督导组专家胡奈赛说。

西迁以来，西安交大为国家培养的毕业生，40% 以上在西部奋斗。而西迁精神的传承，从来就没有停下来。西安交通大学机械制造系统工程国家重点实验室副主任赵玉龙，在 2017 年国家科学技术奖励大会上，和他的团队因为“特种传感器”成果获国家技术发明二等奖。研究团队传承西迁教师的坚守精神，从最初对国际前沿的跟踪、追赶，用 20 年的研究达到了今天的国际领先水平。而赵玉龙也表示：“我们更多的还是要扎根西部，做好一些国家所需的或者是能解决重点领域核心技术问题的一些科研成果。”

正是因为交大人坚持不懈的精神，才谱写了这段浩瀚而厚重的交大西迁史。

2

★ ★ ★

时间证明一切。

历史证明，20 世纪 50 年代第一代中央领导集体做出的交大迁校的决定是正确的，也是成功的。然而，回过头来看，当年的决策多么不容易呀！当年下这样的决心多么不容易呀！

当年，陈毅副总理曾满怀信心地说：“（交通大学）迁校对不对，10 年后看结果。”陈毅副总理说的是“10 年后”，而现在，已经是 62 年后，当然可以“看结果”了！

当年，周恩来总理亲自处理交通大学迁校中遇到的矛盾，中南海里曾彻夜亮着灯光。有历史档案表明，1957 年 5 月 23 日到 6 月 4 日，周恩来用长时间来处理交大迁校问题，各类座谈会经常从傍晚开到凌晨两三点。周恩来总理说，交大迁校问题到了国务院这一级，成为一个典型问题。之所以成为一个“典型问题”，周恩来也做过解释。迁校前，交通大学已经在上海生存了 60 年，用周恩来的话说，就像是一棵在上海生了根的老树。一个高等学校的兴办涉及所在地的文化教育基础、工业科技水平、地理环境乃至上万名师生、家属的生活习惯和家庭安排。从一个熟悉而且条件优越的城市迁到一个环境陌生而又比较艰苦的地方，如果没有广大师生和家属的理解和拥护，是不可能成功的……

周恩来说：“即使硬搬过去，与当地土壤接不起来，大树死掉，就是个损失。”

“大树死掉，就是个损失。”

这话说得如此沉重！

一国的总理啊，一个大国的总理啊，能说出这样的话，可见心头有多么沉重，压力又有多大！没有人愿意当历史的罪人。当然，更没有人愿意当交大迁校失败的罪人。好端端的、这么重要的一所大学，就因为你的一个决策而“迁死了”，你不是历史的罪人，谁又是历史的罪人？这就是当年压在中央第一代领导人心头的不能承受的“生命之重”……

谁把这棵大树迁死了，谁就会是历史的罪人。

那么，事实又是如何呢？

当年，西迁师生们在艰苦岁月的磨砺中创造了光辉的业绩：没有因为迁校迟开一天学，没有因为迁校少开一门课程，也没有因为迁校而耽误原定的教学实验。这实在是一个奇迹。时隔25年，1981年4月，教育部部长蒋南翔在西安交大发表讲话指出：“交通大学的迁校，是我国在调整高等教育战略布局方面一个成功范例。”而对迁校后西安交大的教学质量，他更是给予了很高的评价。他说：“西安交大多年来经过全体师生员工辛勤劳动，大学本科质量不断提高，达到我国历史上最高水平。”交大的西迁确实把老交大的文化、精神带来西安了。一所高水平大学的特色主要不是在硬件上，而是在它的传统上，在文化上，在大学的精神上。一位大学校长曾说过：“读名校，读的是一种氛围，一种传统，一种精神。”大学的精神是内在的、本质的东西。西安交大有着自己独特的校园文化与精神，尤其在教学方面，老交大的优良传统是“起点高、基础厚、要求严、重实践”。西迁后的西安交大继承和发扬了老交大的光荣传统，这点毋庸置疑。

正因为如此，西迁后到20世纪80年代中后期，经过全校教职员工艰苦卓绝的创业，西安交大开始进入历史上一个最辉煌的时期，也是西迁后的第一个高峰期。教学、科研及管理等各项工作已达到很高水平。在每年国家教委组织的对教学科研的评奖中，西安交大总是名列前茅。

1984年4月2日，国务院批复同意教育部、国家计委将10所高等院校列入国家重点建设项目的请示报告。西安交大被定为国家“七五”计划中这10所重点建设大学之一。这是具有里程碑意义的重大事件。它决定了西安交大未来的发展走向。当时在国家排名或民间评估中，西安交大在全国排名第四。

此时，是西迁后的第28年。

1989年12月，全国普通高等学校优秀教学成果奖评选揭晓，西安交大获特等奖2项、一等奖7项，获奖数位居全国高校之首。《文汇报》1990年5月24日报道：“西安交大教学科研双喜临门，双获‘国优’，名列榜首。”该报以后又一次报道：“西安交大获奖数在国家教育部直属高校中继1987年后再次夺魁。”时任西安交通大学校长的史维祥曾经充满骄傲地说道：“就拿一个专业为例来说，我所在的机制专业当时是全校最大的一个专业。80年代后期，国内外专家一致公认本专业的教学科研水平在全国最高。如机制工艺及设备专业、液压传动专业的教材编审委员会主任委员、全国教学指导委员会主任委员都是由我们的老师担任。国务院学位委员会机械工程评审组召集人或副召集人先后都是我校老师。此外，液压专业全国第一个博士点、机制专业全国第一个博士后流动站都设立在我校。科研方面，水平也很高，成果累累，当时本专业的科研方向有八面大旗之称。”

3

★ ★ ★

还是在 1989 年，西安交大校园里迎来了一位特殊而尊贵的客人——时任全国人大常务委员会副委员长习仲勋。

说他“特殊而尊贵”，是因为在毛泽东、周恩来等老一辈无产阶级革命家中，他是一位和交大西迁以及西迁后的交大关系很密切的国家领导人。不错，交大西迁正是迁往他的故乡陕西。俗话说，一方水土养一方人。习仲勋从出生到 1952 年进京到中央工作，除了在创建南梁根据地和随红军西征在陇东工作过一段时间外，在陕西度过了近 40 年的岁月。对于这块土地，他怀着深深的热爱与眷恋。最“夸张”的是，革命几十年，习仲勋的陕西乡音、生活习惯，甚至吃饭的口味都始终没有改变。他喜欢陕北的小米、关中的面食、陕西的秦腔和陕北的民歌……陕西的每一点进步和发展都让他高兴。对于陕西人民来说，习仲勋有两件事让人刻骨铭心。一件是三年困难时期，习仲勋经过周恩来总理批准，为陕西调来了一批粮食。这是救了很多人命的恩德。一件是，新中国成立初期、“大跃进”的 1958 年、改革开放后的 1981 年，习仲勋曾三次指示保护西安古城墙，使西安古城墙得到保护。这是造福乡梓。可以说，习仲勋的目光始终没有离开过生他、养他、百年后让他魂归故里的这片黄土地。

那么，交大西迁的时候习仲勋在哪里？

交大西迁和习仲勋有什么关系？

幸好，历史档案给我们留下了弥足珍贵的资料，让我们能够穿越半个多世纪的迷雾看到当年这件事和一位老革命家的关系。

时间：1957 年 5 月 31 日。

时任国务院秘书长的习仲勋在《习仲勋秘书长在全国来信来访工作会议上的报告》中专门提及交大西迁这件事。习仲勋说："如果我们不重视人民来信、来访的工作，不根据那里面所反映的情况去及时处理，那么，小事要变成大事，小不满要变成大不满。西安交通大学是从上海搬到西安的，搬去以后就闹着要回去，这是一年多前的一个老问题，当时没有解决。现在百花齐放，百家争鸣，他们就提出来了，说搬得不对，现在还在闹。"

"现在还在闹。"

"小不满要变成大不满。"

从这些话语中我们几乎能够想象得到当年习仲勋说这些话时的心情，从中也可以看出他对交大西迁这件事所抱的态度。习仲勋指出一些人是"小不满"，是在"闹"，明显支持国家建设大西北和高校内迁的战略，支持交通大学西迁。资料表明，交通大学在周恩来总理亲自主持下西迁的这段历史时期，习仲勋担任国务院秘书长。1959 年交大两部分分别独立设校前，习仲勋开始担任国务院副总理兼秘书长。因此，他必然参与了交大西迁的有关工作，甚至，是非常具体的工作。否则，他不会对交大西迁的情况这么熟悉和了如指掌。他在讲话中谈及交大西迁后"大鸣大放"背景下的"争鸣"问题，这已经是"涉事"很深了，以至于在他负责的信访工作会议上对交大西迁的动态大发感慨——只不过当时他作为国务院秘书长，是辅佐总理工作的，很多工作是幕后的。

习仲勋一生多次回陕。

1958 年 8 月 29 日，就在交大主体部分刚刚迁至西安，陕西的黄土地还没有完全暖热交大师生们对刚刚离开的上海故土的怀念之心的时候，习仲勋来了。习仲勋来到了刚刚落成的交通大学新校区，视察陕西省高等学校及中等专业学校展览会。这个时候，他的身份仍然是国务院秘书长。毫无疑问，这对于初来陕西这片陌生土地上的交通大学师生们，是一个多么大的鼓舞啊！在师生们的心目中，习仲勋既代表国务院，又代表陕西的父老乡亲。他是陕西人民的儿子，德高望重。习仲勋的一举一动，当然会给陕西党政军各方面带来重大影响！

所以，师生们热烈欢迎他。

这天，习仲勋在全国人大常委会副秘书长余心清、陕西省副省长李启明等中央和省市负责同志的陪同下，来到西安交通大学参观展览。那个时候，彭康还健在。彭康校长、苏庄副校长亲自担任解说。习仲勋待的时间可不算短，从上午 10 时多至下午 1 时，中间连午饭都没有吃。一连三个小时，习仲勋对交大展馆里的各种产品、支援地方工业所取得的成绩、下放干部在劳动锻炼中的收获等图片和说明进行了认真仔细的查看。

他一边看一边发表自己的意见。

习仲勋说——

“你们的展览会很好，方向对头，收获很大，方针正确，青年教师的干劲很足。”

“今后开辟半个楼，专门做展览，有了什么成绩，就把它放进去。”

又对李副省长说：“在大雁塔布置个文教展览馆，把好的东西都展出来。”

这时，大家坐在休息室里。

习仲勋言犹未尽，又说——

“学校办工厂最好与外面工厂结合，甚至可以把学校工厂建立在大工厂附近，互相协作，不然，容易发生原材料供应困难等问题。”

这时，有人提出，目前有些人怀疑学校结合生产会降低教学质量。

习仲勋马上回答说：

“这有什么怀疑呢？只要生产与教学结合，一定会提高教学质量。有许多在课堂上讲不清的问题到劳动现场去一讲就好了。当然，生产脱离教学是不好的。交大办工厂搞工业生产总的方向是对的，搞生产大有好处，但不能离开教学，与教学结合得越紧密越好。”

习仲勋最后说道：“做的成绩多了，要防止骄傲。有些产品过去我们不会造，现在会造了，这就很好，但是否超过国际水平，要做严格检查，不要过急下结论，在这方面咱们不要比干劲。”

习仲勋这天在交大校园里看得很多、说得也很多，使交大师生们深受鼓舞。几十年后，他们中的许多人还对当年习仲勋参观时的讲话记忆犹新。比如，习仲勋说的教学和生产结合，成绩多了不要骄傲等，都成为指导西安交通大学发展教育的重要指导思想。尤其是习仲勋所强调的工科大学教学和生产实践相结合的问题，正是交大的一个优良传统——重实践。这些话其实都说到了交大人的心坎上了。当年，交通大学报纸报道的标题就是——《习仲勋同志参观红专展览时说：教育结合生产方向对头　成绩巨大　并对学校政治理论学习作了指示》。

时间一晃到了 20 世纪 80 年代。

由于习仲勋对交大的关怀，西安交通大学在 20 世纪 80 年代恢复校务委员会制度后，曾征得时任中共中央政治局委员、中央书记处书记习仲勋的同意，向教育部请示由习仲勋出任校务委员会主任。事情的经过是这样的——

1984 年，教育部颁发《关于高等学校试行设立校务委员会的通知》。根据教育部文件，1984 年 7 月 25 日，西安交通大学征得习仲勋同意，由习仲勋担任校务委员会主任，通过《函送我校校务委员会委员名单申报请备案由》上报教育部。过了半个多月，1984 年 8 月 18 日，陕西省副省长白纪年给交大党委书记陈明焰转来习仲勋的意见，习仲勋建议由陆定一担任校务委员会主任，并已由习仲勋直接征得陆定一的同意。学校又发文《函报我校校务委员会主任由原习仲勋改为陆定一担任由》上报教育部备案。

1984 年 9 月 22 日，经教育部批准，西安交通大学校务委员会正式成立。陆定一任校务委员会主任。

习仲勋虽然最终没有担任西安交通大学校务委员会主任，但对西安交大非常关心，亲自为学校推荐了长期担任中宣部部长，曾任国务院副总理、中共中央书记处书记，兼任文化部部长等重要职位，时任全国政协副主席、中央顾问委员会委员的交大校友陆定一。

再过五年。

1989 年春节前后的 2 月 1 日至 13 日，时任全国人大常委会副委员长习仲勋，又一次回到陕西。这是他生前最后一次到家乡视察工作，同家乡人民一道欢度春节。也正是在这次返乡视察的时间里，他再次来到西安交通大学。

2月6日。农历大年初一。

除夕之夜的瑞雪使古城西安披上了银装。西安交通大学校园里银装素裹、洁白美丽。上午9时半，习仲勋在陕西省委书记张勃兴、省人大常委会主任李溪溥、省长侯宗宾、副省长孙达人等陪同下，再次莅临西安交通大学，出席在这里举行的西安部分高校教授专家春节联欢会，看望高校的知识分子。西安地区22所高校的专家、教授聚集在这里，笑语阵阵，春意浓浓，等候着习仲勋的到来。当习仲勋走进会场时，掌声四起。习仲勋满面春风，双手抱拳，笑着向大家拱手拜年，谦虚地称各位教授、专家“都是我的老师”。这年，习仲勋已经76岁高龄，却一直坚持站立着听完副省长孙达人对在场近百位教授、专家的介绍，向被介绍的教授、专家们一一致意，表达自己的敬意。

然后，习仲勋发表了热情洋溢的新春致辞。

习仲勋说：“我不在家乡过春节已有几十年了，今天能和在座的各位同志共度佳节，很高兴！祝大家身体健康，合家欢乐，并通过你们向全省的教育科技工作者和青年学生致以亲切的问候！”

习仲勋又说：“陕西院校多，科研机构多，人才济济，优势很大。同志们在以往的工作中做出了很大贡献，希望在新的一年中继续努力，进一步提高教育和科技水平，培养好下一代。”

习仲勋勉励大家保持革命的乐观主义精神，发扬艰苦奋斗的延安作风。他特意提到刚刚认识的西安交通大学蒋咏秋教授，说：“蒋教授从美国回来后，扎根西北奋斗了38年，这就是榜样。”

蒋咏秋是谁？

在《力学与航天宇航科学史》这本书里，我查到了这样一段文字——

1959 年 3 月，朱城先生积劳成疾不幸英年早逝。

1959 年 3 月，工程力学教研组成立，隶属于数理力学系。工程力学教研组主任蒋咏秋（兼）（蒋咏秋先生时任数理力学系副主任）……

这段话告诉我们，朱城去世后，工程力学教研组主任由数理力学系副主任蒋咏秋兼任。蒋咏秋生于 1920 年。和朱城一样，出生在江苏省常州的蒋咏秋也因“七七”事变后，家乡沦陷，只身流亡到了四川。1947 年，蒋咏秋到美国明尼苏达大学攻读研究生学位，主修结构力学，辅修工程数学，仅用一年的时间以优异成绩获得了硕士学位，并获得凯文奖学金。1950 年，又以优异成绩获得了结构力学博士学位。毕业后，在美国明尼阿波利斯市哥尔多建筑结构设计事务所任工程师，从事房屋结构应力分析和设计工作。中华人民共和国成立后，伍修权在联合国大会上的发言，激荡了他的心。这时，西北农学院向他发了聘书。他谢绝了美国师长、同学及同事的挽留，抛弃了优厚的生活待遇和工作条件，毅然决然地于 1951 年 1 月回国参加祖国的建设，并自愿到环境艰苦的西北地区工作，担任西北农学院水利系主任及教授。1957 年院系调整，蒋咏秋调到西安交通大学，先后任西安交通大学水利系、数理力学系副主任和工程力学系主任。他是该校工程力学专业的创始人之一。从 1951 年从美国回国投身祖国建设，到 1989 年，蒋咏秋正好扎根西北奋斗了 38 年，所以习仲勋很感慨地说：“这就是榜样。”

白雪皑皑中，习仲勋在西安交通大学党委书记潘季、校长史维祥的陪同下，踏雪视察了校园，参观了西安交通大学建校 90 周年校史展览。

白雪皑皑中，习仲勋在交大校园“腾飞”雕像前与教授、专家们合影留念。

4

★ ★ ★

西迁 40 年后。

在西迁精神沐浴下的年轻一代正在续写西安交大新的辉煌。

1996 年西安交大首批进入“211 工程”建设大学名单。

1999 年西安交大首批进入“985 工程”第一层次建设大学名单。

到 1996 年，西安交通大学已有 10 个学院，43 个系，53 个专业。经评定，学校有 11 个国家重点学科，33 个学科（专业）可授博士学位，9 个国家级重点实验室。这些都说明学校教学管理水平在全国高校中名列前茅。又如在校学生已由迁校初 3000 余人，发展到 13000 余人。迁校 40 年后，为国家培养高级专业人才 6.2 万人，其中 40% 的毕业生在西北地区工作，大多成为生产一线骨干。学校为西部特别是陕西科技教育事业进步发挥了重要作用，为陕西乃至全国经济社会发展做出了重要贡献。正如教育部原部长周济 2006 年 4 月 9 日在出席交通大学西迁 50 周年座谈会时发表讲话所指出的:“正是交大的西迁，改变了整个中国西部没有一所规模宏大的多科性工业大学的面貌，也正是交大广大师生员工的‘艰难困苦、玉汝于成’，才使得西安交大得以发展壮大，从而引领和带动整个西北地区高等教育乃至整个国家教育事业的蓬勃发展。”1986年6月，《瞭望》杂志刊登《大西北的灿烂明珠——西安交通大学》一文，称赞西安交大是西北高原上的一颗明珠，“人们相信这颗明珠在开发、建设大西北的历史进程中，将放射出更加灿烂的光芒”。

西迁后经过62年的艰苦奋斗，西安交大累计为国家育才25万多人，培养出的33名院士中有近一半在西部工作。2017年9月，西安交通大学入选国家一流大学A类建设名单，8个学科入选一流学科建设名单，成为西部地区首屈一指的科教高地。2017年，学校以第一完成单位获得国家科学技术奖7项，居全国高校第二。“煤炭超临界水气化制氢发电多联产技术”入选2017年度“中国高等学校十大科技进展”。获批国家西部能源研究院等4个国家级重点科研基地。立项国家重大科技基础设施培育项目两项，居全国高校第一。

……

只要看看这些，你就会知道，西安交大这棵大树，不仅没有“迁死”而且枝繁叶茂，生机勃勃。

5

★ ★ ★

时间来到了2018年。

西迁 62 年后，为贯彻落实党的十九大提出的“加快一流大学和一流学科建设，实现高等教育内涵式发展”的要求，西安交大决心再一次响应国家号召，投入新的时代洪流。

初心如磐，使命在肩。

是的，他们将继往开来。

他们必须继往开来。

西迁的历史任务完成得不错。但未来，还有很多事情要做。

这就是他们如今的掌舵人西安交通大学党委书记张迈曾和校长王树国所说的西迁再出发。或者，正如他们对党中央所报告的，他们要带领如今这支队伍做西迁精神的新传人，在 21 世纪开始一场伟大的第二次西迁。

西迁精神永远不会过时。

张迈曾如是说。

6

★ ★ ★

怎样才能不辱使命呢?

接过了历史的接力棒，站在新甲子的起点，新一代交大人发出“扎根西部、服务国家、世界一流”的铿锵誓言。然而，什么叫世界一流？怎样才能实现党中央要求的实现高等教育内涵式发展？经过一番讨论，他们认为，要切实推进“双一流”建设，就要坚持扎根中国大地、突出中国特色、面向世界未来的战略定位。习近平总书记指出，“办好中国的世界一流大学，必须有中国特色”。这就是说，要办人民满意的世界一流大学，必须扎根中国大地、体现中国国情、传承中国文化、回应人民需求、彰显中国智慧，既追求世界一流又坚持中国特色。世界一流大学是有共性特征的，都拥有一流的师资、一流的学科、一流的成果等。但是，这些一流标志都带有强烈的民族文化特征、时代要求和国家的社会实践特点。

张迈曾说：“办同质性的大学，只能‘跟跑’，不能‘领跑’；选择同质性的科学问题，难以引领学科发展。各国的发展都有其特殊的资源和特殊的需求，从特殊中发现一般、探索真理，就能对人类做出贡献，就能达到世界一流水平……通观世界大学发展历程，不同的历史文化、政治制度塑造了不同的大学理念与教育实践，使得各国一流大学的发展道路存在多样化的特点。中国特色世界一流大学建设必须扎根中国大地，植根于中华优秀传统文化沃土，反映中华民族的精神内核，适应中国实践与时代发展要求，符合中国社会现实需要，解决中国问题，面向世界发出中国声音、提出中国主张、展现中国思想、传播中国理念，构建中国话语体系，为推动人类文明进步贡献中国智慧，如此才能办成人民满意的世界一流大学。”

王树国说：“我们要走出21世纪新的大学形态。什么叫新的大学形态呢？从前的大学模式或原有的大学形态，是所谓‘象牙塔’式的，校园、教室、围墙，是它的典型样式。那个时候，大学是人类思想的引领者，是所谓人类精神的家园，处在‘象牙塔’里的大学生们和老师们都是人们认为的最有学问的人。然而，互联网技术的出现，使人们的个性化需求得到了发展和满足，包括淘宝网、阿里巴巴、共享单车等，这些满足个性化需求的创新事物，都是从大学之外的社会实践中产生出来的。这就提出一个问题，21 世纪的大学必须走出新形态。最根本的就是，要把大学置身于国家的发展之中，让大学成为高技术和高级人才的聚集地。”

这就有了西安交大的“创新港”和“丝绸之路大学联盟”。

7

★ ★ ★

什么叫“港”？

王树国说，有出有进才叫港。他们所实践和创新的这个未来的大学形态——中国西部科技创新港，又叫“智慧学镇”，是一个开放式的新型大学模式和形态。从中他们想要探索校区、社区、园区三位一体的 21 世纪中国特色世界一流大学的全新形态。

这是所什么形态的大学呢？

也就是说，西安交大的未来是什么样的呢？

让我们来大体描述一下——

从西安往西，大约 25 千米，西周王朝和大秦帝国的发祥地渭河南岸，有一片古秦国的风水宝地，也就是秦始皇的咸阳宫所在地——咸阳。如今因为和西安连成了一片，所以又被命名为“西咸新区”。从西安出发，乘高铁 10 多分钟，驱车不到一个小时，即将诞生一个叫“中国西部科技创新港”的智慧学镇。交大就是要在西咸新区这

西安交通大学创新港规划蓝图

个陕西唯一的国家级开发区，打造出一座世界级科技中心、国家级科技成果研发转换平台——中国西部科技创新港……

2014 年，秉承着“胸怀大局、无私奉献、弘扬传统、艰苦创业”的西迁精神，西安交大提出了“二次向西”打造中国西部科技创新港的设想。短短几年，这个梦想如今正在变为现实。占地 5000 亩的创新港分为科研、教育、转孵化和综合配套四大板块。2017 年 11 月，一期建设的科创基地已经封顶。而从破土动工到封顶，工程仅用了 8 个月时间。

这个建设速度一如当年西迁建校的速度。

创新港的面积是西安交大老校区的 4 倍。不过它不仅有“大块头”的身体，还有“高智商”的头脑。2019 年，创新港科创基地投入使用后，这里将变成一所没有围墙的大学，西安交大近两万名研究生和留学生，将从老校区全部迁到这里。同时，围绕电力电子、高端装备制造、能源与动力、生物医学等学科建设的23个研究院、108个省部级的科研平台和5个国家重点实验室都将聚集于此。此外，丝路大学联盟总部、西安米兰理工联合创新中心、美国3M西北研发中心等跨国研究平台以及来自全球的优秀科技人才也都将汇聚在这里，依托陕西省产业优势与西安交大多学科的人才优势，整合科研、教育、转孵化、综合配套四大功能，打造聚焦国家重大战略需求、瞄准国际科技前沿的核心技术研发和转型高地，汇聚高端人才和培养领军人才的教育科研基地。

有人预料，创新港将成为国家开发和发展西部的一只巨臂。

它必将为托起中国西部的明天提供强大的智力和创新支持。

建设中的西安交通大学创新港

这就是初心。

这也就是当年国家把交通大学部署到西部的根本原因，就是要从国家战略上缩小东西部、沿海和内陆的差距。西安交通大学不忘初心，牢记使命。他们在努力完成一项已经持续了半个多世纪、几代知识分子的崇高使命……

8

★ ★ ★

他们还有一个梦想，就是丝绸之路经济带大学联盟。

“一带一路”倡议是习近平主席为促进全球共同繁荣、构建人类命运共同体提出的宏伟构想。站在“一带一路”向西的起点，2015年西安交大发起成立了“丝绸之路经济带大学联盟”（以下简称“大学联盟”）。全球22个国家和地区的近百所联盟学校齐聚西安，推动“丝绸之路经济带”沿线国家和地区的大学全方位合作交流。发起和成立“大学联盟”的初衷，就是想从文化交流方面主动走出去，代表国家和世界对话。“大学联盟”成立以后，丝绸之路沿线国家反响热烈，短短两三年时间里，吸引了来自36个国家和地区的140多所高校参与，共同推动“丝绸之路经济带”沿线高校和学术机构在教育、科技、人文领域的交流与合作，共同打造“丝绸之路学术带”。这样一种盛况，让“盟主”西安交大颇为自豪和骄傲。他们发现，他们开始真正走向世界舞台的中心，成了“领头羊”了！

“什么叫‘领头羊’？”王树国说，“后面有人跟你走才叫‘领头羊’。你老大，可你一只羊，孤零零地走，不合群，把自己孤立起来了，那你还能叫‘领头羊’吗？”

他们认为，大学有许多事情要做。比如说，我们富强了，要为那些弱小民族和国家做些事情，与人为善，尽可能地多帮助别人。

这就是一种担当。

对国家的担当。

对世界的担当。

如今，西迁精神正在新时代催人奋进。西安交大的中国西部科技创新港将很快建成，“大学联盟”也已显示出生机勃勃的强大生命力，一批大数据、人工智能科技研发中心将为国家西部发展提供新的智慧引擎。这一切都表明，面向第三个甲子的创业号角已经吹响，进入新时代的西安交大正蓄势待发。

“国家的发展目标就是西安交大的责任担当，把西安交大建成世界一流大学是党和国家的坚定意志，也是百年交大肩负的历史责任。”西安交大党委书记张迈曾展望学校的未来，“幸福是奋斗出来的，这既是代代交大人艰苦创业的写照，也是对今日西安交大人奋斗拼搏的激励。我们将牢记使命、攻坚克难，加快建设中国特色世界一流大学，为国家和区域经济社会发展做出更大贡献。”

2018 年 4 月 22 日于西安明园

2018 年 5 月 25 日于北京馨苑

2018 年 9 月 10 日于西安明园